MW00679823

MAIGRET EN VENDÉE

Les Vacances de Maigret

Maigret a peur

Georges Simenon, écrivain belge de langue française, est né à Liège en 1903. Il est l'un des auteurs les plus traduits au monde. À seize ans, il devient journaliste à *La Gazette de Liège*. Son premier roman, publié sous le pseudonyme de Georges Sim, paraît en 1921 : *Au pont des Arches, petite histoire liégeoise*. En 1922, il s'installe à Paris et écrit des contes et des romans populaires. Près de deux cents romans, un bon millier de contes écrits sous pseudonymes et de très nombreux articles, souvent illustrés de ses propres photos, sont parus entre 1923 et 1933... En 1929, Simenon rédige son premier Maigret : *Pietr le Letton*. Lancé par les éditions Fayard en 1931, le personnage du commissaire Maigret rencontre un immense succès. Simenon écrira en tout soixante-quinze romans mettant en scène les aventures de Maigret (ainsi que vingt-huit nouvelles). Dès 1931, Simenon commence à écrire ce qu'il appellera ses « romans durs » : plus de cent dix titres, du *Relais d'Alsace* (1931) aux *Innocents* (1972). Parallèlement à cette activité littéraire foisonnante, il voyage beaucoup. À partir de 1972, il cesse d'écrire des romans. Il se consacre alors à ses vingt-deux *Dictées*, puis rédige ses *Mémoires intimes* (1981). Simenon s'est éteint à Lausanne en 1989. Il fut le premier romancier contemporain dont l'œuvre fut portée au cinéma dès le début du parlant avec *La Nuit du carrefour* et *Le Chien jaune*, parus en 1931 et adaptés l'année suivante. Plus de quatre-vingts de ses romans ont été portés au grand écran (récemment *Monsieur Hire* avec Michel Blanc, *Feux rouges* de Cédric Kahn, ou encore *L'Homme de Londres* de Béla Tarr), et, à la télévision, les différentes adaptations de Maigret ou, plus récemment, celles de romans durs (*Le Petit Homme d'Arkhangelsk*, devenu *Monsieur Joseph*, avec Daniel Prévost, *La Mort de Belle* avec Bruno Solo) ont conquis des millions de téléspectateurs.

GEORGES SIMENON

Maigret en Vendée

Les Vacances de Maigret

Maigret a peur

PRESSES DE LA CITÉ

Les Vacances de Maigret

1

La rue était étroite, comme toutes les rues du vieux quartier des Sables-d'Olonne, avec des pavés inégaux, des trottoirs dont il fallait descendre chaque fois qu'on croisait un passant. La porte du coin était une magnifique porte à deux battants, d'un vert profond, somptueux, aux reflets parfaits, aux deux marteaux de cuivre bien astiqués, comme on n'en voit que chez les avoués de province ou dans les couvents.

En face, stationnaient deux longues voitures luisantes, qui donnaient la même impression de propreté et de confort. Maigret les connaissait, elles appartenaient toutes les deux à des chirurgiens.

« J'aurais pu être chirurgien, moi aussi », pensa-t-il.

Et posséder une voiture comme celles-là. Probablement pas chirurgien, mais c'était un fait qu'il avait failli être médecin, qu'il avait commencé ses études de médecine, qu'il en avait parfois la nostalgie. Si son père n'était pas mort trois ans trop tôt...

Avant de poser le pied sur le seuil, il tira sa montre de la poche, et sa montre marquait trois heures. Au même moment, on entendait la cloche un peu grêle de la chapelle, puis, par-dessus les toits des petites maisons de la ville, celle, plus grave, de Notre-Dame.

Il soupira et pressa le timbre électrique. Il soupirait parce que c'était ridicule de tirer sa montre de sa poche chaque jour à la même heure. Il soupirait parce qu'il était non moins ridicule d'arriver à trois heures précises, comme si le sort du monde en dépendait. Il soupirait parce que, le temps d'attendre le déclic de la porte, qui s'ouvrait d'elle-même, grâce à un mécanisme bien huilé, sans bruit, sans heurt, il allait, comme les jours précédents, devenir un autre homme.

Pas même un homme. Ses épaules restaient les massives épaules du commissaire Maigret, la silhouette ne devenait pas moins lourde.

Dès son premier pas dans le large corridor clair, cependant, il se faisait à lui-même l'effet d'un petit enfant, du jeune Maigret qui, jadis, dans son village de l'Allier, marchait sur la pointe des pieds et retenait son souffle lorsque, le jour à peine levé, les mains gercées et le nez rouge, il pénétrait dans la sacristie afin de revêtir ses habits d'enfant de chœur.

L'atmosphère, ici, était d'une qualité équivalente. Une douce odeur pharmaceutique remplaçait le parfum d'encens, mais ce n'était pas l'odeur écœurante des hôpitaux, elle était plus complexe, plus raffinée, plus *exquise*. On marchait sur un linoléum moelleux comme il n'en avait jamais vu nulle part. Les murs, eux aussi, peints à l'huile, étaient plus lisses, d'un blanc plus onctueux que n'importe où. Jusqu'à cette moiteur de l'air, cette pureté du silence qu'il est impossible de trouver ailleurs que dans un couvent.

Il se tournait vers la droite, machinalement, et il saluait d'une inclinaison du buste, comme l'enfant de chœur passant devant l'autel, en murmurant :

— Bonjour, ma sœur...

Dans un bureau vitré, tout clair, tout net, percé d'un guichet, une sœur à cornette, assise devant un registre, lui souriait et disait :

— Bonjour, monsieur 6... Je téléphone pour savoir si vous pouvez monter... Notre chère malade va de mieux en mieux...

Celle-ci, c'était Sœur Aurélie. Sans doute, dans la vie ordinaire, aurait-elle été une femme de cinquante ans, mais sous sa coiffe blanche, son visage lisse comme un caramel n'avait pas d'âge.

— Allô !... prononçait-elle à voix feutrée. C'est vous, Sœur Marie des Anges ?... Monsieur 6 est en bas...

Maigret ne se fâchait pas, ne s'impatientait même pas. Dieu sait si cette cérémonie quotidienne était inutile. On l'attendait, là-haut. On savait qu'il arrivait à trois heures précises. Il était capable de monter tout seul au premier étage.

Mais non ! Elles étaient maniaques. Sœur Aurélie lui souriait, et il regardait l'escalier aux marches recouvertes d'un tapis rouge où allait paraître Sœur Marie des Anges.

Celle-ci à son tour souriait, ses deux mains dans les larges manches de sa robe grise.

— Vous voulez venir, monsieur 6 ?

Il savait bien qu'elle allait lui chuchoter, comme si c'était un secret ou une nouvelle sensationnelle :

— Notre chère malade va de mieux en mieux...

Il marchait sur la pointe des pieds. Peut-être aurait-il rougi si, d'aventure, son poids avait fait craquer une marche de l'escalier. Il détournait même un peu la tête en parlant, à cause de l'odeur du calvados qu'il buvait chaque jour après son déjeuner.

De larges fuseaux de soleil traçaient des raies obliques dans le couloir, comme sur les tableaux qui représentent des saints. Parfois il croisait une table roulante, une malade qu'on emmenait vers la salle d'opération et dont il ne retenait que le regard fixe.

Invariablement, Sœur Aldegonde venait jusqu'au seuil de la grande salle aux vingt lits, comme par hasard, comme si elle y avait à faire, rien que pour lui dire au passage, en souriant dévotement :

— Bonjour, monsieur 6…

Puis, un peu plus loin, Sœur Marie des Anges poussait, en s'effaçant, la porte marquée du numéro 6.

Assise dans son lit, une drôle d'expression sur son visage un peu pâle, une femme le regardait entrer. C'était Mme Maigret, qui avait toujours l'air de lui dire :

— Mon pauvre Maigret, que te voilà donc changé…

Pourquoi continuait-il à marcher sur la pointe des pieds, à parler d'une voix feutrée qui n'était pas la sienne, à évoluer avec précaution comme s'il risquait de casser des porcelaines ? Il l'embrassait au front, voyait les oranges et les gâteaux sur la table de nuit et, sur la couverture, un travail de tricot qui avait le don de le mettre en colère.

— Encore ?

— Sœur Marie des Anges m'a permis d'en faire un tout petit peu…

Il y avait d'autres rites. Saluer la vieille dame du second lit, par exemple. Car ils n'avaient pas pu obtenir une chambre à un seul lit.

— Bonjour, mademoiselle Rinquet…

Elle le regardait avec des petits yeux vifs et durs. Ses visites la faisaient enrager. Tout le temps qu'il restait là, son visage chiffonné gardait un air revêche.

— Assieds-toi, mon pauvre Maigret…

C'était elle qui était malade. C'était elle qu'on avait dû opérer d'urgence trois jours après leur arrivée aux Sables, où ils venaient passer les vacances. Mais c'était lui le « pauvre » Maigret.

Il faisait beaucoup trop chaud. Pour rien au monde, cependant, il n'aurait retiré son veston. Sœur Marie des Anges entrait de temps en temps, Dieu sait pourquoi, pour déplacer un verre d'eau, apporter un thermomètre ou un objet quelconque. Chaque fois elle murmurait avec un coup d'œil à Maigret :

— Pardonnez-moi…

Quant à Mme Maigret, chaque jour, elle questionnait :

— Qu'est-ce que tu as mangé ?

Ma foi, elle n'avait pas tellement tort. Qu'est-ce qu'il aurait fait d'autre, sinon manger et boire ? C'était si vrai qu'il n'avait jamais tant bu de sa vie.

Le lendemain de l'opération, le chirurgien avait recommandé :

— Ne restez pas plus d'une demi-heure…

Maintenant l'habitude était prise. C'était devenu un rite. Il restait une demi-heure. Il n'avait rien à dire.

La présence de la vieille fille rageuse l'empêchait d'ouvrir la bouche. Au fait, en période normale, qu'est-ce qu'il racontait à sa femme quand il était avec elle ? Il lui arrivait aujourd'hui de se le demander. Rien, en somme. Alors pourquoi, toute la journée, lui manquait-elle tellement ?

Ici, il ne faisait qu'attendre ; attendre la fin de la demi-heure. Après quelques minutes, Mme Maigret prenait son tricot, pour se donner une contenance. Comme elle devait supporter, elle, toute la journée et toute la nuit, la présence de Mlle Rinquet, elle la ménageait. Si elle racontait quelque chose, elle s'empressait d'ajouter :

— N'est-ce pas, mademoiselle Rinquet ?

Puis elle adressait un clin d'œil à Maigret. Il devinait ce que cela voulait dire. Les femmes détestent se montrer les unes aux autres leurs petites misères, Mme Maigret surtout, et elles étaient là toutes les deux clouées à leur lit.

— J'ai écrit une petite carte pour ma sœur… Tu seras gentil de la mettre à la poste…

Il avait glissé dans la poche gauche de son veston la carte postale, qui représentait la clinique, avec sa jolie façade blanche et sa porte verte. Voilà un détail idiot. Poche gauche ? Poche droite ? Cette question devait le tarabuster le même soir à onze heures.

Depuis des années et des années, depuis toujours pour ainsi dire, chacune de ses poches avait une destination bien définie. Dans la poche gauche du pantalon, la blague à tabac et le mouchoir – de sorte qu'il y avait toujours des brins de tabac dans ses mouchoirs. Poche droite, ses deux pipes et la petite monnaie. Poche revolver gauche, son portefeuille qui, toujours gonflé de papiers inutiles, lui faisait une fesse plus grosse que l'autre. Il n'avait jamais de clefs sur lui. Quand il en emportait par aventure, il les égarait. Il ne mettait presque rien dans le veston, seulement une boîte d'allumettes dans la poche de droite.

C'est pourquoi, lorsqu'il avait des journaux à emporter ou des lettres à poster, il les glissait dans la poche de gauche.

L'avait-il fait ce jour-là ? C'était probable. Il était assis près de la fenêtre aux vitres dépolies. Sœur Marie des Anges était entrée deux ou trois fois, avec chaque fois un coup d'œil furtif et pourtant appuyé dans sa direction. Elle était toute jeune. Son visage rose était sans une ride.

Un imbécile aurait peut-être prétendu qu'elle était amoureuse de lui, tant elle mettait de hâte à aller le chercher dans l'escalier, tant, lorsqu'il se trouvait dans la chambre, elle devenait maladroite de ses mains. Il savait bien que c'était autre chose, que c'était plus simple, très naïf, très petite fille, au fond.

Comme cette idée, qui venait d'elle, de l'appeler Monsieur 6. Parce qu'il avait horreur de la curiosité des gens et qu'il n'aimait pas qu'on lançât son nom à tous les échos. Est-ce qu'il était en vacances, oui ou non ? Est-ce qu'il détestait vraiment les vacances ? Pendant toute l'année, il soupirait :

— Avoir enfin des journées tranquilles, un chapelet d'heures vides qu'on peut remplir à son gré…

Des heures absolument disponibles, des journées sans une obligation, sans un rendez-vous. À Paris,

dans son bureau du Quai des Orfèvres, cela apparaissait comme un bonheur inimaginable.

Est-ce Mme Maigret qui lui manquait ?

Non ! Il se connaissait. Il grognait. Il rechignait. Il
n'en savait pas moins, au fond, qu'il en serait de ces
vacances-ci comme des autres. Dans six mois, dans un
an, il penserait :

— Mon Dieu ! comme j'étais heureux aux
Sables...

Et cette clinique où il se sentait si mal à l'aise
deviendrait avec le recul un endroit de délices, il
s'attendrirait en évoquant le visage candide et rougissant de Sœur Marie des Anges.

Jamais il ne tirait sa montre avant d'entendre le
petit coup de cloche de la chapelle qui annonçait la
demie de trois heures. Il faisait même semblant de ne
pas l'avoir entendu. Est-ce que Mme Maigret était
dupe ? C'était elle qui devait prononcer :

— Il est l'heure, Maigret...

— Je téléphonerai demain matin, annonçait-il en
se levant, comme si c'était une nouveauté.

Il téléphonait chaque matin. Il n'y avait pas le téléphone dans la chambre, mais c'était Sœur Aurélie, en
bas, qui répondait :

— Notre chère malade a passé une excellente
nuit...

Elle ajoutait parfois :

— M. l'aumônier viendra tout à l'heure lui tenir
compagnie...

Un prisonnier, à Fresnes, n'a pas une vie plus
réglée que l'était la sienne. Il avait horreur des

obligations. Il pestait à l'idée de devoir se trouver ici ou là à telle heure. Or il s'était lui-même, en définitive, créé un horaire qu'il observait plus scrupuleusement qu'un train.

À quel moment de la journée le papier avait-il pu être glissé dans sa poche, dans la poche gauche de son veston ?

C'était un papier quelconque, glacé et quadrillé, probablement une page arrachée à un carnet. Les mots étaient tracés au crayon, d'une écriture régulière qui lui paraissait une écriture de femme.

Par pitié, demandez à voir la malade du 15.

Il n'y avait pas de signature. Rien d'autre que ces mots-là. Or il avait glissé la carte postale de sa femme dans sa poche gauche. Est-ce que le papier s'y trouvait déjà ? C'était possible. Il n'avait pas dû pousser sa main bien à fond dans la poche.

Mais ensuite quand il avait jeté la carte dans la boîte aux lettres, juste en face des halles ?

Il y avait surtout deux petits mots qui l'irritaient : *par pitié.*

Pourquoi par pitié ? Si quelqu'un avait envie de lui parler, il était tout simple de le lui dire. Il n'était pas le pape. N'importe qui pouvait lui adresser la parole.

Par pitié… Cela s'accordait avec cette atmosphère douceâtre dans laquelle il s'enfonçait chaque après-midi, avec les sourires comme effacés à la gomme des bonnes sœurs, avec les petits coups d'œil de Sœur Marie des Anges.

Non ! Il haussait les épaules. Il voyait mal Sœur
Marie des Anges lui glissant un billet dans la poche.
À plus forte raison Sœur Aldegonde, qui s'arrangeait
pour se trouver dans le couloir, en face de la salle
commune, lorsqu'il passait. Quant à Sœur Aurélie,
elle était toujours séparée de lui par son guichet.

C'était inexact. Un détail lui revenait. Quand il
était parti, elle se trouvait à l'extérieur de son bureau
et elle l'avait reconduit jusqu'à la porte.

Pourquoi pas la vieille demoiselle Rinquet, tant
qu'il y était ? Il avait frôlé son lit aussi. Et il avait
croisé le docteur Bertrand dans l'escalier…

Il ne voulait pas y penser. D'ailleurs cela n'avait
aucune importance. Il était dix heures et demie du
soir quand il avait trouvé le billet. Il venait de monter
dans sa chambre à l'*Hôtel Bel Air*. Comme d'habitude, avant de se déshabiller, il vidait ses poches dont
il posait le contenu sur la commode.

Ainsi que les jours précédents, il avait beaucoup
bu. Pas par sa faute. Pas consciemment. Parce que sa
vie aux Sables s'était organisée ainsi.

Par exemple, quand il descendait, à neuf heures du
matin, il était obligé de boire.

À huit heures, Julie, la plus petite et la plus noiraude des deux bonnes, lui apportait son café au lit.
Pourquoi faisait-il semblant de dormir alors qu'il était
éveillé depuis six heures du matin ?

Une manie de plus. Les vacances, c'était la grasse
matinée. Trois cent vingt jours par an, et davantage,
chaque matin, en se levant avec le jour, il se promettait :

— Quand je serai en vacances, qu'est-ce que je me payerai comme sommeil !

Sa chambre donnait sur la mer. On était en août. Il dormait les fenêtres ouvertes. Les rideaux de vieux reps rouge ne croisaient pas et le soleil se chargeait de le tirer du sommeil, avec le bruit des vagues sur le sable de la plage.

Puis, tout de suite après, c'était la dame du 3, sa voisine de gauche, qui avait quatre enfants, de six mois à huit ans, qui tous couchaient dans sa chambre.

Pendant une heure, c'étaient des cris, des lamentations, des allées et venues ; on l'imaginait, à moitié vêtue, pieds nus dans les savates, les cheveux défaits, se battant avec sa marmaille impatiente, fourrant l'un dans un coin et l'autre sur un lit, giflant l'aîné qui pleurait, cherchant l'introuvable soulier de la gamine, désespérant enfin de faire jamais marcher le réchaud sur lequel elle devait réchauffer le biberon du dernier et dont les relents d'alcool se glissaient par-dessous la porte de communication jusqu'au lit de Maigret.

Quant aux deux vieux de droite, c'était une autre comédie. Ils parlaient sans répit, d'une voix monotone, feutrée, au point qu'on ne reconnaissait pas la voix de l'homme de celle de la femme et qu'on aurait pu croire qu'ils récitaient des psaumes.

Il fallait attendre que la salle de bains de l'étage fût libre, guetter les bruits de vidange et de chasse d'eau. Maigret disposait d'un petit balcon. Il s'y attardait, en robe de chambre, et le spectacle était vraiment beau, la plage vaste et éblouissante, la mer couverte de voiles bleues et blanches. Il voyait planter les premiers parasols rayés, arriver les premiers marmots en maillot rouge.

Quand il descendait, rasé de frais, un reste de savon aux oreilles, il en était à sa troisième pipe.

Qu'est-ce qui l'obligeait à passer par les coulisses ? Rien. Il aurait pu, comme les autres, sortir par la salle à manger claire que Germaine, la grosse bonne aux seins invraisemblables, était en train d'astiquer.

Mais non. Il poussait la porte de la salle à manger des patrons, puis celle de la cuisine. Mme Léonard, à ce moment-là, portait ses lunettes et discutait du menu avec le chef. M. Léonard, invariablement, jaillissait de la cave. À n'importe quelle heure du jour, on le voyait sortir de la cave, et pourtant il était assez sobre.

— Belle journée, commissaire…

M. Léonard était en pantoufles et en bras de chemise. Il y avait des petits pois, des carottes fraîchement grattées, des poireaux, des pommes de terre dans des bassines. Des viandes saignaient sur le bois blanc de la table et des soles ou des turbots attendaient d'être écaillés.

— Un petit coup de blanc, commissaire ?

Le premier de la journée. Le coup de blanc du patron. C'était d'ailleurs un excellent petit vin aux reflets presque verts.

Maigret ne pouvait quand même pas aller s'asseoir sur le sable de la plage, parmi les mamans. Il marchait le long du Remblai, en s'arrêtant de temps en temps. Il regardait la mer, les silhouettes multicolores qui devenaient de plus en plus nombreuses dans les vagues du bord. Puis, arrivé à hauteur du centre de la

ville, il tournait à droite, par une rue étroite, et atteignait le marché couvert.

Il faisait le tour des étals aussi lentement, aussi
sérieusement que s'il avait quarante personnes à
nourrir. Il s'arrêtait surtout devant les poissons qui
frétillaient encore, devant les crustacés, tendait un
bout d'allumette à un homard qui le saisissait de sa
pince…

Deuxième vin blanc. Parce qu'il y avait là, juste en
face, un petit bistrot où l'on descendait une marche et
qui constituait comme le prolongement du marché
dont il recevait les bonnes odeurs.

Il passait ensuite devant l'église Notre-Dame pour
aller acheter son journal. Pouvait-il remonter dans sa
chambre pour le lire ?

Il regagnait le Remblai, s'asseyait à une terrasse,
toujours à la même place. Toujours, aussi, il hésitait,
tandis que le garçon attendait sa commande. Comme
s'il allait boire autre chose !

— Un vin blanc…

C'était venu par hasard. Il restait parfois des mois
sans boire de vin blanc.

À onze heures, il entrait dans le café pour téléphoner à la clinique, pour entendre Sœur Aurélie lui
dire de sa voix onctueuse :

— Notre chère malade a passé une excellente
nuit…

Il s'était ménagé comme ça une série de petits coins
où il prenait place à heure fixe. Dans la salle à manger
de l'hôtel aussi, il avait son coin, près de la fenêtre, en
face de la table de ses deux vieux voisins.

Le premier jour, après son café, il avait commandé un verre de calvados. Depuis, Germaine lui demandait invariablement :

— Calvados, monsieur le commissaire ?

Il n'osait pas refuser. Il se sentait engourdi. Le soleil était chaud. Il y avait des heures où l'asphalte du Remblai mollissait sous les semelles et où les pneus d'auto laissaient en creux leur empreinte.

Il montait faire sa sieste, pas dans son lit, mais dans le fauteuil qu'il tirait sur le balcon, un journal déployé sur son visage.

Par pitié, demandez à voir la malade du 15...

À le voir s'incruster d'heure en heure dans ses différents coins, on aurait pu croire qu'il était là depuis des années, comme les joueurs de cartes de l'après-midi. Or il y avait juste neuf jours que sa femme et lui étaient arrivés. Le premier soir, ils avaient mangé des moules. Ils se promettaient ce plaisir-là depuis Paris : manger un plein plat de moules bien frais pêchées.

Ils en avaient été malades tous les deux. Ils avaient empêché leurs voisins de dormir. Le lendemain, Maigret allait mieux, mais, sur la plage, Mme Maigret se plaignit de douleurs vagues. La seconde nuit, elle avait de la fièvre. On croyait encore que ce n'était rien.

— J'ai eu tort. Les moules ne m'ont jamais réussi...

Puis, le surlendemain, elle souffrait tellement qu'on devait appeler le docteur Bertrand et que celui-ci l'envoyait d'urgence à la clinique. Des heures mauvaises que celles-là, confuses, des allées et venues, de nouveaux visages, des radiographies, des analyses.

— Je vous assure, docteur, que ce sont les moules, répétait Mme Maigret avec un pauvre sourire.

Mais les médecins ne souriaient pas, prenaient Maigret à part. Une appendicite aiguë à opérer à chaud, avec menace de péritonite.

Il arpentait le long couloir, pendant l'opération, en même temps qu'un jeune homme qui attendait, lui, la délivrance de sa femme, et qui se mordait les ongles jusqu'au sang.

Voilà comment il était devenu Monsieur 6.

En six jours, on prend de nouvelles habitudes, on apprend à marcher à pas feutrés, à adresser des sourires sucrés à Sœur Aurélie, puis à Sœur Marie des Anges. On apprend même à sourire jaune à l'odieuse Mlle Rinquet.

Après quoi quelqu'un en profite pour vous glisser dans la poche un billet stupide.

Et d'abord, qui était le 15 ? Mme Maigret le savait, sûrement. Elles se connaissaient toutes sans se voir. Elles étaient au courant des petites affaires de chacun. Il lui arrivait d'en parler à son mari, discrètement, à voix basse, comme à l'église.

— Il paraît que la dame du 11 est si gentille et si douce… Et pourtant, la pauvre… Approche-toi…

Elle balbutiait dans un souffle :

— Cancer au sein…

Puis elle jetait un coup d'œil vers le lit de Mlle Rinquet, battait des cils, ce qui signifiait que celle-ci avait un cancer aussi.

— Si tu voyais la jolie petite fille qu'on a amenée dans la salle...

La salle, c'était la salle commune, car il y avait en somme trois classes, comme dans les trains : la salle commune, qui faisait office de troisième classe, puis les chambres à deux lits et enfin, au sommet de la hiérarchie, les chambres à un lit.

À quoi bon se tracasser ? Tout cela était de l'enfantillage. L'atmosphère de la clinique avait vraiment quelque chose d'enfantin. Est-ce que les bonnes sœurs n'étaient pas infantiles ?

Les malades aussi, avec leurs jalousies et leurs secrets chuchotés, les sucreries qu'elles amassaient comme des avares et les pas qu'elles guettaient dans les couloirs.

Par pitié...

Ces deux mots-là trahissaient la femme. Pourquoi la malade du 15 aurait-elle eu besoin de lui ? Il n'allait quand même pas prendre ça au sérieux, s'adresser à Sœur Aurélie pour lui demander la permission de rendre visite à quelqu'un dont il ne connaissait pas le nom.

Il y avait trop de soleil sur la plage et dans la ville. À certaines heures, l'atmosphère en frémissait littéralement et, quand on pénétrait soudain dans un trou d'ombre, on était un bon moment à ne rien voir que du rouge.

Allons ! Il en avait fini avec sa sieste ; il pouvait replier son journal, endosser son veston, allumer une pipe et descendre.

— À tout à l'heure, commissaire…

C'étaient ainsi des saluts, comme des bénédictions, à longueur de journée. Tout le monde était gentil, souriant. Il n'y avait que lui qui finissait par en devenir grognon. Une bonne pluie battante, une dispute avec quelqu'un de bien hargneux l'auraient soulagé.

La porte verte et le coup de trois heures. Il n'était même pas capable de ne pas tirer sa montre de sa poche !

— Bonjour, ma sœur…

Pourquoi ne faisait-il pas la génuflexion, tant qu'il y était ? À l'autre maintenant, Sœur Marie des Anges, qui l'attendait dans l'escalier.

— Bonjour, ma sœur…

Et Monsieur 6 entrait sur la pointe des pieds dans la chambre de Mme Maigret.

— Comment vas-tu ?

Elle s'efforçait de sourire et n'y parvenait qu'à moitié.

— Il ne fallait pas m'apporter d'oranges. Il m'en restait…

— Toi qui dois connaître toutes les malades…

Pourquoi lui faisait-elle signe ? Il se tourna vers le lit de Mlle Rinquet. La vieille fille était couchée, la tête dans l'oreiller, tournée vers le mur. Il chuchota :

— Cela ne va pas ?

— Ce n'est pas elle… Chut… Approche-toi…

Tout cela se passait à grand renfort de mystères, comme dans un pensionnat de petites filles.

— Nous avons eu une morte, cette nuit…

Elle surveillait Mlle Rinquet, dont la couverture bougea.

— Cela a été terrible, avec des cris qu'on entendait jusqu'ici... Puis la famille est arrivée... Pendant plus de trois heures, il y a eu des allées et venues... Plusieurs malades se sont effrayées... Surtout de voir l'aumônier apporter l'extrême-onction... On avait éteint dans le corridor, mais tout le monde savait...

Dans un souffle, Mme Maigret ajouta en désignant sa compagne de chambre :

— Elle croit que cela va être son tour...

Maigret ne savait que dire. Il était là, lourd et pataud, dans un monde étranger.

— C'est une jeune fille... Une très jolie jeune fille, paraît-il... le 15...

Elle se demanda pourquoi il fronçait ses gros sourcils et tirait machinalement de sa poche une pipe qu'il ne bourra d'ailleurs pas.

— Tu es sûre que c'est le 15 ?

— Mais oui... Pourquoi ?...

— Pour rien...

Il alla s'asseoir à sa place. Ce n'était pas la peine de parler du billet à Mme Maigret qui s'affolerait tout de suite.

— Qu'est-ce que tu as mangé ?

Mlle Rinquet s'était mise à pleurer. On ne voyait pas son visage, rien que des cheveux rares sur l'oreiller, mais la couverture bougeait à un rythme saccadé.

— Tu ne devrais pas rester trop longtemps...

Il n'était pas à sa place, évidemment, avec sa grosse santé, dans cette maison de malades et de bonnes sœurs aux pas glissants.

Avant de partir, il demanda :

— Tu sais comment elle s'appelle ?

— Qui ?

— La jeune fille… Le 15…

— Hélène Godreau…

Il remarqua alors seulement que Sœur Marie des Anges avait les yeux rouges et qu'elle paraissait lui en vouloir. Était-ce elle qui avait glissé le billet dans sa poche ?

Il se sentait incapable de le lui demander. Tout cela ressemblait si peu aux décors dans lesquels il avait l'habitude d'évoluer, aux couloirs poussiéreux de la P. J., aux gens qu'il faisait asseoir dans son bureau, bien en face de lui, et qu'il regardait longuement dans les yeux avant de les bombarder de questions brutales.

Au surplus, cela ne le regardait pas. Une jeune fille était morte. Et après ? Quelqu'un lui avait glissé dans la poche un message qui ne signifiait rien…

Il suivait sa route, comme un cheval de cirque. En somme, ses journées se passaient à tourner en rond comme un cheval de cirque. Maintenant, par exemple, c'était l'heure de la *Brassée du Remblai.* Il y allait comme à un rendez-vous important, alors qu'il n'avait absolument rien à y faire.

La salle était vaste et claire. Près des baies vitrées qui donnaient sur la plage et sur la mer s'attablait le commun des consommateurs à qui il n'accordait pas un coup d'œil, des inconnus, des estivants, qui n'avaient pas d'heure, qu'on ne s'attendait pas à voir chaque jour à la même place.

Au fond, dans une large encoignure, derrière le billard, il en était tout autrement de deux tables autour desquelles des hommes graves et silencieux étaient assis, guettés par un garçon attentif à leurs moindres signes.

Ceux-là étaient des gens considérables, les riches hommes, les anciens. Certains avaient vu bâtir la brasserie et certains avaient connu Les Sables avant la construction du Remblai.

Chaque après-midi, ils se retrouvaient pour jouer au bridge. Chaque après-midi, ils se serraient la main en silence, ou en échangeant des phrases courtes et rituelles.

Déjà, ils s'étaient habitués à la présence de Maigret, qui ne jouait pas aux cartes, mais qui s'installait à califourchon sur une chaise et qui suivait les parties en fumant sa pipe et en buvant un vin blanc.

On lui adressait le plus souvent un bonjour de la main. Seul le commissaire de police, M. Mansuy, qui l'avait présenté à ces messieurs, se dérangeait pour lui serrer la main.

— Votre femme va toujours mieux ?

Il répondait oui, machinalement. C'est machinalement aussi qu'il ajouta :

— Une jeune fille est morte cette nuit, à la clinique…

Il avait parlé à mi-voix, mais la moitié de sa voix avait encore un volume assez considérable, surtout dans le silence qui régnait autour des deux tables.

Il comprit, à l'attitude de ces messieurs, qu'il avait commis une gaffe. D'ailleurs, le commissaire de police lui fit signe de ne pas insister.

Depuis six jours qu'il regardait jouer, il n'était pas encore parvenu à comprendre le jeu et, cette fois, il se contenta d'observer les visages.

M. Lourceau, l'armateur, était très vieux, mais grand, encore fort, avec un visage cramoisi sous ses cheveux blancs. De tous, c'était le meilleur bridgeur et, quand son partenaire commettait une faute, il avait une façon de le regarder qui n'encourageait pas à jouer avec lui.

Depaty, le marchand de biens, qui s'occupait surtout de villas et de lotissements, était plus vif, avec des yeux farceurs, malgré ses soixante-dix ans.

Il y avait encore un entrepreneur de maçonnerie, un juge, un constructeur de bateaux et l'adjoint au maire.

Le plus jeune devait avoir entre quarante-cinq et cinquante ans. Il terminait justement une partie. Il était maigre, racé, nerveux, les yeux vifs, les cheveux d'un beau brun, et il s'habillait avec recherche sinon avec préciosité.

Quand il eut joué sa dernière carte, il se leva, comme il en avait l'habitude, pour se diriger vers la cabine téléphonique. Maigret regarda l'heure à l'horloge. Il était quatre heures et demie. Chaque jour, à quatre heures et demie, ce joueur-là donnait ainsi un coup de téléphone.

Le commissaire Mansuy, qui changeait de place avec son voisin pour la partie suivante, se penchait vers son collègue et murmurait :

— C'est sa belle-sœur qui est morte...

L'homme qui téléphonait tous les jours à sa femme pendant la partie était le docteur Bellamy. Il habitait à moins de trois cents mètres, la grosse maison blanche, après le casino, exactement entre le casino et la jetée, là où se dressent les trois ou quatre plus belles demeures de la ville. On pouvait apercevoir la sienne par la baie. La façade unie, immaculée, percée de larges et hautes fenêtres, faisait penser à la clinique, dont elle avait le calme et la dignité.

Le docteur Bellamy revenait, impassible, vers la table où on l'attendait et où les cartes étaient déjà distribuées. M. Lourceau, qui n'aimait pas voir mêler les questions futiles aux solennités du bridge, haussait les épaules. Sans doute en était-il ainsi depuis des années ?

Le docteur n'était pas homme à se laisser impressionner. Pas un trait de son visage ne bougeait. Il examinait son jeu d'un coup d'œil, laissait tomber :

— Deux trèfles...

Puis, pendant le jeu, il se mit, pour la première fois, à examiner Maigret à la dérobée. C'était à peine perceptible. Les regards étaient si brefs qu'il fallait les saisir au vol.

Par pitié...

Pourquoi une phrase se forma-t-elle dans l'esprit de Maigret, à son insu, qui devait ensuite le tarabuster pendant le reste de la partie ?

— *En tout cas, en voilà un qui n'aurait pas pitié...*

Rarement il avait vu des yeux aussi secs et aussi ardents tout ensemble, un homme aussi maître de ses nerfs, aussi capable de ne rien laisser paraître de ses sentiments.

Les jours précédents, Maigret n'attendait pas la fin du bridge. D'autres « coins » l'attendaient. L'idée de changer quoi que ce fût à ses habitudes le choquait.

— Vous serez encore ici à six heures ? demanda-t-il au commissaire Mansuy.

Et celui-ci regarda sa montre, ce qui ne servait à rien, avant de répondre affirmativement.

Le Remblai, jusqu'au bout cette fois, y compris la maison du docteur Bellamy qui était le type même de ces demeures que les passants regardent avec envie en pensant :

— Qu'il doit donc faire bon y vivre…

Puis le port, l'atelier du voilier, avec ses voiles étalées sur le trottoir, le passeur d'eau, les bateaux qui rentraient et allaient s'amarrer les uns à côté des autres en face de la halle aux poissons.

Ici, c'était un petit café peint en vert, avec un seuil de quatre marches, un comptoir sombre, deux ou trois tables couvertes de toile cirée brune et rien que des hommes vêtus de bleu, leurs hautes bottes de caoutchouc rabattues sur les cuisses.

— Un petit vin blanc…

… Qui n'avait pas le même goût que celui de l'*Hôtel Bel Air*, ni que celui du marché couvert, ni encore que le vin blanc de la *Brasserie du Remblai*.

Il ne restait qu'à longer le quai jusqu'au bout, puis à tourner à droite et à revenir par les rues étroites où

les maisons sans étage grouillaient de vie, de bruits et
d'odeurs.

Quand, à six heures, il atteignit la *Brasserie du
Remblai*, le commissaire Mansuy, qui venait d'en
sortir, l'attendait sur le trottoir en remontant sa
montre.

2

Cela dura une demi-heure, et l'attente n'était pas désagréable, au contraire. Le commissaire Mansuy lui avait dit :

— Je suis obligé de passer un moment au commissariat. J'ai quelques pièces à signer et probablement un bonhomme qui m'attend.

C'était un petit roux, avec un air comme il faut, timide même, l'air de toujours dire aux gens :

— Excusez-moi, mais je vous assure que je fais ce que je peux.

Sans doute, enfant, avait-il été un de ces garçons à grosse tête qui passent leurs récréations à rêver dans un coin et dont on dit qu'ils sont trop réfléchis pour leur âge. Il était célibataire et habitait en meublé, chez une veuve qui possédait une villa près de l'*Hôtel Bel Air*. De temps en temps, il venait prendre l'apéritif à l'hôtel, et c'est ainsi que Maigret l'avait connu.

S'il n'avait pas l'air d'un vrai commissaire, le commissariat non plus n'était pas un vrai commissariat. Les bureaux étaient installés dans une maison particulière, sur une petite place. Dans certaines

pièces, les papiers peints n'avaient pas été changés, de
sorte qu'on devinait d'anciennes chambres, d'anciens
cabinets de toilette, avec la place de chaque meuble
dessinée en plus clair et des tuyaux qui n'aboutis-
saient plus à rien.

Cependant, il y avait l'odeur, que Maigret reniflait
avec plaisir, presque avec soulagement, une bonne
odeur lourde, épaisse à couper au couteau, faite du
cuir des baudriers, de la laine des uniformes, des
paperasses administratives, des pipes refroidies et
enfin des pauvres diables qui avaient poli de leur derrière les deux bancs de bois de la salle d'attente.

À côté de la Police Judiciaire, cela faisait un peu
amateur. On avait l'air de jouer à la police. Un agent,
en bras de chemise, se lavait le visage et les mains dans
la cour. On entendait caqueter les poules dans le jardin
voisin. D'autres agents jouaient aux cartes dans le
corps de garde, en le faisant exprès d'être débraillés,
pour avoir l'air de vrais agents, et il y en avait de très
jeunes qui ressemblaient à des conscrits.

— Vous permettez que je vous montre le chemin ?

Au fond, le petit commissaire était content de faire
visiter sa maison à un personnage comme Maigret.
Content et un peu anxieux. Deux inspecteurs, dans
un grand bureau, étaient assis sur les tables et
fumaient. L'un d'eux avait son chapeau en arrière sur
le crâne, comme dans les films américains.

Mansuy les salua distraitement, ouvrit la porte de
son bureau, revint sur ses pas.

— Rien de nouveau ?

— On vous a gardé Polyte… Le sous-préfet a
demandé que vous l'appeliez au téléphone…

Le temps était splendide. Depuis qu'il était aux
Sables, Maigret n'avait pas eu un seul jour de pluie.
Les fenêtres étaient ouvertes, laissant pénétrer les
bruits de la ville et on voyait des familles qui s'en revenaient de la plage.

Quand on amena Polyte, on lui avait passé les
menottes, pour faire plus sérieux. C'était un pauvre
diable sans âge bien défini, comme on en voit au
moins un dans chaque village, haillonneux, hirsute,
l'œil naïf et rusé tout ensemble.

— Alors, te voilà à nouveau avec une mauvaise
affaire sur les bras ? Je suppose que, cette fois-ci, tu
ne nieras plus ?

Polyte ne bougeait pas, ne répondait pas, le regard
docilement fixé sur le commissaire Mansuy qui était
un peu impressionné par la présence du grand Maigret et qui voulait mieux faire que jamais.

— Car tu ne nies pas, je suppose ?

Il dut répéter sa question deux fois avant d'obtenir
un signe du vagabond, un signe affirmatif.

— Qu'est-ce que cela veut dire ? Que tu avoues ?

Signe négatif.

— Tu nies t'être introduit dans le jardin de
Mme Médard ?

Bon Dieu, que c'était réconfortant et comme Maigret se sentait plus à son aise que chez les bonnes
sœurs ! Polyte devait être habitué. Il vivait dans une
baraque en planches, à l'orée de la ville, avec une
femme et sept ou huit mioches, tous plus pouilleux les
uns que les autres.

Le matin même, il s'était présenté chez un brocanteur à qui il avait essayé de vendre deux paires de

draps presque neufs, ainsi que des serviettes et du
linge de femme. Le brocanteur, feignant d'accepter,
avait alerté l'agent en faction au coin de la rue, et
Polyte avait été appréhendé alors qu'il n'avait pas parcouru deux cents mètres. Quant à Mme Médard, la
volée, elle était déjà au commissariat.

— Tu t'es introduit dans son jardin où elle avait
laissé la nuit dernière du linge à sécher… Ce n'est pas
la première fois que tu sautes sa haie… La semaine
dernière, tu as ouvert la porte de son clapier et tu lui
as pris ses deux plus gros lapins…

— Je ne lui ai jamais pris de lapins…

— Elle a formellement reconnu une des peaux
qu'on a retrouvées chez toi…

— C'est mon métier de ramasser les peaux de
lapins…

— Même si la viande est encore dedans ?

Il n'y avait rien à faire. Mansuy, les joues roses,
avait beau multiplier les questions et tendre des
pièges.

— C'est un homme qui m'a vendu le linge…

— Où ?

— Dans la rue…

— Dans quelle rue ?

— Par là…

— Comment s'appelle-t-il ?

— Je ne sais pas…

— Tu l'avais déjà vu ?

— Je ne crois pas…

— Et il s'est adressé à toi pour te vendre les draps
et les chemises ?

— Je l'ai déjà dit…

— Tu te rends bien compte que le juge ne te croira pas et va te saler ?

— Ce sera une injustice...

Polyte répandait une odeur qui rappelait, en plus fort, celle d'un abri de l'Armée du Salut. Il était buté. On sentait que, poursuivrait-on l'interrogatoire pendant des heures, on n'en tirerait rien de plus, et ses petits yeux malins avaient l'air de dire :

— Vous voyez que cela ne vous avance pas !

Deux agents l'emmenèrent enfin, menottes toujours aux poings, tandis que Maigret restait seul avec le commissaire, fenêtres ouvertes, la maison presque vide, sauf les hommes du corps de garde.

— Voilà !... Cela ne ressemble pas aux affaires dont vous avez l'habitude, n'est-ce pas ?... J'ai le temps, ici, de faire un bridge presque chaque après-midi...

— Vous n'oubliez pas de téléphoner au sous-préfet ?

— C'est pour m'inviter à dîner demain, je le sais déjà... Vous le connaissez ?... Un homme charmant... Vous me parliez tout à l'heure de Philippe Bellamy... Qu'est-ce que vous en pensez ?... C'est un caractère, n'est-il pas vrai ?... Il n'y a que deux ans que je suis nommé aux Sables, mais j'ai eu le temps de connaître tout le monde... Vous avez vu les principales personnalités locales... Il y en a de pittoresques... Le docteur Bellamy les surclasse de beaucoup... Savez-vous que, dans sa partie, il est très fort ?... J'ai eu l'occasion d'en parler à un ami, qui est médecin à Bordeaux... Bellamy est un des neurologues les plus distingués d'aujourd'hui... Il a été

longtemps médecin des hôpitaux à Paris, où il a passé
son agrégation... Il aurait pu être nommé professeur
dans une grande Faculté... Il a préféré venir vivre ici
avec sa mère...

— Sa famille est originaire des Sables ?

— Elle y est installée depuis plusieurs générations.
Vous n'avez pas rencontré Mme Bellamy, la mère ?
Une vieille dame assez forte, trapue, qui marche avec
une canne qu'elle tient plutôt comme un sabre !...
Une fois par semaine environ, elle a une prise de bec
avec des dames du marché...

— De quoi la jeune fille est-elle morte ?

— C'est justement afin de m'en parler, j'en suis
persuadé, que le sous-préfet m'invite à dîner... Il m'a
téléphoné ce matin à ce sujet... Il est en relations,
bien entendu, avec le docteur Bellamy... Ils se voient
assez souvent...

Cela faisait du bien de fumer tranquillement sa
pipe en allant et venant dans le bureau, en se carrant
de temps en temps dans l'encadrement lumineux de
la fenêtre, et de bavarder ainsi à petites phrases paresseuses.

— Comme il fallait s'y attendre, on parle beaucoup de l'accident... Cela m'étonne que vous ne
soyez pas au courant...

— Je connais si peu de monde ici...

— C'était... voyons... il y a deux jours... Oui, le
3 août... Le rapport doit encore se trouver dans le
bureau de mon secrétaire, mais je serais incapable de
mettre la main dessus... Le docteur Bellamy s'était
rendu en voiture à La Roche-sur-Yon, en compagnie
de sa belle-sœur...

— Quel âge ?

— Dix-neuf ans… Une curieuse fille, plutôt inté-
ressante que jolie… N'allez surtout pas vous mettre
des idées en tête… Si Lili Godreau était gentille, sa
sœur, que Bellamy a épousée, est une des plus belles
femmes qu'on puisse rencontrer… Malheureusement, vous n'aurez guère l'occasion de la voir, car elle
sort peu…

— Quel âge ? répéta Maigret.

— Environ vingt-cinq ans… L'amour de Bellamy
pour sa femme est presque légendaire dans la
région… C'est une véritable passion et tout le monde
vous dira qu'il est d'une jalousie farouche… Certains
prétendent qu'il l'enferme quand il sort, quand, par
exemple, il vient chaque après-midi faire sa partie de
cartes… Je crois que c'est exagéré… Par contre, il est
à remarquer que la mère Bellamy ne s'absente jamais
en même temps que son fils et je ne serais pas étonné
qu'elle reste à la maison pour surveiller sa bru. Vous
avez vu le docteur téléphoner… Il ne peut rester deux
heures dehors sans l'appeler au bout du fil, sans
prendre contact avec elle, peut-être pour s'assurer
qu'elle est là…

— De quelle famille sort-elle ?

— Justement la vie de sa mère n'est pas faite pour
rassurer un mari… Cela vous intéresse ?… Je vais
essayer de vous raconter ce que je sais… La femme de
Bellamy s'appelle Odette et son nom de jeune fille est
Godreau… Sa mère était d'assez bonne famille, fille
d'officier de marine, je crois… C'était et c'est resté
une fort belle femme.

» Pendant vingt ans, aux Sables, elle a représenté le péché… Je ne sais pas si vous avez vécu en province et si vous me comprenez… Elle n'était pas mariée… Elle était entretenue… Elle l'a été successivement par deux ou trois messieurs riches, entre autres par M. Lourceau que vous avez vu au café… Elle était celle sur le passage de qui les rideaux bougent, celle sur qui se retournent les collégiens émus et les hommes mariés, celle pour qui, lorsqu'elle entrait dans un magasin, les conversations cessaient, cependant que ces dames prenaient un air pincé…

» Elle a eu deux filles, à qui on attribue plusieurs pères, au petit bonheur. Odette et Lili…

» Odette est devenue une jeune fille plus éclatante encore que sa mère n'avait été, et le docteur Bellamy l'a connue alors qu'elle n'avait pas vingt ans…

» Il l'a épousée.

» Vous l'avez vu. Je vous ai dit que c'est un caractère. Il a épousé la demoiselle, mais il n'a pas voulu de la belle-mère, à qui il a fait une pension pour qu'elle quitte le pays… Il paraît qu'elle vit maintenant à Paris avec un industriel retiré des affaires…

» Comme il y avait une sœur cadette, âgée de treize ans au moment du mariage, le docteur s'en est chargé… C'est lui qui l'a élevée… Elle a aujourd'hui, ou plutôt, hier elle avait dix-neuf ans…

» Ils sont allés tous les deux à La Roche-sur-Yon, dans l'auto de Bellamy…

— Avec Odette ?

— Non, seuls… Lili, qui était pianiste, suivait tous les concerts… On en donnait un à La Roche à quatre heures… Son beau-frère l'y a conduite… Alors qu'ils revenaient…

— À quelle heure ?

— Un peu après sept heures… Il faisait encore grand jour… La route était loin d'être déserte… Je vous dis tout ceci parce que cela a son importance… La portière, mal fermée, sans doute, s'est ouverte, et Lili Godreau a été projetée sur la route… L'auto roulait très vite… Le docteur a l'habitude de rouler à toute allure et les gendarmes, qui le connaissent, ne lui disent rien…

— En somme, un accident…

— Un accident…

Le commissaire Mansuy réfléchit, faillit se reprendre, ouvrit même la bouche. Maigret le regardait, interrogateur. Mais il répéta :

— Un accident, oui…

— On ne peut pas supposer autre chose, n'est-ce pas ?

— Je ne le pense pas.

— Comme vous me l'avez dit, il est difficile de croire à des relations d'un genre intime entre Bellamy et sa belle-sœur ?

— Cela ne correspondait pas au personnage.

— Des automobilistes étaient-ils à proximité ?

— Il y avait une camionnette à cent mètres derrière la voiture… Le conducteur a été interrogé. Il n'a rien remarqué de particulier… L'auto du docteur l'a dépassé en trombe et, quelques instants plus tard, il a vu la portière s'ouvrir et quelqu'un s'écraser sur la route…

Si le petit commissaire à grosse tête avait mieux connu Maigret, il se serait aperçu du changement qui s'était produit en celui-ci au cours des dernières minutes. Tout à l'heure encore, c'était un gros homme un peu flottant qui fumait sa pipe sans conviction en promenant autour de lui un regard ennuyé.

À présent, il était comme plus dense. Son pas même était plus lourd, ses gestes plus lents.

Lucas, par exemple, qui connaissait le patron mieux que quiconque, aurait compris tout de suite et se serait réjoui.

— Je vous verrai sans doute demain, n'est-ce pas ? grommelait Maigret en tendant sa large patte.

L'autre était dérouté. Il s'attendait à sortir en compagnie de Maigret, à faire un bout de chemin avec lui, peut-être à prendre l'apéritif. On le laissait tomber, ici, dans son bureau, dont il avait été si content de faire les honneurs et où rien ne le retenait plus. Maladroitement, pour indiquer qu'il était prêt à sortir aussi, il avait pris son chapeau sur la table.

— Vous oubliez de téléphoner au sous-préfet… lui rappela Maigret.

Sans ironie. Il ne le faisait pas exprès. Il pensait à autre chose, voilà tout. Plus exactement, il pensait. Plus exactement même, il remuait des images encore floues.

Sur le seuil, il se retourna.

— Cette jeune fille a pu être interrogée ?

— Non. Jusqu'à sa mort, survenue la nuit dernière, elle est restée dans le coma. Elle avait le crâne fracturé.

— Qui l'a soignée ?

— Le docteur Bourgeois.

Et, le jour même de sa mort, son beau-frère était allé, comme d'habitude, faire sa partie de bridge à la *Brasserie du Remblai*

C'était vague. Si Maigret était déjà plus lourd, il n'était pas encore en transe, comme on disait au Quai des Orfèvres. Il suivit le trottoir, tourna à gauche, finit par entrer dans un bar où il n'avait pas encore mis les pieds et qui allait probablement s'ajouter à sa collection de relais quotidiens.

— Un vin blanc… Non… Quelque chose de sec…

Par pitié… disait le billet qu'on lui avait glissé dans la poche.

Que serait-il arrivé s'il avait découvert le papier plus tôt, s'il s'était présenté immédiatement à l'hôpital et s'il avait exigé de voir le 15 ? Lili Godreau n'était-elle pas dans le coma ?

Il retrouva son coin à l'hôtel. Il dut, avant de monter, prendre un verre avec M. Léonard.

— Vous connaissez le docteur Bellamy ?

— C'est un homme extraordinaire… Il a soigné ma femme, voilà quatre ans, quand elle a eu ses douleurs, et il n'a pas voulu accepter un centime… J'ai eu toutes les peines du monde à lui faire accepter une bouteille de vieille chartreuse que je gardais pour une grande occasion…

Il dormit, se réveilla, retrouva les bruits familiers, les vagues sur le sable, le bébé qui criait dans la chambre voisine, puis le concert des quatre enfants aux prises avec leur mère et les psaumes des deux vieux de droite.

Il n'y avait encore rien de déclenché, rien que, comme la veille au soir, un peu plus de lourdeur, et du flou dans la tête.

Vin blanc avec le patron.

— Vous savez quand a lieu l'enterrement ?

— Vous voulez parler de la petite Godreau ?... C'est demain... Du moins est-ce prévu pour demain... Entre nous, confidentiellement, je pense qu'il y aura autopsie... Par précaution, vous comprenez ?... Plutôt pour faire taire les mauvaises langues... On dit même que c'est le docteur Bellamy qui l'a suggéré...

Tout le matin, en faisant son tour de piste quotidien, de bistrot en bistrot, il enragea un petit peu, et c'était aux bonnes sœurs qu'il en avait.

Car enfin, si elles n'avaient pas été des bonnes sœurs, il serait allé sonner à la clinique. Il aurait posé des questions précises. Il ne lui aurait pas fallu longtemps pour découvrir qui lui avait glissé un bout de papier dans la poche.

Or, il devait attendre trois heures. Cela n'aboutirait à rien de déranger Sœur Aurélie. Sous quel prétexte, d'ailleurs ? De voir sa femme ? Il n'avait droit qu'à son coup de téléphone d'onze heures et c'était déjà une grande faveur qu'il avait obtenue de rendre visite chaque après-midi à Mme Maigret.

Tout à l'heure, il lui faudrait marcher à pas feutrés, parler bas.

— On verra bien... grogna-t-il après son troisième vin blanc.

Ce qui ne l'empêcha pas, à trois heures, d'attendre quelques secondes, d'attendre le signal des cloches, avant de presser le timbre de la porte verte.

— Bonjour, monsieur 6... Notre chère malade vous attend...

Il ne pouvait quand même pas adresser une grimace à Sœur Aurélie et il se mettait malgré lui à sourire.

— Une seconde, je vous annonce... Je vous annonce...

Et l'autre, Sœur Marie des Anges, venait à sa rencontre au haut de l'escalier. Il était impossible de lui parler dans ce couloir où toutes les portes étaient ouvertes.

— Bonjour, monsieur 6... Notre chère malade...

C'était comme un tour d'escamotage dans lequel il jouait le rôle de muscade. Il n'avait pas eu le temps d'ouvrir la bouche qu'il se trouvait dans la chambre de sa femme où l'horrible Mlle Rinquet le fixait de ses petits yeux d'oiseau.

— Qu'est-ce que tu as, Maigret ?

— Moi ? Rien...

— Tu n'es pas de bonne humeur...

— Mais si...

— Il est temps que je sorte d'ici, n'est-ce pas ? Avoue que tu t'ennuies...

— Comment vas-tu ?

— Mieux... Le docteur Bertrand pense qu'il pourra m'enlever les agrafes lundi... Ce matin, j'ai eu droit à un peu de poulet...

Il ne pouvait même pas lui parler bas. De quoi aurait-il eu l'air ? La chipie, dans l'autre lit, était tout oreilles.

— À propos, tu as oublié de me laisser un peu d'argent...

— Pour quoi faire ?

— Une petite malade de la salle est passée tout à l'heure avec une liste de souscription...

Petit coup d'œil vers Mlle Rinquet, comme s'il devait comprendre à mi-mot. Mais comprendre quoi ? S'agissait-il d'une souscription en faveur de la vieille fille ?

— Qu'est-ce que tu veux dire ?

— Pour la couronne...

Et, un instant, il se demanda naïvement ce que la couronne avait à voir avec la malade encore vivante. C'était idiot. Mais il ne passait pas toutes ses journées, lui, dans cette atmosphère de mystères chuchotés et de regards significatifs.

— Le 15...

— Ah ! oui...

Suprême délicatesse de Mme Maigret ! Parce que sa voisine de chambre était gravement malade, parce qu'elle avait un cancer – donc, elle allait mourir –, elle baissait pudiquement la voix pour parler de couronne !

— Elle va revenir... Donne-lui vingt francs... Presque tout le monde a donné vingt francs... L'enterrement a lieu demain...

— Je sais...

— Qu'as-tu mangé à déjeuner ?

Tous les jours, il devait lui détailler ses menus.

— On ne te sert plus de moules, au moins ?

Sœur Marie des Anges entrait.

— Vous permettez ?

C'était pour introduire la petite malade à la liste de souscription. Maigret tendit ses vingt francs, en même temps qu'un crayon.

— Vous voulez écrire le nom de ma femme, ma sœur ?

Sœur Marie des Anges prit le crayon sans hésiter. Puis il y eut un petit temps d'arrêt. Elle tourna les yeux vers le visage du commissaire et ses pommettes devinrent un peu plus roses.

Elle écrivit le nom, cependant qu'il regardait les caractères tracés sur la feuille. Elle ne se donnait pas la peine de déguiser son écriture. D'ailleurs, son regard avait déjà avoué.

Elle se retirait, émue, en remerciant, conduisant la petite malade par la main.

— Ici, on forme vraiment une sorte de famille... disait Mme Maigret avec attendrissement. Tu ne peux pas savoir comme les gens qui souffrent se rapprochent les uns des autres...

Il ne voulut pas la contredire, bien qu'il pensât à Mlle Rinquet.

— Dans huit ou dix jours, je crois que je pourrai sortir... Après-demain, déjà, on me laissera passer une heure dans un fauteuil...

Ce n'était pas gentil pour Mme Maigret, mais la demi-heure parut encore plus longue que les autres jours.

— Tu n'aimerais pas changer de chambre ?

Elle s'effraya. Comment pouvait-il manquer de tact au point de prononcer une pareille phrase devant Mlle Rinquet ?

— Pourquoi voudrais-tu que je change ?

— Je ne sais pas… Maintenant, il doit y avoir une chambre à un lit…

L'effroi de Mme Maigret devint plus personnel et elle balbutia, n'en croyant pas ses oreilles :

— Le 15 ?… Tu n'y penses pas, Maigret ?…

Une chambre dans laquelle une jeune fille venait de mourir ! Il n'insista pas. Mlle Rinquet devait le prendre pour un bourreau. Il n'avait vu, lui, que le moyen de s'entretenir seul à seul avec Sœur Marie des Anges.

Tant pis ! Il s'y prendrait autrement. Dans le corridor, tandis qu'elle le reconduisait, il lui dit :

— Pourrais-je vous voir un instant au parloir ?

Elle savait de quoi il s'agissait et elle manifestait un effroi aussi grand que Mme Maigret.

— La règle ne le permet pas…

— Vous voulez dire que la règle ne me permet pas d'avoir une conversation avec vous ?

— Sauf en présence de la Sœur Supérieure, à qui vous devriez faire une demande…

— Et où est-elle, la Sœur Supérieure ?

Il élevait la voix sans s'en rendre compte. Il était sur le point de se fâcher.

— Chut…

Sœur Aldegonde passait la tête par l'entrebâillement d'une porte et les regardait de loin.

— Est-ce qu'au moins je peux vous parler ici ?

— Chut…

— Est-ce que vous pouvez m'écrire ?

— La règle ne le…

— Et je suppose que la règle ne vous permet pas non plus de sortir en ville ?

C'en était trop. Cela tournait au blasphème.

— Écoutez, ma sœur…

— Je vous en supplie, monsieur 6…

— Vous savez ce que je veux vous…

— Chut… De grâce !

Et elle joignait les mains, elle s'avançait, le forçant à reculer, elle disait à voix haute, sans doute à l'intention de Sœur Aldegonde qui écoutait toujours :

— Je vous assure que votre chère malade ne manque de rien et que son moral est excellent…

Inutile d'insister. Il était déjà dans l'escalier, dans le champ, cette fois, de Sœur Aurélie. Il n'avait plus qu'à descendre et à s'en aller.

— Bonsoir, monsieur 6… faisait une voix suave derrière le guichet. Vous téléphonerez demain ?

De sorte qu'il avait l'air d'un grand garçon pataud au milieu d'une bande de petites filles qui se jouent de lui. Des petites filles de tous les âges, y compris Mlle Rinquet qu'il avait prise en grippe, Dieu sait pourquoi ! Y compris Mme Maigret, qui finissait par faire un peu trop partie de la maison.

À quoi bon, alors, puisqu'il ne pouvait parler à personne, l'avoir alerté par un billet ?

Pendant dix bonnes minutes, il s'en prenait, en son for intérieur, à Sœur Marie des Anges.

Une hypocrite, d'ailleurs. Avec quelle voix elle a su prononcer, pour tromper la vigilance de Sœur Aldegonde :

— *Je vous assure que votre chère malade ne manque de rien et que…*

Et l'autre, le 15, c'était sans doute une « chère malade » aussi ?

Il marchait dans l'ombre, puis dans le soleil, passait d'une rue dans l'autre et, peu à peu, il s'apaisait, se moquait de lui.

Pauvre Sœur Marie des Anges ! Elle avait fait, en somme, ce qu'elle avait pu. Elle avait même montré de l'audace et de l'initiative. Ce qui, n'importe où, n'aurait été qu'un geste banal devenait ici un véritable héroïsme.

Ce n'était pas sa faute si Maigret était arrivé trop tard, ou si la petite Godreau était morte trop tôt.

Que pouvait-il faire, à présent ? Retourner à la clinique, demander à voir la Supérieure, lui dire :

— J'ai besoin de parler à Sœur Marie des Anges.

Sous quel prétexte ? De quoi se mêlait-il ? Ici, il n'était pas le Maigret de la Police Judiciaire, mais tout bonnement Monsieur 6.

S'adresser au docteur Bellamy ? Pour lui dire quoi, bon Dieu ? N'était-ce pas justement le docteur qui avait insisté pour qu'on procédât à l'autopsie de sa belle-sœur ?

Le commissaire Mansuy lui avait affirmé la veille que Lili Godreau n'avait pas repris connaissance et que, depuis le moment de l'accident jusqu'à celui de sa mort, elle était restée dans le coma.

Un bon verre de vin blanc là-dessus. Dans un vrai bistrot où des hommes faisaient du bruit. Avec du vrai soleil dans les fenêtres et non cette lumière tamisée de la clinique qui lui donnait mal au cœur.

Quant au billet, il le déchirait en petits morceaux. Puis il se dirigeait vers la *Brasserie du Remblai*. Est-ce que le docteur Bellamy viendrait y faire sa partie ? C'était son affaire. Quand il y a un mort dans la maison, les femmes commencent par déclarer d'une voix lamentable :

— Non... N'insistez pas... Je ne pourrais pas avaler une bouchée... J'aime mieux mourir...

Puis, un peu plus tard, elles sont à table et réclament du dessert. Quand elles ne finissent pas par échanger des recettes de cuisine avec leurs belles-sœurs.

Le docteur Bellamy, lui, continuait à jouer au bridge. Il était là, comme les autres jours. À plusieurs reprises, il observa Maigret et son regard était très intelligent, très pénétrant.

Il semblait dire : « Je sais que vous vous intéressez à moi, que vous essayez de me comprendre... Cela m'est parfaitement égal... »

Non, ce n'était pas tout à fait exact. Cela ne lui était pas égal. À mesure que le temps s'écoulait, Maigret s'en rendait compte.

Il y avait autre chose entre lui et le docteur, un lien extrêmement subtil, mais un lien quand même.

Maigret avait l'habitude, quand il allait quelque part et qu'il était reconnu, de voir les gens l'examiner curieusement, à cause de sa réputation. Certains croyaient devoir lui poser des questions plus ou moins stupides, plus ou moins flatteuses.

— En somme, commissaire, quelle est votre méthode ?...

Les plus calés, ou les plus prétentieux déclaraient :

— À mon avis, vous seriez plutôt bergsonien...

Certains, comme Lourceau et quelques-uns des personnages présents, se contentaient de voir comment est fait un commissaire de la P. J.

— Vous qui avez connu tant d'assassins…

D'autres enfin étaient très fiers de serrer la main d'un homme dont le portrait paraissait périodiquement dans les journaux.

Il n'en était pas ainsi de Bellamy. Le docteur regardait en quelque sorte Maigret à égalité. Il semblait admettre qu'ils étaient de même classe, encore que sur des plans différents.

Sa curiosité était presque un hommage et contenait une part de respect.

— Quatre heures et demie, docteur, remarqua un de ses partenaires.

— C'est exact… Je ne l'avais pas oublié…

Il se montrait insensible à l'ironie. Sans doute était-il au courant de sa réputation de mari passionné et n'en éprouvait-il aucune honte. Tranquillement, il se dirigeait vers la cabine téléphonique. Maigret voyait à travers la vitre son profil aigu et avait de plus en plus envie de l'approcher.

Comment ? C'était presque aussi délicat qu'avec les bonnes sœurs. Attendre que le docteur s'en aille, le suivre jusqu'à la porte, prononcer :

— Vous permettez que je fasse quelques pas avec vous ?

Enfantin. Enfantin aussi, avec un homme comme lui, de solliciter une consultation médicale.

Maigret faisait partie du petit groupe sans en faire partie. On s'habituait à le voir assis à sa place. Parfois, un des bridgeurs lui montrait son jeu. Ou bien quelqu'un lui demandait :

— Vous ne vous ennuyez pas trop aux Sables ?

Il restait quand même un passant. Un peu comme un externe parmi les internes d'un collège.

— Votre femme va mieux ?

Au fait, est-ce que le docteur Bellamy lui avait déjà adressé directement la parole ? Il essayait en vain de s'en souvenir.

Il en avait assez de ces vacances qui lui faisaient perdre son équilibre, lui donnaient des timidités ridicules. Même Mansuy qui, ici, parce qu'il était dans son fief, parce que tout à l'heure il allait retrouver son commissariat, avait plus de sang-froid que lui.

Parce qu'une gamine était morte, parce qu'une bonne sœur au visage d'image pieuse lui avait glissé un billet dans la poche, il en était à tourner autour du docteur Bellamy comme un écolier tourne autour de l'élève riche de la classe.

— Un autre vin blanc, garçon…

Il ne voulait plus regarder le docteur. Cela devenait trop flagrant. L'autre devait lire dans son jeu, comprendre sa timidité, s'en moquer peut-être ?

Il avait fini sa partie. Il se levait, allait chercher son chapeau au portemanteau.

— Bonsoir, messieurs…

Il ne dit pas « à demain », car le lendemain était le jour de l'enterrement.

Il allait partir. Il dépassait Maigret. Non, il s'arrêtait un instant.

— Vous étiez sur le point de sortir, monsieur ?

Il n'avait pas dit commissaire, mais monsieur, peut-être avec un rien d'affectation.

— Je m'y disposais en effet…

— Si vous allez dans la même direction que moi…

C'était curieux. Il était cordial, mais sa cordialité restait froide, distante.

Pour la première fois depuis longtemps, pour la première fois de sa vie peut-être, Maigret avait l'impression que ce n'était pas lui qui menait le jeu, que c'était lui, au contraire, qu'un autre manœuvrait à sa guise.

Il suivit, pourtant. Le commissaire Mansuy avait assisté à la scène avec un certain étonnement.

Toujours calme, maître de lui, sans ironie, Bellamy lui tenait la porte ouverte. La plage s'étalait devant eux, avec ses milliers d'enfants et de mamans, et les bonnets clairs des nageurs sur le bleu de la mer.

— Vous savez probablement où j'habite ?

— On m'a désigné votre maison, que j'ai beaucoup admirée.

— Peut-être désireriez-vous en voir l'intérieur ?

C'était si direct, si imprévu que Maigret en resta un bon moment interloqué. Tout en allumant une cigarette avec un briquet en or – et ce geste permettait d'admirer des mains belles et fort soignées – le docteur prononçait d'un ton détaché :

— Je pense que vous avez envie de faire ma connaissance ?

— On m'a beaucoup parlé de vous.

— On parle beaucoup de moi depuis deux jours.

Le silence ne le gênait pas. Il n'éprouvait pas le besoin de bavarder pour le meubler. Sa démarche était jeune. Quelques personnes le saluaient, à qui il rendait leur salut, ayant le même coup de chapeau pour une marchande des halles en costume sablais que pour une douairière qui passait en voiture découverte, conduite par un chauffeur en livrée.

— Vous y seriez venu tôt ou tard, n'est-ce pas ?

Cela pouvait signifier beaucoup de choses. Peut-être simplement que Maigret serait parvenu un jour ou l'autre à se faire inviter dans la maison du docteur.

— J'ai horreur de tout ce qui fait perdre du temps, comme j'ai horreur des situations équivoques. Pensez-vous que j'ai tué ma belle-sœur ?

Cette fois, Maigret dut faire un violent effort pour marcher d'un pas égal à côté de cet homme qui, là, dans le soleil, dans la foule paresseuse d'un après-midi de vacances, lui posait une question aussi brutale.

Il ne sourit pas, ne protesta pas. Il ne s'écoulait que quelques secondes avant qu'il formulât sa réponse et il le fit aussi calmement que la question avait été posée.

— *Avant-hier soir*, dit-il, *je ne savais pas encore qu'elle était morte ni qu'elle était votre belle-sœur, et pourtant je m'intéressais déjà à elle.*

Maigret avait-il espéré obtenir un effet de surprise ? Dans ce cas, il dut déchanter. Le docteur Bellamy, tout d'abord, ne parut pas entendre sa phrase
qui s'était fondue dans la rumeur montant de la plage
et de la mer. Il eut le temps de faire quelques pas
avant d'être atteint par l'écho des derniers mots du
commissaire plutôt que par la voix de celui-ci.

Alors, il y eut un léger étonnement sur son visage.
Il adressa un petit coup d'œil à son compagnon,
comme s'il cherchait le pourquoi d'une ambiguïté.
Maigret, de son côté, était si sensible en face d'un partenaire de sa taille, si en état de réceptivité, qu'il lui
semblait capter les moindres nuances de la pensée de
l'autre et qu'il enregistrait une vague déception, un
reproche inexprimé.

Quelques secondes plus tard, c'était déjà du passé,
Bellamy n'y pensait plus, ils continuaient tous les
deux à arpenter le Remblai à pas égaux et ils regardaient tous les deux, machinalement, la courbe har-
monieuse de la plage qui avait quelque chose de
féminin, de presque voluptueux. C'était l'heure où la

mer commençait à devenir plus pâle, un peu frissonnante, avant l'embrasement du couchant.

— Vous êtes né à la campagne, n'est-ce pas ?

On aurait dit que leurs pensées, comme leurs pas, s'accordaient à nouveau, que, comme de vieux amants, ils n'avaient plus besoin de longues phrases, mais seulement d'une sorte d'algèbre du langage.

— Je suis né à la campagne, oui.

— Moi, je suis né dans une vieille maison que ma famille possède à quelques kilomètres d'ici, dans le marais.

Il n'avait pas dit le château, mais le commissaire savait que les Bellamy avaient un château de famille dans la région.

— De quelle province êtes-vous ?

D'autres auraient dit département, et Maigret saluait au passage ce mot province qu'il aimait.

— Du Bourbonnais.

On ne sentait aucune vaine curiosité. Les questions n'avaient aucune banalité.

— Vos parents étaient cultivateurs ?

— Mon père était régisseur dans un château et dirigeait une vingtaine de métairies.

On lui posait exactement les questions qu'il aurait posées et il ne s'en offusquait pas, bien au contraire. Ils continuaient de marcher en silence. En silence aussi, ils traversaient la rue, un peu plus loin que le casino. Machinalement, le docteur Bellamy enfonçait la main dans sa poche pour y prendre sa clef. Il s'arrêtait un moment sur le seuil, tâtonnait, poussait le battant peint en blanc.

Maigret entrait, sans gêne ni étonnement. Ses pieds foulaient l'épais tapis du corridor où, dès le premier pas, on se sentait entouré de confort et de bien-être.

Il eût été difficile de composer un intérieur plus calme et plus harmonieux, sans lourdeur dans la richesse, sans rien pour accrocher le regard, et la lumière elle-même y avait une qualité qu'on appréciait comme un bon vin, comme certaines matinées pétillantes de printemps. De grandes baies vitrées étaient ouvertes sur des salons où les fauteuils semblaient avoir été occupés quelques instants auparavant.

Un confortable escalier à rampe de fer forgé conduisait aux étages. Le docteur s'y engageait.

— Si vous voulez me suivre dans mon bureau…

Il ne se donnait pas la peine de cacher une certaine satisfaction. Il y avait un orgueil à peine perceptible dans ses prunelles.

Ils montaient, sans se presser, et il se produisait alors un léger incident. Une porte s'ouvrait, au-dessus d'eux. Pour Maigret, cette porte n'était qu'une porte anonyme, puisqu'il ne connaissait pas la distribution des pièces, mais le docteur, lui, avait déjà reconnu le bruit de cette porte-là et non d'une autre. Il avait sourcillé. On entendait des pas sur le tapis de l'escalier, au-dessus du premier tournant. C'étaient des pas légers et hésitants, les pas d'une personne qui, non plus que Maigret, ne devait être familière avec la maison.

La personne qui descendait devait les entendre et se penchait par-dessus la rampe. Ils levaient la tête, découvraient une petite tête de gamine. Les regards se croisaient, juste un instant, et il y avait du désarroi dans les yeux de la visiteuse qui hésitait, comme sur le point de remonter pour les fuir.

Au lieu de cela, elle accélérait soudain son mouvement et on la voyait tout entière sur le palier, une fillette longue et maigre de quatorze ans aux jambes trop grêles, à la robe de cotonnade un peu déteinte. Pourquoi Maigret fut-il surtout frappé par un petit sac de perles de couleur qu'elle serrait nerveusement entre ses mains ?

Elle semblait calculer son élan, mesurer la place qu'elle avait pour passer et elle s'élançait, en évitant de se tourner vers eux, rasait le mur, les dépassait, prenant toujours de la vitesse, se cognait presque à la porte d'entrée dont elle cherchait fébrilement le bouton, comme dans les rêves, quand on est poursuivi par un danger et qu'on se heurte à une surface lisse.

Le docteur, en même temps que le commissaire, s'était retourné. La porte s'ouvrait, un rectangle de lumière plus vive se dessinait, qui happait la jeune fille.

C'était tout. Ce n'était rien. Bellamy regardait à nouveau en haut. Se demandait-il si quelqu'un les guettait, sur le palier ? Il était surpris, contrarié, peut-être anxieux ?

On sentait qu'il y avait, dans cette apparition, quelque chose d'inattendu, d'inexplicable.

Il s'était remis en marche. On voyait maintenant la porte par laquelle la gamine était sortie, mais elle était close. Ils passèrent, suivirent un large corridor, dans lequel, assez loin, Bellamy poussa une autre porte.

— Entrez, monsieur. Mettez-vous à votre aise. Inutile de vous dire que, si vous avez chaud, vous pouvez retirer votre veston.

Ils se trouvaient dans un vaste cabinet de travail aux murs tapissés de livres. En entrant, ils avaient été éblouis, parce que le soleil pénétrait par les trois grandes baies ; Bellamy, d'un geste qui devait lui être familier, baissait les stores vénitiens et la lumière s'adoucissait, se transformait en une poussière dorée.

Au-dessus de la cheminée, on voyait un beau portrait de femme, peint à l'huile, et on retrouvait la même femme dans une photographie au cadre d'argent posée sur le bureau.

Le docteur décrochait le téléphone intérieur, attendait quelques instants.

— C'est vous, maman ? Vous n'avez pas besoin de moi ?

On entendit une voix criarde dans l'appareil, mais, justement parce qu'elle était criarde, les syllabes se brouillaient, et Maigret ne put saisir le moindre mot.

— Je suis occupé en ce moment, oui. Voulez-vous m'envoyer Francis ?

Ils se turent jusqu'à l'arrivée du valet de chambre en veste de toile blanche.

— Je ne vous demande pas si vous désirez un whisky... Du porto non plus, sans doute ?... Aimeriez-vous un verre de pouilly sec ?... Une bouteille de pouilly, Francis... Pour moi, comme d'habitude...

Il jeta un rapide coup d'œil sur quelques enveloppes posées sur son bureau, sans les ouvrir.

— Vous m'excusez un instant ?

Il sortit derrière le valet de chambre. Était-ce pour le questionner sur la gamine qu'ils avaient croisée dans l'escalier ? Gagnait-il la porte du palier et allait-il, dès son retour, reprendre contact avec la femme de la photographie et du portrait ?

Le commissaire Mansuy n'avait pas exagéré. Même dans la foule de la rue, il aurait été impossible de ne pas la remarquer. Et pourtant ce qui frappait le plus en elle, c'était une extraordinaire simplicité. Son maintien était calme, modeste. Elle paraissait timide, effarouchée, eût-on dit, par les regards fixés sur elle. Son premier sentiment devait être la peur de tout ce qui était nouveau ou inconnu.

Elle avait de grands yeux clairs, d'un bleu-violet, un visage au dessin enfantin, et pourtant elle était très femme, on devinait des formes pleines, une chair douillette et savoureuse.

— Je vous demande pardon de vous avoir laissé seul…

Bellamy, qui surprenait son hôte en contemplation, feignait de ne pas s'en apercevoir. Il disait cependant en ouvrant un tiroir :

— Sa sœur était très différente, comme vous allez en juger.

Il choisissait parmi quelques photographies, en tendait une à Maigret. Et c'était en effet un visage tout différent, une jeune fille brune à l'ovale allongé, aux traits irréguliers, à la robe montante, sans ornements, qui lui donnait un air austère et dépouillé.

— Elles ne se ressemblent pas, n'est-il pas vrai ? Sans doute vous a-t-on déjà dit ou vous dira-t-on qu'elles ne sont pas du même père et c'est fort possible, c'est probable... Avouez, monsieur, que vous seriez venu me voir un jour ou l'autre... Je ne sais pas encore quel prétexte vous auriez choisi... De mon côté, je vous confesse que, même sans ces événements, j'avais le désir de bavarder avec vous...

C'était curieux : sa cordialité était si simple, si peu apprêtée, qu'elle en devenait sèche. Jamais il ne se donnait la peine de sourire. On entendit un cliquetis de verre derrière la porte, et Francis apporta un plateau avec une bouteille embuée, du whisky, de la glace et des verres.

— Je ne vous dis pas de fumer votre pipe. Cela va de soi. J'aurais peut-être dû attendre les obsèques pour vous inviter. C'est demain, comme vous le savez. Comme vous le savez aussi, le corps n'est pas dans la maison.

Il tira sa montre de sa poche, et Maigret comprit. C'était l'heure, à peu près, à laquelle l'autopsie devait avoir lieu.

— J'avais beaucoup d'affection pour ma belle-sœur. Très exactement, je la considérais comme ma propre sœur. Quand elle est entrée dans cette maison, elle avait treize ans et des nattes dans le dos.

Maigret évoqua la gamine qu'ils avaient croisée dans l'escalier, et son interlocuteur, qui devinait ses pensées, fronça légèrement les sourcils, marqua une impatience à peine perceptible.

— Vous m'excuserez de ne pas boire la même chose que vous. À votre santé !... Lili était une enfant nerveuse, curieuse, un peu farouche et folle de musique. Si cela vous intéresse, je vous montrerai tout

à l'heure ce que nous appelions – ce qu'elle appelait
elle-même – son asile…

Il dégustait lentement le whisky, posait son verre,
s'asseyait derrière le bureau qui n'avait rien d'un
meuble professionnel et désignait un fauteuil au
commissaire.

Il ne laissait à Maigret aucune initiative et celui-ci
n'en ressentait ni contrariété, ni humiliation. Un
témoin de la scène l'aurait trouvé gauche, emprunté.
Son regard était sans acuité, ses mouvements lourds,
et cependant le docteur, lui, ne s'y trompait pas.

— Vous êtes en vacances, on me l'a dit. Je vous ai
vu plusieurs fois assistant à notre partie de bridge qui
est devenue un besoin pour la plupart d'entre nous.
Pour ma part, c'est à peu près le seul moment de la
journée que je passe en dehors de cette maison et je
considère cette habitude comme une sorte d'hygiène.
Au fait, vous m'excuserez si je ne vous ai pas
demandé des nouvelles de votre femme. Elle est entre
les mains de notre meilleur chirurgien. Bertrand est
un de mes amis.

Il n'avait pas menti en disant, dès le début, qu'il
s'était intéressé à Maigret.

— Vous avez fait aussi connaissance avec l'atmosphère de notre clinique et avec nos bonnes sœurs.

Un sourire imperceptible. Il voyait, lui aussi, un
Maigret pataud parmi les religieuses aux pas feutrés.

Il restait un cap difficile à franchir. Il lui fallait
malgré tout expliquer cette invitation inopinée, son
souci de dissiper les préventions que le commissaire
de la P. J. aurait pu nourrir contre lui.

Soupçonnait-il le billet de Sœur Marie des Anges ?

— Il vous est probablement arrivé de vivre un certain temps dans une petite ville comme la nôtre.
Remarquez que je l'aime et que je n'en dirai aucun
mal. Si je suis ici, c'est que j'ai voulu y être…

Il regardait avec une tendresse passionnée le cadre
qu'il avait donné à sa vie. Quand ses yeux s'arrêtaient
sur les stores vénitiens aux stries lumineuses, on devinait qu'il évoquait la mer, que le matin il la voyait de
son bureau, avec ses voiles et ses mouettes, et que, dès
son réveil, il savourait la qualité de l'air et ses
moindres senteurs.

— J'aime le calme… J'aime ma maison…

Comme il aimait ses livres aux belles reliures, les
bibelots qui, sur les meubles, attendaient la caresse de
ses doigts.

— J'aurais pu assez facilement devenir un sauvage
et c'est peut-être pourquoi je m'impose cette partie de
bridge quotidienne. Cela paraît simple et naturel,
n'est-ce pas ? Notre vie, à chacun, paraît simple
jusqu'au jour où un événement se produit et où les
gens nous examinent, non plus en tant que nous-
mêmes, mais par rapport à cet événement. Je pense
que c'est pour cela que je vous ai prié de venir. Je n'ai
pas beaucoup réfléchi sur le moment. J'ai rencontré
votre regard à plusieurs reprises. Me permettez-vous
de vous poser une question indiscrète ? Quelle a été
votre formation ?

C'était le tour de Maigret de se montrer plus docile
que le plus docile de ses « clients ».

— Je rêvais d'être médecin et j'ai fait mes trois pre-
mières années de médecine. La mort de mon père a

interrompu mes études et le hasard m'a fait entrer dans la police.

Il ne craignait pas de voir le mot choquer dans cette atmosphère de bourgeoisie raffinée.

— J'allais vous dire, répliquait Bellamy, que votre regard paraît toujours chercher un diagnostic. Beaucoup de gens, depuis deux jours, m'épient avec curiosité, quelques-uns avec un effroi involontaire. Mais si ! Je le sens. Je ne crois pas qu'on m'aime, parce que je ne me soucie pas de me faire aimer. Savez-vous que c'est, à tout prendre, l'attitude qu'on pardonne le moins à un de ses semblables ? C'est pourquoi, sans doute, si peu d'hommes ont le courage de vivre leur vie sans se soucier de ce qu'on pense d'eux.

» Je ne m'en souciais pas, il y a deux jours. Je ne m'en soucie pas encore aujourd'hui. Cependant, j'ai éprouvé le besoin de m'expliquer avec vous…

Comme s'il craignait d'avoir trahi par ces mots une certaine sympathie, ou une faiblesse, il ajoutait bien vite, avec un sourire à peine dessiné que Maigret commençait à connaître :

— Peut-être, simplement, ai-je cherché à éviter des complications ? J'ai compris que vous étiez intrigué, que vous vouliez savoir, que vous chercheriez à savoir coûte que coûte. Certains hommes remettent à plus tard les choses embêtantes et d'autres en finissent tout de suite avec elles. Je suis de ces derniers.

— Et je suis, moi, une « chose » terriblement embêtante, n'est-ce pas ?

— Pas terriblement. Vous ne me connaissez pas. Vous ne connaissez pas la ville. Tout ce qu'on vous dira risque d'arriver déformé à votre esprit et vous n'aimez pas cela, avouez-le, vous n'avez la paix que quand vous *sentez* la vérité.

Il saisit le portrait de sa belle-sœur et le regarda.

— J'aimais beaucoup cette gamine, mais je vous répète que je n'avais pour elle que des sentiments fraternels. Il en est souvent autrement, je ne l'ignore pas. Un homme est facilement amoureux de deux sœurs, surtout si elles vivent toutes les deux dans sa maison. Ce n'est pas le cas et Lili, de son côté, n'était pas amoureuse de moi. Je vais plus loin. J'étais exactement à l'opposé de ce qu'elle aimait. Elle me trouvait froid et cynique. Elle disait volontiers que je n'avais pas de cœur.

» Tout ceci ne prouve évidemment pas que l'accident est bien un accident, mais...

Maigret l'écoutait, tout en continuant à penser à la gamine de l'escalier. Il était incontestable que sa présence dans la maison avait choqué le docteur Bellamy. Celui-ci avait d'abord été surpris. Sur le premier moment, il l'avait regardée comme une inconnue et s'était visiblement demandé ce qu'elle faisait chez lui.

Après, au moment où elle apparaissait tout entière sur le palier, il avait su qui elle était, cela s'était lu dans ses yeux.

Sans doute avait-il su en même temps qui elle était venue voir ?

On ne devait pas avoir, dans la maison, l'habitude des visages nouveaux. Le commissaire Mansuy n'avait-il pas parlé de la jalousie du docteur qui, lorsqu'il s'absentait, fût-ce pour le bridge, laissait sa femme sous la garde de sa mère ?

Or quelqu'un était venu. Et tout de suite Bellamy avait téléphoné à la vieille dame. Si c'était elle qui avait reçu la gamine, on pouvait supposer qu'elle le lui aurait dit aussitôt, bien que devant Maigret son fils eût évité de la questionner à ce sujet.

Elle n'en avait pas parlé. Et alors il était sorti, s'était dirigé vers la porte du palier.

Qu'est-ce que le docteur venait de dire ?

— *Tout ceci ne prouve évidemment pas que l'accident est bien un accident, mais…*

Et Maigret de répondre, presque sans y penser :

— Je suis persuadé que vous n'avez jamais eu l'intention de tuer votre belle-sœur…

Si la nuance n'échappa pas au médecin, il évita de la relever.

— D'autres sont et seront moins affirmatifs que vous. Pour ma part, je tenais à vous ouvrir les portes de cette maison. Elles continueront à vous être ouvertes. J'espère que vous vous rendrez compte qu'il n'y a ici rien de caché. Voulez-vous jeter un coup d'œil à l'appartement de ma belle-sœur ? Cela vous permettra de faire la connaissance de ma mère, qui doit s'y trouver en ce moment.

Il finit son verre, donna au visiteur le temps de finir le sien. Puis il ouvrit une porte et ils traversèrent une seconde bibliothèque, plus intime, où il y avait un divan vert. Une porte encore et, toujours face à la mer, ils pénétrèrent dans une pièce à la décoration très sobre, presque austère, où un grand piano de concert prenait une large place. Sur les murs, des photographies de compositeurs. Peu de fauteuils, presque pas de tissus, une moquette unie.

— Vous êtes ici chez elle, disait le médecin en s'avançant vers une autre porte entrouverte.

Il ajoutait, s'adressant à une personne invisible :

— Maman, je voudrais vous présenter le commissaire Maigret, de qui vous avez entendu parler.

Il y eut comme un grognement dans la pièce voisine ; une femme très petite, très grosse, toute vêtue de noir, parut, une canne à crosse d'ivoire à la main. Son regard était méfiant, peu amène. Elle examina l'intrus des pieds à la tête en disant simplement :

— Monsieur…

— Je suis confus, madame, de vous déranger aujourd'hui, mais c'est votre fils qui a insisté pour que je l'accompagne.

Elle regarda le docteur avec mauvaise humeur et celui-ci expliqua, avec son très léger sourire :

— M. Maigret est en vacances aux Sables. C'est un homme que j'ai toujours désiré connaître et, comme il nous quittera un de ces jours, j'ai craint de le rater. Nous avons parlé de Lili et j'ai tenu à lui montrer ce que nous appelons son asile.

— Tout est en désordre, bougonna-t-elle.

Elle les laissa passer, pourtant, et Maigret découvrit une chambre presque aussi nue, presque aussi peu féminine que le studio, malgré les vêtements qu'on avait sortis d'une armoire et qui se trouvaient en tas sur le lit. Il y avait, entre autres, une toque de velours noir sans un ornement, sans une tache de couleur, qui devait être pour la jeune fille une sorte d'uniforme.

Sur les murs, sur les meubles, pas une photographie, rien qui évoquât la vie familiale.

— Voici le cadre qu'elle aimait. Elle n'avait ni une amie, ni un ami. Chaque semaine, elle allait passer une journée à Nantes pour prendre une leçon avec son professeur. Lorsqu'il y avait un concert intéressant dans la région, je l'y conduisais. Descendons par ici…

Maigret s'inclina devant la vieille dame et suivit son hôte dans un escalier tournant. Ils se retrouvèrent au rez-de-chaussée, dans une sorte de serre qui ouvrait sur un jardin fort bien entretenu et où quelques beaux arbres donnaient de l'ombre. On entrevoyait, à droite, une vaste cuisine claire.

— Vous arrive-t-il parfois de regretter d'être entré dans la police ?

— Non.

— Je le pensais. Je me suis plusieurs fois posé la question en vous regardant.

Ils traversèrent les salons, et le docteur Bellamy ouvrit la porte d'entrée.

— Je remarque, en tout cas, que vous ne m'avez pas posé une seule question.

— À quoi bon ?

Et Maigret rallumait sa pipe qu'il avait éteinte d'un coup de pouce en pénétrant dans l'appartement de la jeune fille.

Au moment de prendre congé de son hôte, Bellamy était un peu mal à l'aise. Est-ce que cette visite l'avait déçu ? Le silence de Maigret ne l'inquiétait-il pas quelque peu ?

Pas une fois le docteur n'avait parlé de sa femme et il n'avait pas été question de lui présenter le commissaire.

— J'espère, monsieur, que j'aurai le plaisir de vous revoir.

— Moi aussi, grognait l'autre en s'éloignant.

Maigret était presque content de lui. Il fumait sa pipe à petites bouffées en se dirigeant vers le centre de la ville. Puis il regardait l'heure en faisant volte-face, reprenant son tour de piste à l'endroit où il aurait dû être à ce moment-là, retrouvant des choses déjà familières : le port, les voiles étalées, l'odeur de goudron et de mazout, les bateaux qui glissaient dans le chenal et s'amarraient devant le marché aux poissons.

Seulement, il se retournait sur toutes les filles qui passaient, plongeait le regard par toutes les portes ouvertes dans l'espoir d'entrevoir la gamine de l'escalier.

Elle ne portait pas le costume sablais aux courtes jupes de soie noire, comme la plupart des filles de pêcheurs ou comme les ouvrières des usines de sardines. Pourtant, elle était de condition très modeste. Sa robe était fanée, ses bas de laine noire reprisés et son petit sac en perles de couleur venait d'un bazar ou d'une foire des environs.

Il y avait, derrière le port, un réseau de rues étroites où le commissaire s'enfonçait chaque jour. Les maisons n'avaient qu'un étage, parfois rien qu'un rez-de-chaussée. Le plus souvent, ce qu'il n'avait encore vu qu'aux Sables, la cave servait de cuisine, communiquant avec la rue par un escalier de pierre.

C'était dans ce quartier-là, vraisemblablement, que la gamine habitait.

Il pénétra dans son café de pêcheurs et but un verre de vin blanc. Le docteur Bellamy, la porte fermée, avait dû monter l'escalier à grands pas pour rejoindre sa femme ou sa mère. Laquelle des deux avait-il questionnée sur la visite de la jeune fille ?

Maigret marcha, comme chaque jour, mais, sans s'en rendre compte, il fit un détour et se trouva devant le commissariat de police. La gare n'était pas loin. C'était l'heure d'un train, sans doute, car on voyait passer des gens qui portaient des valises.

Un couple arrêta son regard, ou plutôt il resta interdit en voyant une femme qui ressemblait tellement aux deux portraits du bureau du docteur qu'on en ressentait un malaise.

Celle-ci n'était plus jeune. Elle devait approcher de la cinquantaine et pourtant elle avait les mêmes cheveux d'un blond aérien, les mêmes yeux violets. À peine la silhouette était-elle un peu plus grasse, tout en gardant une étonnante légèreté.

La femme portait un tailleur blanc, un chapeau blanc, qui détonnaient dans la foule peu élégante de la rue. Elle laissait derrière elle un sillage parfumé. Elle marchait assez vite, entraînant un homme de quinze ans plus vieux qu'elle qui ne paraissait pas à son aise.

À la main, elle tenait une mallette en crocodile, très luxueuse, cependant que son compagnon était encombré de deux valises. Il était impossible que ce ne fût pas Mme Godreau, la mère d'Odette Bellamy et de Lili.

On avait dû lui télégraphier à Paris, et elle accourait pour l'enterrement.

Maigret suivit le couple des yeux. Il y avait plusieurs hôtels à proximité, mais ils n'entrèrent dans aucun. Allaient-ils sonner à la porte de la maison dont Maigret sortait ?

Il entra au commissariat et gravit lentement l'escalier poussiéreux. Il n'y était venu qu'une fois et déjà il se sentait chez lui. Il poussait, sans frapper, la porte du bureau des inspecteurs qui était presque vide, comme la veille. Il était passé six heures. Le commissaire Mansuy était occupé à signer le courrier.

— Mme Godreau est arrivée, annonça Maigret en s'asseyant sur le coin de la table.

— Ah !… Pour l'enterrement, évidemment… Au fait, comment le savez-vous ?

— Je viens de la voir qui sortait de la gare.

— Vous la connaissez ?

— Il suffit d'avoir vu un portrait de sa fille pour la reconnaître.

— Je ne l'ai jamais rencontrée. Il paraît qu'elle est encore belle…

— Très… Et elle le sait…

Quelques paraphes encore.

— Vous avez passé un après-midi intéressant ?

— Le docteur Bellamy a beaucoup parlé et m'a fait les honneurs de sa maison. Dites-moi, est-ce que vous connaîtriez par hasard une gamine de quatorze à quinze ans, longue et maigre, vêtue d'une robe rose en coton, avec des bas de laine noire et des cheveux qui tirent sur le roux ?

Le commissaire le regardait avec étonnement.

— C'est tout ce que vous savez d'elle ?

— Elle a un petit sac à main en perles de couleur.

— Et vous ne savez pas où elle habite ?

— Non.

— Vous ignorez son nom ?

— Son nom et son prénom.

— Vous ne savez pas non plus où elle travaille ?

— Je ne sais même pas si elle travaille.

— Vous rendez-vous compte que Les Sables comptent malgré tout dans les vingt mille âmes et qu'il y a des petites filles comme celle que vous me décrivez plein les rues ?

— Je voudrais pourtant retrouver celle-ci.

— Dans quel quartier l'avez-vous rencontrée ?

— Chez le docteur Bellamy.

— Et vous ne lui avez pas demandé... Pardon ! Je comprends... C'est déjà une indication, évidemment...

Maigret sourit, bourra lentement une nouvelle pipe.

— Écoutez. J'ai l'impression de vous embêter. Je suis ici en vacances, c'est un fait. Ce qui se passe aux Sables ne me regarde en rien. Pourtant, je donnerais gros pour retrouver cette enfant.

— Je peux essayer.

— J'ignore si elle retournera chez le docteur. À vrai dire, je ne le pense pas. Mais qui sait si elle n'ira pas rôder autour de la maison ? Il est fort possible aussi que demain elle se tienne sur le chemin de l'enterrement. Peut-être qu'en disant un mot à vos hommes...

Mansuy commençait à s'inquiéter.

— Vous croyez qu'il a tué sa belle-sœur ? Le médecin légiste vient de me téléphoner...

— Et son rapport est négatif, j'en suis persuadé.

— C'est exact. Vous l'avez appris ? Le crâne a porté directement sur la route. Le corps a fait un ou deux tours sur lui-même. Il a boulé, comme on dit d'un lièvre. Mais toutes les meurtrissures coïncident avec les déchirures et les taches des vêtements. On peut l'avoir poussée, certes, mais sans lui donner de coup, sans qu'elle se défende…

— On ne l'a pas poussée.

— Vous croyez donc à l'accident ?

— Je ne sais pas.

— Vous venez de dire qu'on ne l'a pas poussée…

— Je ne sais rien, soupira Maigret devenu plus grave. En réalité, je n'en sais pas plus que vous. Peut-être moins, car je ne connais pas Les Sables. N'empêche que je voudrais retrouver cette gamine. J'aimerais aussi avoir un entretien en tête à tête avec Sœur Marie des Anges, ce qui est encore plus difficile. Il vous est déjà arrivé, à vous, de convoquer une bonne sœur dans votre bureau ?

— Non, répliqua le petit commissaire éberlué.

— À moi non plus. Il me reste l'espoir qu'elle m'écrira à nouveau.

Il parlait pour lui-même, sans se donner la peine de mettre son collègue au courant.

— Venez prendre un verre… À propos, votre Polyte d'hier, il a avoué ?

— Il n'avouera pas. Il n'a jamais avoué de sa vie. C'est au moins la dixième fois que nous le prenons la main dans le sac et chaque fois il nie avec obstination.

Ils s'arrêtèrent dans un café d'habitués et, tout le long du chemin, Maigret avait continué à regarder autour de lui avec l'espoir d'apercevoir sa gamine.

— Voyez-vous, Mansuy, il y a quelque chose que nous ne connaissons pas, quelque chose qui cloche, et j'ai l'impression que si nous mettions la main sur cette fillette...

Il but un apéritif, au lieu du vin blanc habituel. Puis, comme Mansuy insistait pour offrir une tournée, il en but un second. Cela venait s'ajouter à tous les vins blancs de la journée. Il y avait de la fumée autour de lui et l'odeur d'alcool était si épaisse qu'elle se répandait à plusieurs mètres sur le trottoir.

— Écoutez, Mansuy...

Il saisissait le bras de son collègue...

— Je crois qu'il est plus important qu'il ne paraît de retrouver cette petite... Cela ne me regarde pas, je le répète... Ce n'est pas tant comme professionnel que je parle...

— Si vous voulez que nous retournions au commissariat, je rédigerai une note dès ce soir.

— Savez-vous si le valet de chambre du docteur est marié, s'il couche dans la maison ?

Le pauvre Mansuy n'avait jamais imaginé qu'un commissaire à la P. J. pût mener une enquête de la sorte.

— Je vais me renseigner... J'avoue que je ne me suis jamais inquiété de...

Maigret parlait tout seul.

— Ce serait le moyen de savoir...

Puis, à Mansuy :

— Retournons à votre bureau, oui… Ne m'en veuillez pas… Je ne peux pas vous expliquer… J'ai tellement l'impression que cela vaut mieux…

Ils entrèrent dans le bureau du secrétaire, au rez-de-chaussée, où il y avait un bidon de café sur un petit réchaud à alcool.

— Dites-moi, Dubois, vous connaissez le valet de chambre du docteur Bellamy, vous ?

— Ce n'est pas un blond, assez jeune ?

Ce fut Maigret qui répondit.

— Oui. Il s'appelle Francis…

— C'est un Belge, affirma le secrétaire. Je m'en souviens parce qu'il est venu faire viser deux ou trois fois sa carte d'étranger…

— Marié ?

— Attendez… Il figure sur ma liste… Je vais la retrouver…

Ce ne fut pas si simple que ça. On ne mettait pas la main sur la liste. Le secrétaire de jour était parti avec la clef de certains tiroirs. On la découvrit enfin là où elle n'aurait pas dû être.

— Voilà… Francis-Charles-Albert Decoin, né à Huy… trente-deux ans… Marié à Laurence Van Offel, cuisinière… Elle a fait viser sa carte aussi… Attendez… *Hôtel du Remblai*… Non, elle l'a quitté… Sa dernière adresse était à l'*Hôtel Bellevue*, où elle travaillait comme fille de cuisine voilà deux mois encore…

Mansuy regardait toujours Maigret avec curiosité. Comme ils sortaient du commissariat, il lui demanda timidement :

— Vous allez vraiment…

Il n'achevait pas. Son geste désignait la ville, les hôtels. Était-il possible que son illustre confrère se mît à courir d'improbables adresses, à interroger les portiers et les domestiques comme un inspecteur débutant ?

— Si vous le permettez, je chargerai un de mes hommes...

Sans blague ? Juste au moment où Maigret se sentait les deux pieds par terre ? Pourquoi ne pas envoyer aussi une convocation à Sœur Marie des Anges et au docteur Bellamy ?

Il avait enfin quelque chose de précis à faire.

Quelque chose qui n'avait peut-être aucun intérêt, aucune importance...

Il n'en enfonçait pas moins les mains dans ses poches comme en plein hiver, tandis que ses dents serraient un peu plus fort le tuyau de sa pipe.

— Vous me tiendrez au courant ?... Je dois quand même faire chercher cette gamine ?...

Maigret oublia de répondre et lui serra la main à un coin de rue, se dirigeant vers la masse imposante de l'*Hôtel Bellevue*, le plus luxueux du Remblai.

Une fille de cuisine, cela allait au moins le changer des bonnes sœurs et des neurologues.

— Dites-moi, portier... Je voudrais parler à Laurence Decoin qui travaille aux cuisines...

— Il faut vous adresser à la porte des fournisseurs... Tournez à gauche... Vous trouverez une impasse... Il y a une porte à vitres dépolies et un monte-charge... C'est là...

Quelques instants plus tard, Maigret, qui n'avait trouvé personne pour l'introduire, gravissait un escalier pisseux dans les coulisses de l'hôtel qui rappelaient celles d'un petit théâtre de province. Quand, entre deux portes battantes par lesquelles passaient des garçons affairés, il arrêta une sorte de colosse de boucher, celui-ci le regarda de haut :

— Qu'est-ce que c'est ?

— Je voudrais parler à Laurence Decoin.

Alors son interlocuteur devint presque féroce.

— Et encore quoi… De la part de qui, s'il vous plaît, « jeune homme » ?…

— D'un ami…

— Vraiment ?… Laurence !… cria-t-il à la cantonade. Viens ici, que je te présente un ami… Un ami à toi, paraît-il…

Une grosse blonde s'avança en s'essuyant les mains à son tablier, et il était clair que le jeune valet de chambre du docteur ne comptait pas beaucoup dans sa vie, que le boucher velu lui inspirait en tout cas une sainte frousse.

— Je ne le connais pas, moi, cet homme-là, sais-tu, Fernand ! s'écria-t-elle avec un fort accent.

— Alors, hein ?… Qu'est-ce que vous en dites ?

Il s'avançait, aussi dur et menaçant qu'un tank.

Maigret se sentit revivre.

4

— Veuillez m'excuser, dit-il fort poliment. Il est exact que je ne connais pas Madame, que je ne l'ai jamais vue. Je désire simplement lui demander où rencontrer son mari en dehors de la maison de ses patrons.

C'est vers Fernand qu'elle se tourna tout d'abord, triomphante :

— Vous voyez, vous, grand jaloux, que ce n'est pas ce que vous croyez…

Puis à Maigret :

— Qu'est-ce qu'il a encore fait, Francis ?

Il y avait une porte, près d'eux. C'était celle d'une pièce longue, étroite, mal éclairée par un vasistas trop haut placé, où l'électricité brûlait toute la journée. Une table occupait toute la longueur de la pièce, avec deux bancs, comme à la caserne. C'était le réfectoire du personnel où, à ce moment, il n'y avait que deux garçons d'étage à manger en silence, tout au bout. C'est là qu'on fit entrer le commissaire, afin d'éviter les garçons qui les bousculaient.

— Vous êtes de la police, hein ? Remarquez que, moi, ça m'est égal. Ce serait même une bonne chose qu'il soit sérieusement salé, car ça m'aiderait à obtenir le divorce. N'est-ce pas, Fernand ?

Elle était courtaude, d'une grosse pâte, mais fraîche, le nez gaiement retroussé.

— Quand je pense que c'est moi, avec ce que je gagne ici, qui doit payer la pension du gamin, parce que ce fainéant-là ne veut rien entendre…

— Vous ne vivez pas avec lui ?

Ce fut Fernand qui intervint, afin de mettre une fois pour toutes les points sur les *i* :

— Voilà deux ans qu'on est ensemble.

— Vous ne savez pas s'il a une chambre en ville ?

La grosse Laurence éclata de rire :

— Une chambre et tout ce qu'il faut dedans avec, oui ! Et des pantoufles au pied du lit…

Elle se méfia soudain :

— Vous n'êtes pas de la police d'ici ?

— Je suis de Paris.

— Parce que les gens d'ici devraient tout de même savoir ce que Francis fricote avec la Popine…

— La Popine ?

— La mère Popineau, quoi… La marchande de poisson… Celle qui a une jolie boutique au coin de la rue de la République… Une rude garce, oui, à qui il ne faut pas en promettre… Il paraît qu'elle a déjà usé trois maris, et pourtant des costauds, ce qui lui fait du travail le jour des morts… Pour ce pauvre Francis, ce ne sera pas long… Je me demande même avec quoi, le malheureux, il lui donne son plaisir… En tout cas, vous êtes presque sûr de le trouver chez elle à partir de dix heures du soir... C'est grave, dites, monsieur ?

Maigret évita de répondre afin d'en apprendre davantage.

— C'est plus fort que lui... Il faut qu'il chipe des petites choses... Et remarquez que ce n'est même pas pour les vendre... C'est pour les donner aux femmes... Parce qu'il a toujours besoin de les épater...

Elle éclata de rire en regardant Fernand d'un air entendu :

— On les épate avec ce qu'on peut, n'est-ce pas, monsieur ?

Maigret dîna dans un coin, tout seul, et il n'avait pas tout à fait la mine qu'on lui connaissait à l'*Hôtel Bel Air*. M. Léonard l'attendit en vain pour la parlote du soir dans l'arrière-salle. Son repas fini, il marcha, dans le noir piqueté de becs de gaz, et les vagues, ce soir-là, étaient phosphorescentes.

Il était encore trop tôt, à peine neuf heures et demie. Il passa devant la maison du docteur, où il y avait de la lumière. Puis ce fut le port, les petits bistrots où l'on est bien obligé d'entrer pour s'asseoir un moment. Il aurait été en peine de dire ce qu'il pensait. C'était flou, un peu incohérent. Cela commençait par Sœur Marie des Anges. Une douce atmosphère de couvent qui déteignait sur Mme Maigret elle-même.

Puis le docteur et sa belle maison patricienne, ses phrases calmes et ses regards aigus.

Puis, soudain, une petite fille aux cheveux pâles l'aiguillait vers l'envers sordide de l'*Hôtel Bellevue*, et c'était Fernand le Boucher, la grosse Laurence au rire excité.

Les passants étaient rares dans les ruelles, où l'on voyait de loin en loin le rectangle jaunâtre d'une boutique, et la plupart des fenêtres étaient ouvertes, les gens se couchaient tôt, de la rue on les devinait presque, se retournant dans les lits moites de sueur. Parfois, en passant ainsi devant une fenêtre obscure, il entendait des chuchotements, si près de lui qu'il avait l'impression de surprendre l'intimité des êtres et que, comme à la clinique, il était tenté de marcher sur la pointe des pieds.

Il se fit désigner la maison de Mme Popineau, au bout du bassin, dans la partie neuve, et c'était une jolie maison en briques roses. Les volets du magasin étaient clos. Il y avait une entrée particulière, une porte en chêne verni, avec une boîte aux lettres et une poignée de cuivre. Il se pencha, comme quand il était petit, vit de la lumière par la serrure.

Il était onze heures quand il sonna. Il entendit le bruit d'une chaise remuée, des voix, des pas. La porte s'ouvrit sur un corridor qui sentait le linoléum, avec un portemanteau en bambou à droite, des plantes vertes, dans des cache-pot de faïence.

— Excusez-moi, madame...

Il avait devant lui une femme à peu près du même calibre que la grosse Laurence, courte et grasse aussi, mais en brun, vêtue du costume sablais, avec une jolie coiffe empesée qui éclairait son visage.

— Qu'est-ce que c'est ? questionna-t-elle en essayant de distinguer ses traits dans l'obscurité.

— J'aurais voulu dire quelques mots à Francis.

— Entrez.

La porte de gauche était restée ouverte. C'était celle d'une salle à manger qui paraissait toute neuve, avec son linoléum rouge et jaune, ses cache-pot de cuivre, ses bibelots, ses meubles Henri II.

Le valet de chambre du docteur Bellamy était là, en pantoufles de feutre, sans veston, sans gilet, la chemise ouverte sur la poitrine. Installé au plus profond d'un fauteuil, jambes croisées, un petit verre à portée de la main, une pipe au bec, il lisait paisiblement le journal.

Il y avait un autre fauteuil en face de lui, celui de la Popine, avec un petit verre aussi, et un hebdomadaire illustré.

— C'est M. Maigret qui veut te parler, Francis…

Le Belge fut moins surpris que Maigret lui-même.

— Vous me connaissez ? questionna le commissaire.

— Si vous croyez que je ne vous vois pas passer tous les jours !… Je vous ai reconnu tout de suite, il y a au moins une semaine… Je l'ai dit à la Babette : « Ça, ma petite, c'est le fameux commissaire Maigret, ou alors je ne suis plus la Popine… »

» Je dois encore avoir quelque part un illustré d'il y a trois semaines sur lequel il y a un article sur vous, avec une belle photo…

Francis s'était levé, embarrassé. On aurait dit que, sans sa livrée, il se sentait nu devant Maigret.

— N'aie pas peur, va !… Je suis sûre que ce n'est pas pour toi qu'il est ici, mais pour ton patron… Est-ce que je vous gêne, monsieur le commissaire ?… Parce que je peux toujours passer dans ma chambre… Seulement, si ce sont des renseignements que vous cherchez, je crois que je vous en donnerai plus que Francis… Asseyez-vous… Vous allez boire un petit verre avec nous, n'est-ce pas ?… Il faut vous dire que j'ai toujours adoré les crimes, de sorte qu'il y a au moins quinze ans que je vous connais… Quand je vois un bel assassinat, bien compliqué, je dis : « Pourvu que ce soit Maigret qui s'en occupe… »

» Et le matin j'ouvre mon journal avant de mettre l'eau pour le café sur le feu…

Maigret s'assit. Il ne pouvait faire autrement. Et c'était intime, presque familial. La marchande de poisson devait être fière de ses meubles, de ses cuivres impeccables, de ses bibelots, fière de cet intérieur si typiquement petit-bourgeois.

Est-ce que ses rêves, en somme, étaient si différents de ceux de Mme Maigret ?

Francis était un peu plus mal à l'aise et voulut endosser son veston. C'est la femme qui l'arrêta.

— Pas besoin de te gêner avec le commissaire, tu sais ! Si tout ce qu'on écrit sur lui est vrai, cela lui est égal que tu sois en manches de chemise et c'est lui, au contraire, qui va se mettre à son aise…

Une porte, à gauche, ouvrait sur la boutique tout en marbre d'où venait une douce odeur de poisson.

— Vous croyez que c'est un accident, vous, monsieur Maigret ?

C'était le jour, décidément. Chez le docteur Bellamy, déjà, c'est lui qui avait passé un véritable interrogatoire.

— Remarquez que je ne veux pas dire de mal de cet homme-là... Je l'ai connu gamin... Je crois que j'ai trois ou quatre ans de plus que lui, je n'ai pas honte de le dire...

Elle était d'une fraîcheur étonnante, vraiment appétissante encore, en dépit de ses cinquante ans passés. Elle avait rempli le verre de Maigret et tendait le sien pour trinquer.

— J'ai connu son père aussi... C'était le même genre d'homme. Pas causant... Et pourtant on ne peut pas dire qu'ils soient fiers... Ce sont des messieurs, quoi, mais ils ne sont pas tout le temps à vous le faire sentir... La mère, par exemple, c'est une autre paire de manches... Celle-là, monsieur Maigret, permettez à la Popine de vous le dire, c'est une vraie gale... Et, s'il est arrivé quelque chose de mauvais, je suis bien sûre que c'est par sa faute... Vous croyez qu'on arrêtera le docteur ?

— Il n'en est pas question.

C'était embarrassant. Il n'était chargé d'aucune enquête. Il désirait un simple renseignement. Et le lendemain, grâce à la Popine, toute la ville allait savoir que le commissaire Maigret s'occupait du docteur Bellamy.

Cela pouvait aller très loin, devenir une vilaine histoire, et pourtant Maigret ne parvenait pas à regretter d'être là, il fumait sa pipe à petites bouffées, réchauffait l'alcool entre ses mains, détournait les yeux, quand son regard tombait sur les jambes de la grosse femme qui avait la manie de tenir les genoux écartés et qui montrait de larges morceaux de peau rose au-dessus de ses bas noirs.

Il parvint à prendre la parole.

— J'aurais voulu poser une question à Francis…

— Comment est-ce que vous avez su que j'étais ici ?

Maigret allait répondre n'importe quoi, mais la Popine ne lui en laissa pas le temps.

— Si tu crois, mon garçon, que tout le monde n'est pas au courant… Remarquez, monsieur Maigret, que, moi, je veux bien l'épouser… Ce ne serait pas le premier… Malheureusement, il a déjà une femme, et c'est elle qui ne veut rien entendre pour le divorce…

— Dites-moi, Francis… Cet après-midi, quand je suis allé chez le docteur Bellamy, une gamine sortait d'une chambre du premier étage. Je suppose que c'est vous qui lui avez ouvert la porte ?

— C'est toujours moi qui ouvre la porte, dit-il.

— Vous l'avez donc vue. Savez-vous qui elle est ?

— C'est justement ce que je me suis demandé.

— Vous ne la connaissez pas ?

— Non. Elle est venue deux fois. La première fois, c'était le 2 août, quand Madame était si malade…

— Un instant, Francis, voulez-vous ?

— Oui, prends ton temps, mon chou… Laisse parler le commissaire…

— L'accident dont Mlle Godreau a été victime s'est produit le 3 août… C'est bien cela ?

— C'est cela… Le jour du concert…

— Donc, le 2 août, Mme Bellamy, dites-vous, était très malade ?

— C'est exact… Et même le 1ᵉʳ août… C'est le 1ᵉʳ août qu'elle ne s'est pas levée…

— Elle est souvent malade ?

— Je ne l'avais jamais vue garder le lit toute la journée…

— On a fait venir un médecin ?

— C'est monsieur qui l'a soignée… Il est docteur…

— Évidemment…

Seulement, un médecin n'hésite pas à faire soigner sa famille par un confrère, à plus forte raison s'il est spécialiste.

— Vous ne savez pas ce qu'elle a eu ?

— Non…

— Vous avez pénétré dans sa chambre ?

— Jamais !… Même quand elle n'est pas là, c'est interdit… Le docteur Bellamy ne tolère pas qu'un homme mette les pieds dans la chambre de Madame… Une fois qu'il n'y avait personne dans la maison et que Jeanne, la femme de chambre, se trouvait dans l'appartement, je suis entré… J'ai fait à peine deux pas, parce que j'avais quelque chose à dire à Jeanne…

— Tu crois que tu t'es contenté de lui parler ?

— Le docteur est arrivé sans bruit… Il ne s'est jamais montré aussi sec avec moi… Un moment, j'ai cru qu'il allait me gifler…

— Donc, répéta Maigret, le 1ᵉʳ août, deux jours avant la mort de sa sœur, Odette Bellamy était malade et ne quittait pas son lit… C'est alors, dites-vous, que la gamine est venue la voir pour la première fois ?

— Pas le 1ᵉʳ août… Le 2…

— Vous lui avez ouvert la porte... Quelle heure était-il ?

— Environ quatre heures et demie...

— Autrement dit, l'heure à laquelle le docteur fait sa partie de cartes à la *Brasserie du Remblai*... On peut le voir du trottoir, s'assurer ainsi qu'il n'est pas chez lui...

— Probablement...

— Que vous a dit la petite fille ?

— Elle a demandé à voir Mme Bellamy... J'ai cru d'abord qu'elle parlait de Mme Bellamy mère...

— Où était celle-ci à ce moment ?

— Dans la lingerie... C'était le jour de la couturière...

— Je vous expliquerai, promit Popine. C'est tout juste si elle ne fait pas ses robes elle-même, par économie. Elle est avare comme un pou. Elle a une vieille couturière bossue qui la fagote n'importe comment, mais cela lui est égal, du moment que cela ne coûte pas cher... Je vous raconterai des histoires... Tenez !... Quand elle me téléphonait pour me demander du poisson pas très frais pour la table des domestiques...

— Un instant, voulez-vous ?

— Je vous demande pardon... Allez-y !...

— Vous avez fait monter la petite ?

— Non !... Je lui ai répondu que Madame ne recevait pas... Elle m'a prié d'aller l'avertir que c'était la petite Lucile et qu'elle avait quelque chose de très important à dire...

— Vous êtes donc entré dans la chambre pour faire votre commission...

— Pardon !... J'ai appelé Jeanne... J'étais persuadé que Madame ne recevrait pas cette gamine... Mais, pas du tout, elle l'a fait monter...

— Elle est restée longtemps ?

— Je ne sais pas... Je suis retourné à l'office, où j'avais à nettoyer l'argenterie...

— Savez-vous, monsieur Maigret, que c'est lui qui astique mes cuivres ?... J'ai beau avoir une femme de ménage toute la journée, il y tient, car il prétend que les femmes ne savent pas récurer...

— Quand elle est revenue, aujourd'hui, vous l'avez fait monter tout de suite ?

— Je n'ai pas eu besoin de l'annoncer... J'ai vu Jeanne sur le palier et Jeanne m'a lancé : « Faites monter, Francis... »

— Autrement dit, votre patronne, cette fois, attendait Lucile ?

— Je suppose...

— Vous n'écoutez jamais aux portes ?

— Non, monsieur.

— Pourquoi ?

— À cause de Mme Bellamy mère... On la croit lourde, presque impotente... Elle a l'air de s'appuyer sur sa canne comme si elle ne tenait pas debout et elle vous arrive dessus sans que jamais vous l'attendiez... Elle est toujours à rôder dans la maison...

— Une gale !... Et le plus fort, monsieur Maigret, c'est que ce n'est même pas une femme qui sort d'une bonne famille... Quand elle fait son marché avec la cuisinière, elle nous engueule comme des roulures... Elle oublie que son père était un ivrogne qu'on ramassait sur les trottoirs et que sa mère a fait des journées… Il est vrai que c'était une belle fille… On ne le croirait pas en la voyant maintenant…

— Dites-moi, madame Popineau…

— Vous pouvez m'appeler Popine, comme tout le monde !

— Dites-moi, Popine, vous n'avez pas idée, vous qui connaissez tout le monde aux Sables, de qui peut être cette Lucile ?

— Il y a dix ans, je vous aurais répondu oui… Je faisais encore la « chine »… J'allais de porte en porte en poussant ma charrette à bras pour vendre le poisson… Alors, vous comprenez, je connaissais tous les mioches…

— Elle est longue et maigre, avec des cheveux presque incolores, couleur de paille…

— Elle porte des tresses ?

— Non…

— C'est dommage, car j'en connais une qui porte des tresses… C'est la fille du tonnelier…

— Elle a quatorze ou quinze ans ?

— Probablement davantage… Elle est déjà formée… Une belle petite poitrine rembourrée…

— Cherchez bien…

— Je ne vois pas… Remarquez que je ne vous demande que jusqu'à demain midi… Avec le monde qui vient dans ma boutique, je ne serai pas longue à me renseigner… La ville n'est pas si grande, après tout…

Maigret devait se souvenir de ces mots-là un peu plus tard. *La ville n'est pas si grande !*

— Vous avez l'impression, Francis, que vos patrons s'entendent bien ?

Le Belge ne savait que répondre.

— Ils se disputent souvent ?

— Jamais.

Cela lui paraissait ahurissant qu'on pût se disputer avec le docteur.

— Il lui arrivait de parler sec à sa femme ?

— Non, monsieur…

Maigret comprenait qu'il fallait insister.

— Ils étaient gais quand ils étaient ensemble, à table, par exemple ? Je suppose que c'est vous qui servez à table ?

— Oui, monsieur.

— Ils se parlent beaucoup ?

— Monsieur parle… Sa mère aussi…

— Vous avez l'impression que Mme Bellamy est heureuse ?

— Des fois, monsieur… C'est difficile à dire… Si vous connaissiez mieux Monsieur…

— Essayez de vous expliquer.

— Je ne peux pas… Ce n'est pas un homme à qui on parle comme à un autre… Il vous regarde, et on se sent tout petit…

— Sa femme se sent toute petite devant lui ?

— Peut-être, des fois… Il lui arrive de parler, comme tout le monde… Elle raconte quelque chose, en riant… Puis elle le regarde et elle s'arrête net…

— Je crois que c'est plutôt quand elle regarde sa belle-mère, intervint la Popine. Vous devez comprendre, monsieur Maigret, qu'une jeune femme comme Odette – celle-là aussi, je l'ai connue toute petite et elle n'était pas fière en ce temps-là –, je dis qu'une jeune femme comme elle n'est pas faite pour

vivre avec une sorcière... Et la vieille Bellamy a tout
de la sorcière... Ce n'est pas une canne, mais un balai,
qu'elle devrait avoir pour se le mettre entre les
jambes...

Un instant, Maigret pensa à l'interrogatoire que le
doux Mansuy avait mené devant lui, l'interrogatoire
de Polyte. Celui-ci se taisait farouchement, n'ouvrait
la bouche, contraint et forcé, que pour nier contre
toute évidence.

Ces deux-ci, au contraire, parlaient d'abondance,
et pourtant il était aussi difficile d'approcher de la
vérité.

Il la sentait pas loin. Il la flairait, essayait, en esprit,
de mettre chacun à sa place, autour de la table familiale, par exemple, mais il y avait toujours un détail
qui clochait, qui *faisait faux*.

Il n'est pas facile de voir des gens à travers les yeux
d'un valet de chambre, de l'amant de Mme Popineau.

— Avant d'être malade, à quoi Mme Bellamy
employait-elle ses journées ?

Pauvre Francis ! La Popine l'encourageait à parler,
lui soufflait presque comme à l'école. Il aurait voulu
être agréable au commissaire, cherchait à s'exprimer
aussi clairement que possible.

— Je ne sais pas... D'abord, elle restait très tard
dans sa chambre, où on lui montait son petit
déjeuner.

— À quelle heure ?

— Vers dix heures...

— Un instant... Votre patron et votre patronne
faisaient-ils chambre à part ?

— C'est-à-dire qu'il y a deux chambres, et deux salles de bains, mais je n'ai jamais vu Monsieur coucher chez lui…

— Même ces deux derniers jours ?

— Pardon !… Depuis le 3 août, il dort seul… Dans la journée, Madame allait souvent dans le studio de Mademoiselle… Elle s'asseyait dans un coin et lisait en écoutant la musique…

— Elle lisait beaucoup ?

— Je l'ai presque toujours vue avec un livre…

— Elle sortait ?

— Rarement sans Monsieur… Ou alors avec sa belle-mère…

— Elle ne sortait jamais seule ?

— Cela lui est arrivé…

— Plus souvent ces derniers temps qu'auparavant ?

— Je ne sais pas… La maison est grande, voyez-vous… Dans l'office, il y a un petit tableau d'affiché… C'est la mère de Monsieur qui l'a fait… Nous sommes trois domestiques, la cuisinière, Jeanne et moi… Sur le tableau, on trouve notre emploi du temps pour toute la journée… Il faut qu'à telle heure nous soyons dans telle pièce, à faire tel travail, et c'est un drame si on nous rencontre ailleurs…

— Les deux sœurs s'entendaient ?

— Je crois, oui…

— Est-ce que, à table, Lili se montrait plus gaie, ou plus bavarde qu'Odette ?

— C'était du pareil au même…

— Je vous répète ma question de tout à l'heure et je vous demande de réfléchir : vous êtes sûr que c'est le 1ᵉʳ août, deux jours avant la mort de sa sœur, que votre patronne est tombée malade ?

— J'en suis certain.

— Où le docteur reçoit-il ses clients ?

— Il ne les reçoit pas dans la maison, mais dans l'annexe qui se trouve au fond du jardin. L'annexe donne directement sur une petite rue…

— Qui ouvre la porte aux clients ?

— Personne. Ils tirent le bouton et un mécanisme ouvre la porte. Les malades entrent dans une antichambre, où ils attendent. Il en vient peu, presque toujours sur rendez-vous… Monsieur n'a pas besoin de ça, vous comprenez ?…

— Finissez votre verre, monsieur Maigret, que je vous en serve un autre…

Il le vida, trinqua à nouveau avec la Popine et avec Francis. Ils étaient un peu impressionnés l'un comme l'autre par la gravité du commissaire, par l'effort qu'ils devinaient confusément.

— C'est tellement difficile, disait la marchande de poisson, comme pour le consoler, de savoir ce qui se passe dans ces grandes maisons-là… Des gens comme nous, ça dit tout ce que ça pense et même davantage… Mais il y en a d'autres…

— Tenez, interrompit Francis… Pour ne prendre que ce soir… D'habitude, j'attends que Monsieur me sonne pour son whisky… Car, tous les soirs, vers dix heures, alors qu'il est dans la bibliothèque, il boit un dernier verre de whisky… Bien que j'aie une chambre dans la maison, il sait bien que je n'y couche pas… Je pose le plateau sur le bureau, je mets la glace dans le verre, et il me dit invariablement : « Bonsoir, Francis… Vous pouvez aller… »

» Ce soir…

Il sentit la tension de Maigret et en fut embarrassé, comme s'il avait peur de le décevoir une fois de plus.

— Ce n'est qu'un détail… Cela me revient parce que la Popine vient justement de dire qu'on ne sait jamais ce qui se passe dans les grandes maisons… D'habitude, je prépare le plateau d'avance et je suis parfois un quart d'heure à regarder l'horloge… Je suis seul à ce moment-là… Jeanne est chez elle et fume des cigarettes sur son lit en lisant des romans… La cuisinière est mariée, et couche en ville. À dix heures et quart, quand j'ai vu que Monsieur ne m'avait pas sonné, je suis monté sans bruit avec le plateau… Il y avait de la lumière sous la porte… J'ai attendu un bout de temps, puis j'ai regardé par la serrure… Il n'était pas à sa place… J'ai frappé et je n'ai vu personne. J'ai fait le tour de la maison, sauf la chambre de Madame, bien entendu, et il n'y était pas… Ni en bas… Ni dans son cabinet de consultation de l'annexe… Je suis monté chez Jeanne et elle m'a dit qu'il n'était pas chez Madame non plus et que celle-ci avait fermé sa porte à clef…

— Un instant… A-t-elle l'habitude de fermer sa porte à clef ?

— Pas quand Monsieur est dehors… Remarquez que je n'y ai pas fait attention et, à dix heures et demie, j'ai laissé le plateau et je suis parti… C'est la première fois qu'il sort sans me le dire, surtout en laissant sa lumière allumée…

— Vous êtes sûr qu'il était sorti ?

— Son chapeau n'était pas au portemanteau.

— Il a pris la voiture ?

— Non, j'ai regardé dans le garage…

À ce moment, la Popine et Francis suivirent d'un même regard étonné, puis anxieux, Maigret qui se dressait, les traits brouillés.

— Vous avez le téléphone ? questionna-t-il.

Il dut passer dans la boutique, s'accouder au comptoir de marbre glacé, près de la balance émaillée…

— Allô !… La *Brasserie du Remblai* ?… Dites-moi… Est-ce que vous avez vu le docteur Bellamy ce soir ?

On ne lui demandait pas qui il était.

— Mais non, pas cet après-midi… Après dîner, oui… Vous ne l'avez pas vu ?… Un instant, s'il vous plaît… Le commissaire de police n'est pas chez vous ?… Il ne vient jamais le soir ?… Ne coupez pas, mademoiselle… C'est le garçon qui est à l'appareil ?… Le gérant ?… Aucun de ces messieurs du bridge n'est-il là ?… Oui. M. Rouillet, M. Lourceau… Bon… Passez-moi M. Lourceau, voulez-vous ?…

Une voix molle au bout du fil, celle d'un homme qui en est à sa cinquième ou sixième heure de bridge et à son sixième petit verre pour le moins.

— Allô ! monsieur Lourceau… Excusez-moi de vous déranger… Le commissaire Maigret… Peu importe… Je voudrais un simple renseignement… Savez-vous où, à cette heure, j'ai des chances de trouver Bellamy ?… Non, il n'est pas chez lui… Vous dites ?… Il ne sort jamais le soir ?… Vous ne voyez pas ?… Je vous remercie…

Il était de plus en plus pesant, avec quelque chose
d'anxieux dans le regard. Il feuilleta l'annuaire,
appela le médecin légiste.

— Allô... Ici le commissaire Maigret... Non, il ne
s'agit pas d'une enquête... Je voudrais seulement
savoir si le docteur Bellamy n'est pas chez vous... J'ai
pensé que, étant donné les événements et, comme
vous êtes unis... Mais non !... Simplement un renseignement à lui demander... Vous ne l'avez pas vu ?...
Vous n'avez pas la moindre idée de l'endroit où je
pourrais le joindre ?... Comment ?... À la clinique ?... Je n'y avais pas pensé.

C'était si simple ! Le docteur ne pouvait-il pas
s'être rendu à la clinique ou à l'hôpital pour voir un
de ses malades ?

— Allô... Sœur Aurélie ?... Pardon... Je croyais
avoir reconnu sa voix... Pouvez-vous me dire si le
docteur Bellamy...

Ni à la clinique, ni à l'hôpital.

— Un détail, Francis... La chambre à coucher du
docteur donne-t-elle sur le Remblai ?

— Pas tout à fait... Elle donne sur la façade est,
mais on la voit du Remblai...

— Je vous remercie...

— Vous partez ?

Il les laissait tout déroutés dans leur petite salle à
manger, lui avec ses pantoufles et sa chemise ouverte,
elle fort animée d'avoir passé une soirée avec son
héros.

— Si vous êtes dans le quartier demain midi, monsieur Maigret, j'aurai certainement des renseignements au sujet de la petite...

Il l'écoutait à peine. Les rues, maintenant, étaient tout à fait désertes. Il était plus de minuit. Il aperçut un agent sous un bec de gaz et faillit s'arrêter pour lui demander s'il n'avait pas vu le docteur Bellamy.

Dans la grande maison du Remblai, il n'y avait d'éclairée que la fenêtre de la bibliothèque. Francis avait laissé la lumière en partant, il l'avait dit au commissaire. Si le docteur était rentré, on verrait probablement de la lumière dans sa chambre. En tout cas, il aurait éteint les lampes du bureau après avoir bu son whisky.

La brave Popine avait parlé d'une petite ville. Et maintenant Maigret la trouvait trop grande. Assez grande, en tout cas, pour qu'il fût impossible d'y situer un homme, une petite fille.

Si seulement il avait connu plus tôt le prénom de Lucile !

Il marchait à grands pas rapides. Au lieu de regagner son hôtel, il fit un détour, vit la lumière rouge du commissariat, où il n'y avait qu'un brigadier et quelques hommes de garde.

— L'un de vous connaît-il, par hasard, une gamine nommée Lucile ?

Ils interrompirent leur partie de belote, se regardèrent, cherchèrent dans leur mémoire.

— Ma femme s'appelle Lucile, plaisanta l'un d'eux, mais, puisque vous parlez d'une gamine, ça ne doit pas être elle…

— Vous ne savez pas son nom de famille ? questionna naïvement le brigadier.

Ce fut un agent d'une trentaine d'années qui donna une leçon à Maigret en prononçant tranquillement :

— C'est les maîtresses d'école qu'il faudrait questionner.

Parbleu ! Le commissaire, qui n'avait jamais eu d'enfant, n'y avait pas pensé. C'était tellement simple !

— Combien y a-t-il d'écoles aux Sables ?

— Attendez… Avec celle du château d'Oléron, j'en compte trois, je parle d'écoles de filles… Sans compter celles des bonnes sœurs…

— Les institutrices y couchent ?

— Bien sûr que non… Surtout que c'est les vacances…

Maigret avait fait des milliers d'enquêtes, fouiné dans les milieux les plus divers. Mais, de même que, quelques jours plus tôt, il ne connaissait pas les religieuses ni l'atmosphère des cliniques, il ignorait tout des écoles.

— Vous croyez que les institutrices ont le téléphone ?

— Il y a des chances que non… Elles gagnent à peu près autant que nous, les pauvres !…

Il était las, tout à coup. Depuis cinq heures de l'après-midi, son esprit avait travaillé à une cadence si rapide qu'il se trouvait soudain vide, comme inutile, au moment où il se heurtait à un mur bête.

Huit ou dix institutrices dormaient quelque part dans la ville, dans ces petites maisons serrées les unes contre les autres, leurs fenêtres ouvertes sur les ruelles ou sur les jardinets.

L'une d'elles, au moins, connaissait la petite Lucile, dont elle corrigeait chaque jour les devoirs.

Un moment, sur le seuil du commissariat, sur le point de plonger à nouveau dans le noir, il eut une hésitation, faillit rentrer, demander la liste de toutes les institutrices du pays, courir de porte en porte.

Est-ce le sens du ridicule qui l'arrêta ?

— *La ville n'est pas très grande...* avait dit la Popine.

Trop grande, malheureusement ! Ils devaient parler de lui en s'endormant, la marchande de poisson et Francis ! Peut-être aussi cet autre couple formé de la Flamande et du boucher Fernand ! Et encore Lourceau, le médecin légiste, la bonne sœur de garde à la clinique, tous ceux qu'il avait troublés au cours de la soirée.

Sans doute laissait-il derrière lui comme une traînée d'inquiétude, ou tout au moins de curiosité.

Avait-il le droit, parce qu'une idée encore vague lui était venue à l'esprit, de troubler de nouvelles rues, de troubler toute cette petite ville blottie autour de son port ?

Il sonna à la porte de son hôtel. M. Léonard, qui l'avait attendu en dormant sur une chaise, vint lui ouvrir, un muet reproche dans le regard. Pas parce qu'on l'avait fait veiller, mais parce qu'il supposait que le commissaire s'était méconduit.

— Vous avez l'air fatigué, dit-il. Un petit verre, avant de monter ?

— Vous ne connaissez pas, par hasard, une gamine du nom de Lucile qui...

C'était ridicule. Il s'en voulait. M. Léonard remplissait deux petits verres de calvados. Bon Dieu ! ce que Maigret pouvait vider de petits verres et avaler de vin blanc depuis quelques jours ! Pourtant, il n'était pas ivre.

— À votre santé !

Il buta dans l'escalier et laissa tomber ses vêtements dans la chambre au petit bonheur. Le lendemain, le jour même, puisqu'il était passé minuit, il y aurait l'enterrement. Auparavant, il donnerait un coup de téléphone au commissaire Mansuy, qui était à son bureau dès huit heures du matin.

Toute la première partie de la nuit se passa dans une sorte de cauchemar. Il tirait des sonnettes, des quantités de sonnettes, et des têtes jaillissaient par l'entrebâillement des portes, des têtes qui se balançaient de gauche à droite et de droite à gauche dans un signe négatif. Personne ne parlait. Lui non plus. Pourtant, tout le monde comprenait qu'il cherchait le docteur et Lucile.

Puis un grand vide noir, le néant, et enfin des coups frappés à sa porte, la voix de Germaine, la bonne :

— On vous demande au téléphone...

Il s'était couché sans son pyjama, qu'il chercha partout. Son oreiller était moite d'une sueur acide qui sentait l'alcool. Il n'entendait pas les bruits familiers dans les chambres voisines. Il était trop tôt ou trop tard.

Il enfila sa robe de chambre en ouvrant la porte.

— Quelle heure est-il ?

— Sept heures et demie...

Le temps lui paraissait décalé. Il ne reconnaissait pas la lumière habituelle de ses réveils. Et comment le commissaire Mansuy pouvait-il lui téléphoner à sept heures et demie ?

— Allô !... C'est vous, monsieur le commissaire ?

La voix de Mansuy, elle aussi, avait quelque chose d'anormal.

— Nous connaissons le nom...

Un silence. Pourquoi Maigret n'osait-il pas poser de question ?

— Elle s'appelle Lucile Duffieux...

Encore un silence. Il y avait décidément quelque chose de détraqué dans le temps, dans l'espace.

— Eh bien ! cria-t-il, exaspéré.

— *Elle est morte...*

Alors, pendant qu'il tenait toujours l'écouteur à l'oreille, des larmes de rage montèrent aux yeux de Maigret.

— *Elle a été étranglée cette nuit, dans son lit, à côté de la chambre de sa mère...*

M. Léonard, qui sortait de la cave, une bouteille de vin blanc à la main, resta interdit, se demandant pourquoi Maigret le regardait avec ses yeux féroces qui semblaient ne pas le reconnaître.

5

Il était déjà tard dans la matinée quand Maigret s'aperçut que le temps était gris et qu'il était probablement tombé quelques gouttes de pluie à l'aube. Jusque-là, la grisaille des gens et des choses, s'ajoutant à sa grisaille, l'avait empêché de regarder le ciel, de constater que, pour la première fois depuis son arrivée aux Sables, la mer était d'un vert glauque, avec, par-ci par-là, des taches ridées et presque noires.

Au commissariat, on n'avait pas dû relever les hommes de nuit et cela sentait le débraillé, la fatigue et l'inquiétude. Comme par hasard, au pied de l'escalier, il se heurta à celui des agents qui, vers minuit, avait eu l'idée de l'institutrice. De quel âge étaient ses filles, à lui ? En reconnaissant Maigret, il tressaillit. Sa tunique était déboutonnée, ses cheveux embroussaillés. Il avait dormi sur un banc. Et voilà qu'il retrouvait devant lui l'homme qui, quelques heures plus tôt, s'acharnait à découvrir l'adresse de la gamine.

C'était incohérent. Tout était incohérent ce matin-là. Est-ce que l'agent s'imaginait que Maigret était l'assassin ?

Le commissaire montait lentement l'escalier. Sa pipe avait mauvais goût. Il s'était rasé et habillé en quelques minutes, avait trouvé à la porte l'auto de la police que Mansuy lui avait envoyée afin de gagner du temps. Pourquoi avait-il demandé au chauffeur de faire le tour par le Remblai ?

Sans doute pour apercevoir la maison du docteur. Elle était à sa place, bien entendu. Tout le premier étage paraissait silencieux, les volets clos, mais des tapissiers étaient occupés à draper à la porte des tentures mortuaires. Il passa aussi devant l'église, cette fois parce que c'était le chemin, et il n'y avait que des vieilles en bonnet empesé à sortir d'une messe basse.

Une certaine fièvre régnait dans le bureau des inspecteurs. On téléphonait à plusieurs appareils. Dans tous les yeux on lisait une même stupeur. La moue qu'on voyait sur les lèvres n'était pas seulement celle des gens arrachés trop tôt à leur sommeil, mais elle exprimait du dégoût et une sourde colère.

La plupart des hommes n'étaient pas rasés. Ils ne devaient pas être là depuis longtemps. Peut-être, en passant, avaient-ils trouvé un bar ouvert pour avaler un café ?

La porte du fond s'ouvrit. Mansuy avait guetté le pas du commissaire et l'attendait sur le seuil de son bureau, si changé que Maigret en éprouva quelque gêne.

Qui sait ? Peut-être en était-il de même pour son interlocuteur. Le commissaire de police n'était pas rasé, lui non plus. Il avait été alerté le premier. Le premier il était allé là-bas. On était surpris de voir ses joues envahies par une barbe drue comme du chiendent, d'un roux plus sombre que les cheveux.

Ce n'était plus de la timidité qu'exprimaient ses yeux bleu clair, mais une authentique inquiétude. Maigret s'avançait toujours, entrait. La porte se refermait. Et les prunelles du petit commissaire de police restaient braquées sur lui en une muette interrogation.

Maigret était trop pris par ses propres pensées pour s'inquiéter des réactions des autres. Comment Mansuy n'aurait-il pas été un peu épouvanté devant cet homme épais qui, la veille, alors qu'il n'avait jamais été question de la gamine, s'occupait de celle-ci avec obstination et donnait d'elle une description minutieuse, quelques heures à peine avant qu'elle fût étranglée dans son lit ?

— Je suppose que vous voulez aller là-bas ? prononça-t-il d'une voix enrouée.

Il n'avait pas l'occasion, aux Sables, de voir souvent de pareils spectacles, et il en restait chaviré. Cela se sentait à sa façon de dire *là-bas*.

— J'ai pu avoir le procureur de La Roche-sur-Yon au bout du fil. Il enverra le Parquet vers onze heures. Peut-être avant, si on parvient à réunir plus tôt ces messieurs. Il a tenu à alerter la brigade mobile de Poitiers pour qu'elle envoie deux inspecteurs. Je ne lui ai pas dit que vous étiez ici. Est-ce que j'ai bien fait ?

— Vous avez bien fait.

— Vous ne vous occuperez pas de l'enquête ?

Maigret, sans répondre, haussa les épaules, et il sentit qu'il décevait Mansuy. Que pouvait-il faire ?

— Il y a foule autour de la maison, malgré l'heure. C'est aux limites de la ville, presque en dehors, tout un quartier de petites maisons entourées de jardinets. Le père Duffieux est gardien de nuit aux chantiers navals. Il a accepté cette place quand il a été amputé d'un bras. Vous le verrez. Cela a dû être terrible pour lui. Écoutez...

Le petit commissaire racontait, les deux coudes sur son bureau, le menton sur les poings.

— Il a quitté son travail à six heures du matin, dès l'embauche de la première équipe. Tout s'est passé ce matin comme d'habitude, tout, entendez bien. C'est un homme calme, méticuleux. Les ménagères qui se lèvent tôt peuvent régler leur horloge sur l'heure de son passage. Il rentre chez lui sans bruit, vers six heures vingt. Il m'a expliqué tout ça en détail, d'une voix de somnambule. La porte d'entrée donne directement dans la cuisine. Il y a une chaise à gauche, une chaise à fond de paille, vous la verrez. Au pied de cette chaise, les pantoufles sont préparées.

» Il retire ses chaussures, afin de n'éveiller personne. Il met une allumette dans le poêle, où le feu est préparé, avec un morceau de journal et du petit bois...

» Le café moulu se trouve dans le filtre de la cafetière et, dès que l'eau bout dans la bouilloire, il la verse, il ne lui reste qu'à mettre deux morceaux de sucre dans le bol à fleurs.

» Vous verrez... Près du feu, il y a une horloge à balancier de cuivre...

» Il est six heures et demie sur le cadran quand, un bol à la main, il entre, toujours sans bruit, dans la chambre de sa femme.

» Depuis des années, chaque matin, les choses se passent de même façon…

Maigret ouvrit la fenêtre, malgré la fraîcheur de ce matin-là.

— Continuez…

— Mme Duffieux est une femme maigre, pâle, mal portante. Elle ne s'est jamais remise de ses dernières couches, ce qui ne l'empêche pas de trotter du matin au soir… C'est une grande nerveuse, toujours tendue, toujours en émoi, une de ces femmes qui passent leur vie à épier la catastrophe…

» Elle s'est habillée pendant que son mari se débarrassait de ses lourds vêtements de nuit. Elle a remarqué : « Il pleut… » – il a plu tout à l'heure…

C'est à ce moment-là seulement que Maigret regarda le ciel qui restait gris.

— Ils sont restés tous les deux pendant une demi-heure. C'est à peu près leur seul moment d'intimité. Puis, à sept heures juste, Duffieux a poussé une porte pour aller éveiller sa fille.

» Ces petites maisons-là n'ont pas de volets. La fenêtre grande ouverte, comme toujours en cette saison, donne, derrière, sur le jardinet.

» Lucile était morte, dans son lit, le visage bleuâtre, de larges traces noires sur le cou…

» Vous voulez que nous y allions ?

Pourtant il ne se levait pas encore. Il attendait. Il espérait toujours. Il lui semblait impossible que Maigret n'eût rien à lui dire.

— Allons… se contenta de soupirer celui-ci.

Et la rue, là-bas, dans un faubourg, était bien telle qu'il l'avait imaginée d'après le récit du commissaire de police. C'était bien la rue aussi d'où sortent les petites filles comme Lucile, avec, à un coin, la boutique où l'on vend des légumes, de l'épicerie, du pétrole et des bonbons, avec ses femmes sur les seuils, les enfants qui jouent sur les trottoirs.

Il y avait des groupes sur le pas des portes. On voyait des femmes encore en tenue de nuit qui s'étaient contentées de passer un manteau sur leur chemise.

Une cinquantaine de personnes se massaient devant une petite maison pareille aux autres, près de laquelle un agent en uniforme montait la garde. L'auto s'arrêta. Les deux hommes en descendirent.

Alors, debout sur le trottoir, Maigret marqua un temps d'arrêt, sans avertir, sans raison, comme le font certaines gens qui ont une maladie de cœur dans la rue parfois.

— Vous voulez entrer ?

Il fit signe que oui. Les curieux leur ouvraient leurs rangs. Mansuy frappa discrètement à la porte… Ce fut l'homme qui ouvrit. Il n'avait pas les yeux rouges, mais son air restait hébété et il marchait d'une façon machinale. Il regarda Mansuy, qu'il reconnut, et ne s'occupa plus d'eux.

La maison, ce jour-là, ne lui appartenait en quelque sorte plus. La porte de la chambre à coucher était ouverte, une forme étendue sur le lit, exhalant une plainte régulière qui ressemblait à celle d'une bête. Un médecin de quartier se tenait au chevet de

Mme Duffieux qui gémissait ainsi, tandis qu'une vieille femme au ventre énorme, peut-être une voisine, s'affairait autour du fourneau.

Les tasses à fleurs étaient encore sur la table, l'une pleine de café au lait, celle que Duffieux portait à sa fille à sept heures.

La maison ne comportait que trois pièces. À droite, la cuisine, qui servait de pièce commune et qui était assez grande, avec une fenêtre sur le jardin et une fenêtre sur la rue. À gauche, deux portes, deux chambres, l'une, celle des parents, sur le devant, l'autre sur le derrière.

Des photographies garnissaient les murs et la cheminée.

— Ils n'avaient qu'un enfant ? questionna Maigret à voix basse.

— Ils doivent avoir un fils, mais je ne pense pas qu'il soit aux Sables. Je vous avoue que je n'ai pas eu le courage de les interroger longuement. Le Parquet viendra tout à l'heure, et ces messieurs de Poitiers feront ce qu'ils ont à faire...

Mansuy avouait ainsi qu'il n'était pas né pour ce métier-là. Il observait à la dérobée Maigret qui semblait avoir peur d'entrer dans la seconde chambre dont la porte était fermée.

— On n'a touché à rien ? dit-il encore, machinalement, parce que c'était une phrase professionnelle.

Mansuy fit signe que non.

— Entrons...

Il poussa la porte et fut étonné de renifler une forte odeur de tabac. Tout de suite après, il aperçut un homme qui se tenait dans l'encadrement de la fenêtre et qui se tourna vers eux.

— Par précaution, dit le commissaire de police, j'ai laissé un de mes inspecteurs dans cette pièce…

— Vous avez promis de me faire remplacer, protesta celui-ci.

— Tout à l'heure, Larrouy…

Il y avait deux lits dans la chambre, avec, entre eux, juste la place d'une table de nuit. C'étaient deux lits en fer dont les barreaux se dessinaient en noir sur la tapisserie bleuâtre. Un des lits, contre le mur de gauche, n'était pas défait. Sur l'autre, un drap recouvrait entièrement une forme recroquevillée.

Une grande armoire, adossée au mur en face, une table recouverte d'une serviette, avec dessus un bassin en émail blanc, un peigne, une brosse, du savon sur une soucoupe ; et, sous la table, un broc d'eau et un seau en émail bleu. C'était tout. C'était la chambre de Lucile, qu'elle avait dû partager avec son frère.

— Vous savez qui est la vieille femme, dans la cuisine ?

— Elle n'était pas là ce matin. Ou alors je ne l'ai pas vue, car c'était plein de curieux et nous avons eu du mal à les faire sortir.

— La mère n'a rien entendu ?

— Rien.

— Le médecin légiste est venu ?

— Il a dû passer, car je lui ai téléphoné avant de venir moi-même. Je le rappellerai en rentrant au bureau.

Maigret fit enfin le geste qu'on attendait, il marcha lentement vers la tête du lit, se pencha pour soulever le drap. Cela ne dura que quelques secondes et, tout de suite après, il se dirigea vers la fenêtre.

Mansuy se tenait près de lui. Les trois hommes, inspecteur compris, contemplaient le jardinet clôturé de pieux que reliaient des fils de fer barbelés. Dans un coin on voyait un clapier, dans l'autre une cabane où Duffieux devait ranger ses outils et sans doute bricoler à ses heures de liberté. Quelques légumes poussaient sur le sol sablonneux, des poireaux d'un vert pâle, des laitues, des choux. Cinq pieds de tomates portaient leurs fruits rouges accrochés à des tuteurs.

Ils n'avaient pas besoin de parler. L'homme était passé par là. Il était facile d'enjamber les barbelés, encore plus facile de franchir l'appui de la fenêtre. Et, au-delà du jardinet, c'était un terrain vague avec, à l'horizon, de vieux bâtiments qui avaient dû être jadis une usine.

— S'il a laissé des traces de pas, dit l'inspecteur à mi-voix, la pluie de ce matin les a fondues. Mon collègue Charbonnet a cherché…

Il guettait l'approbation de Maigret qui ne bronchait pas. S'était-il jamais préoccupé d'empreintes ?

Il gagna le jardin, pourtant, par la cuisine où deux personnes venaient d'arriver. Une petite allée était faite de pierres plates ramassées dans le terrain vague. Les lapins remuaient leur nez en le regardant et il saisit quelques feuilles de chou, ouvrit le grillage et le referma.

Dans la grisaille, c'était tellement le décor sordide dans lequel les femmes comme Mme Duffieux, maigres et mal portantes, passent leur vie à compter les sous un à un !

— Quelle heure est-il ? questionna-t-il sans songer à tirer sa montre de sa poche.

— Neuf heures moins cinq.

— L'enterrement a bien lieu à dix heures et demie ?

Mansuy fut un instant sans comprendre, la notion d'enterrement se confondant dans son esprit avec le petit corps qu'ils venaient de voir. Puis il se souvint de l'autre morte, regarda Maigret avec plus d'attention.

— Vous y allez ?

— Oui.

— Vous croyez qu'il existe un rapport ?…

Maigret entendit-il ? Il n'en laissa rien voir. Il revint lentement vers la cuisine. La vieille, avec force soupirs, en s'essuyant sans cesse les yeux du coin de son tablier, racontait le drame aux nouveaux venus, un frère de Duffieux et sa femme, qui avaient été avertis par des voisins. C'était curieux. Ces gens-là parlaient haut, avec des mots crus, qui faisaient image, sans penser que la mère était étendue dans la chambre voisine dont la porte restait ouverte. De sorte que ses gémissements accompagnaient comme une mélopée le récit de la vieille :

— J'ai dit à Gérard : « Ce ne peut être qu'un fou… »

» Parce que je connaissais la gamine, peut-être mieux que personne, vu que c'est chez moi qu'elle venait déjà jouer quand elle était toute petite et que je lui ai donné la poupée de ma défunte fille…

— Vous permettez un instant ?

Maigret lui touchait l'épaule. Elle se faisait soudain respectueuse. Pour elle, tous ceux qu'elle voyait
ce jour-là, dans la maison, étaient des messieurs, des
personnages officiels.

— Est-ce que le fils a été averti ?

— Émile ?

Elle jeta un coup d'œil à un des portraits du mur,
celui d'un jeune homme de dix-sept ou dix-huit ans,
aux traits fins, à l'œil vif, vêtu avec une certaine
recherche.

— Vous ne savez pas qu'Émile est parti ? C'est
bien ce qu'il y a d'épouvantable pour cette pauvre
femme, monsieur le juge… Son fils qui s'en va la
semaine dernière… Sa fille qui…

— Il est au régiment ?

N'était-ce pas le drame de cette sorte de gens ?

— Mais non, mon bon monsieur… Il n'a pas
encore l'âge du régiment… Attendez… Il a maintenant dix-neuf ans et demi… Il gagnait bien sa vie
ici… Il était considéré par ses patrons… Ne voilà-t-il
pas que, la semaine dernière, il se met en tête d'aller
vivre à Paris ?… Sans crier gare, comme ça !… Sans
avertir personne !… Il n'a même pas laissé un petit
mot… Il avait seulement annoncé qu'il devrait travailler toute la nuit… Marthe l'a cru… C'est une
femme qui croit tout ce qu'on lui raconte…

» Le matin, voyant qu'il ne revenait pas, elle a eu la
curiosité de regarder dans l'armoire de son fils et elle
a constaté que ses affaires n'y étaient plus…

» Puis, quand le facteur est passé, il a apporté une
lettre par laquelle Émile lui demandait pardon, lui
annonçait qu'il allait à Paris, que c'était sa vie, son

avenir, je ne sais pas tout quoi… Elle me l'a lue… Elle doit se trouver dans le tiroir du buffet…

Elle voulut aller la chercher ; Maigret l'arrêta du geste.

— Vous ne savez pas quel jour c'était ?

— Attendez… Je peux vous le dire…

Elle gagna la chambre, parla bas à Duffieux qui la regarda un moment sans comprendre, puis qui jeta un coup d'œil au commissaire. Il se demandait pourquoi on lui posait cette question, cherchait dans sa mémoire, répondait.

— Cela devait être mardi… La nuit de mardi à mercredi.

— Savez-vous s'ils ont eu des nouvelles depuis ?

— Marthe m'a montré avant-hier une carte-vue qu'elle a reçue de Paris…

Le commissaire Mansuy ne cherchait plus à comprendre. Il regardait toujours Maigret avec malaise, comme s'il le soupçonnait de posséder un pouvoir quasi démoniaque. Il s'attendait presque à apprendre, au cours de la journée, que le fils Duffieux, lui aussi, était mort.

Alors qu'ils sortaient de la maison, un grand garçon en gabardine se frayait un passage à travers les curieux.

— Un journaliste… annonça Mansuy.

Maigret préféra s'en aller très vite. La sale comédie commençait, les journalistes, les photographes, le Parquet, puis ces messieurs de Poitiers et leurs interrogatoires, les spécialistes de l'identité judiciaire qui encombreraient les petites pièces de leurs appareils et qui photographieraient le corps de la gamine sous tous les angles.

— Vous vous y attendiez ? osa enfin questionner Mansuy, dans la voiture qui les ramenait au commissariat.

Et Maigret, avec l'air de revenir de loin :

— Je m'attendais à quelque chose…

— Vous montez un instant dans mon bureau ?

Le commissariat commençait à reprendre sa physionomie habituelle, peuplé de gens qui avaient besoin d'un certificat, d'une signature, d'un papier quelconque, plein d'une humanité pauvre, attendant sur des bancs le bon plaisir de ces messieurs. On réclamait Mansuy dans tous les bureaux, mais il gagnait d'abord le premier étage.

— Poitiers a téléphoné, lui annonça un inspecteur. Ils vous envoient Piéchaud et Boivert. Ils sont partis depuis plus d'une heure en auto et seront ici vers dix heures. L'identité judiciaire les accompagne. Ils ont demandé que nous établissions un barrage autour de la ville et que nous interpellions tous les suspects.

Mansuy répondit :

— C'est déjà fait.

Et en disant cela, il avait à l'adresse de Maigret un regard pas fier qui signifiait :

« Qu'est-ce que vous voulez que je fasse d'autre ? Cela ne sert à rien, mais c'est la routine et je suis obligé de la suivre. »

— Le docteur Jamar n'a pas téléphoné ?

— Pas encore.

— Appelez-le au bout du fil… À l'heure qu'il est, il doit être à l'hôpital…

C'était le médecin légiste, qui dirigeait en outre un
service à l'hôpital municipal.

— Docteur Jamar ? Ici, Mansuy… Oui… Oui, je
comprends… Le Parquet sera ici vers onze heures…
Je crois qu'il vaut mieux ne pas vous déranger avant
que je vous alerte, car ces messieurs peuvent fort bien
arriver en retard… Je vous téléphonerai et vous en
aurez pour un instant à les rejoindre en auto… Évidemment… Entre onze heures du soir et deux heures
du matin ?… Je vous remercie… Non, ce n'est pas
moi qui dirige l'enquête… J'attends Poitiers…
Comment ?…

Regard à Maigret. Hésitation.

— Je ne pense pas qu'il s'en occupe… En tout cas,
pas officiellement.

— Très bien, approuva Maigret de la tête.

Il avait compris. Il aurait pu répéter mot pour mot
les phrases du médecin qu'il n'avait pourtant pas
entendues. Un examen superficiel ne suffisait pas
pour établir l'heure de la mort, sinon très approxima-
tivement. Entre onze heures du soir et deux heures du
matin.

— Vous partez ?

— Je me rends à l'enterrement.

— J'essayerai d'y passer un instant, soit à la maison
mortuaire, soit à l'église, mais je me demande si on
m'en laissera le temps. Excusez-moi auprès de Bellamy…

Toujours ce regard anxieux vers Maigret, surtout
en prononçant le dernier mot, mais le commissaire de
la P. J. restait impénétrable.

— À tout à l'heure…

— Si ces messieurs parlent de vous !...

— Dites-leur que je suis en vacances.

Il était encore trop tôt pour se rendre à la maison mortuaire, mais il tenait à se diriger d'abord vers le quai. Pas pour boire. Certes, il entra dans un de ses bistrots habituels et avala un verre d'alcool, mais c'était la Popine qu'il voulait voir. Sa boutique était pleine de monde. Manches troussées, la maîtresse de Francis plongeait ses bras roses et gras dans les paniers de poissons et de crustacés, pesait, déclenchait la sonnerie de la caisse enregistreuse.

— Et pour toi, ma mignonne ?

Elle tutoyait toutes ses clientes, l'œil clair, le teint si frais dans ce matin gris, qu'elle rendait les choses appétissantes autour d'elle.

— À qui le dis-tu, ma fille !... Le cochon qui a fait une chose pareille, vois-tu, je lui arracherais les yeux et aussi ce que je pense...

Elle aperçut Maigret, finit sa pesée, s'essuya les mains à son tablier, appela la bonne...

— Prends ma place une minute, Mélanie... Par ici, monsieur Maigret...

Et, une fois dans la petite salle à manger pleine d'odeurs de cuisine :

— Vous croyez que c'est lui qui l'a tuée ?... Qui aurait pensé ça hier soir, hein, alors que nous étions à bavarder gentiment tous les trois ?... Si seulement vous m'aviez dit que c'était la fille de Marthe... Nous sommes allées à l'école ensemble... Pas longtemps...

— Vous connaissez la femme de chambre de Mme Bellamy ?

— Jeanne ? Je crois bien que je la connais, si même elle ne me connaît plus. Je l'ai vue traîner pieds nus dans les rues. Sa mère travaille à la sardinerie. On l'y a mise aussi, dès l'âge de treize ans, puis elle est entrée en maison bourgeoise. Depuis qu'elle est femme de chambre chez le docteur, elle ne regarde plus personne. Demandez à Francis…

— Vous ne savez pas où je pourrais lui parler ?

— Ce ne sera pas facile ailleurs que dans la maison. Elle ne voit pas sa mère depuis que celle-ci s'est remariée. Elle ne va pas au bal. Elle est folle de sa patronne. Elle la chouchoute, elle la dorlote, elle coucherait sur sa carpette si on le lui permettait. C'est à peine si elle daigne répondre quand Francis lui parle… Dites donc !… Est-ce que vous allez arrêter le docteur ?…

— Je ne crois pas qu'il en soit question… Je vous remercie.

— Vous reviendrez, hein ?… Maintenant, ce n'est pas le moment de causer… Si vous voulez venir prendre un petit verre ce soir… J'aimerais tellement savoir ce qui va arriver…

Elle avait pourtant le cœur sensible et elle aurait probablement infligé à l'assassin le traitement qu'elle lui avait annoncé dans la boutique si elle l'avait tenu entre ses mains.

Sur la plage, les gens ne savaient encore rien et c'était l'habituel spectacle de mamans et de marmots en maillot, de parasols et de ballons rouges ou bleus, de baigneurs s'élançant dans la frange des vagues.

Sur le Remblai, par contre, on voyait des gens vêtus de noir se diriger vers la maison du docteur Bellamy.

Ceux-là étaient des habitants des Sables. Ils se serraient la main sur le trottoir, formaient de petits
groupes, regardaient l'heure, franchissaient, en soi-
gnant leur attitude, la porte drapée de noir à larmes
d'argent.

Maigret reconnut M. Lourceau, Perrette, d'autres
habitués de la brasserie qui avaient déjà présenté leurs
devoirs et qui attendaient en devisant.

Il entra à son tour. On n'avait pas eu besoin de
transformer un des salons en chapelle ardente, car le
vestibule était assez vaste. On ne voyait plus l'escalier,
ni les portes, rien que du noir où des cierges brû-
laient autour d'un riche cercueil, avec une profusion
de fleurs blanches.

Philippe Bellamy, seul à conduire le deuil, se tenait
debout, immobile, et chacun venait tour à tour
s'incliner devant lui après avoir trempé un brin de
buis dans l'eau bénite.

Il était encore plus impressionnant ainsi, avec seulement le blanc du plastron, du col et des manchettes.
Ses traits paraissaient plus fins, plus burinés. Il recevait toutes les condoléances avec une même inclina-
tion de la tête et du cou, se redressait, regardait droit
le nouvel arrivant.

Maigret passa comme les autres, s'inclina, lui aussi,
trouva le même regard braqué sur lui. Il n'y décela
aucun trouble. Rien n'indiqua qu'il était pour Bellamy autre chose qu'une unité parmi tant d'autres
unités.

Le sous-préfet arriva dans sa voiture, qui stationna
quelques maisons plus loin ; le maire et l'adjoint

étaient là également, et tout ce qui comptait dans la ville ; sans doute parlaient-ils de la petite fille morte ?

Le corbillard arriva. Puis ce fut le cortège, qui prit un certain temps à se former, le lent défilé jusqu'à l'église au porche tendu de noir.

Les hommes allaient prendre place à droite et, ici encore, le docteur Bellamy était seul au premier rang. Au second, parmi les amis, Maigret reconnaissait l'homme d'un certain âge qui, la veille, accompagnait Mme Godreau.

Celle-ci se tenait dans la travée de gauche, en grand deuil, avec voiles. Elle se tamponnait sans cesse le visage d'un fin mouchoir dont le parfum arrivait, à travers l'encens, jusqu'au commissaire.

Un organiste de La Roche-sur-Yon s'était dérangé. Il y eut aussi un baryton, des voix d'enfants. L'église, peu à peu, s'était remplie et le défilé, à l'Offrande, dura près d'un quart d'heure.

Le catafalque empêchait Maigret de bien voir Mme Bellamy, la mère, qui se tenait à côté de Mme Godreau et de qui on entendait parfois la canne crisser sur les dalles.

Odette Bellamy n'était pas là. Francis défila, en même temps que la cuisinière. Sans doute Jeanne, la femme de chambre, était-elle restée dans la maison auprès de sa maîtresse.

Quand on sortit de l'église, le soleil s'était dégagé, donnant à la rue un aspect si familier qu'il fallait un moment pour se remettre au diapason de la ville.

Ce fut le lent acheminement vers le cimetière où Maigret, de loin, entrevit un instant son collègue

Mansuy, suant, les joues toujours non rasées. Il était parvenu, non sans mal, à faire une courte apparition.

Quelques intimes accompagnèrent Bellamy jusqu'à la grille. Il monta dans l'auto du docteur Bourgeois, qui devait sans doute le déposer à sa porte.

Y avait-il une réunion de famille ? Mme Godreau et son compagnon étaient-ils admis dans la maison blanche du Remblai ?

Maigret ne retrouva pas Mansuy et dut regagner à pied le centre de la ville. Quand il regarda l'heure à sa montre, il était midi dix. Il se souvint qu'il avait oublié quelque chose, qu'il avait transgressé un rite. Et il n'imaginait pas que cet oubli causait un véritable petit drame.

À la clinique, en effet, Mme Maigret avait obtenu pour la première fois l'autorisation de quitter son lit. Elle ne marchait pas encore, mais, pour une heure – pas plus, avait insisté le médecin – on l'avait installée dans un fauteuil roulant. Pour la première fois aussi, elle avait ainsi parcouru les couloirs, entrevu les autres salles, les visages de celles dont, les jours précédents, elle n'entendait que les voix ou les gémissements.

C'était une petite conspiration qu'elle avait ourdie avec Sœur Marie des Anges, à voix très basse, pour ne pas peiner Mlle Rinquet, plus pincée que jamais. Il s'agissait de faire une surprise à Maigret, qui téléphonait invariablement sur le coup d'onze heures. Il y avait un appareil téléphonique au bout du couloir, dans le parloir aux larges baies vitrées qu'on appelait le solarium.

Sœur Aurélie était avertie. Dès que Monsieur 6 téléphonerait, au lieu de lui répondre elle brancherait la communication sur le parloir. Ainsi aurait-il la stupeur d'entendre la voix de sa femme au bout du fil.

Le fauteuil roulant était à son poste un quart d'heure plus tôt. À onze heures et demie, Sœur Marie des Anges insistait pour ramener la malade dans sa chambre.

À midi, Mme Maigret avait repris, déçue, sa place dans son lit et la religieuse essayait de l'égayer sans y parvenir, tandis qu'un sourire de triomphe flottait sur les traits tirés de Mlle Rinquet.

— Il y a deux messieurs qui vous attendent. Il paraît que ce sont de vos amis. Comme ils sont pressés, ils se sont mis à table. Ils m'ont demandé des chambres, mais je n'ai rien de libre…

Et M. Léonard de supplier presque :

— Vous prendrez bien un petit apéritif ?

Les deux hommes, qui mangeaient à la table de Maigret, étaient Piéchaud et Boivert, les inspecteurs de la brigade mobile, qui tous les deux avaient travaillé avec le commissaire. Ils se levèrent en même temps, la serviette à la main.

— Excusez-nous, patron… On a tout juste le temps de casser la croûte avant l'arrivée du Parquet.

— Je croyais qu'il devait être là-bas à onze heures ?

— Il y aurait été si on avait trouvé le juge d'instruction… Mais il était justement à la campagne… Les gens chez qui il déjeunait n'ont pas le téléphone et il a

fallu alerter la mairie, qui a envoyé le garde champêtre… Bref, ils seront tous ici à une heure… Vous en
êtes ?

Quelqu'un – peut-être Mansuy ? – avait dû leur
parler de l'attitude de Maigret, car ils échangèrent un
regard complice.

— De quoi ?

— Vous êtes en vacances, bien sûr… Nous
connaissons ça… N'est-ce pas, Boivert ?…

L'un avait une trentaine d'années, l'autre trente-
cinq. Ils étaient du métier, tous les deux. Des gens,
comme on disait Quai des Orfèvres, qui connaissaient leur affaire. Piéchaud, l'aîné, avait failli laisser
sa peau lors de l'arrestation d'un Polonais et sa joue
droite portait la cicatrice d'une balle de revolver.

Maigret s'était attablé, distrait, avait déployé sa serviette. Il se servait de hors-d'œuvre en écoutant
vaguement ce qu'on lui disait.

— Vous savez déjà que la petite n'a pas été
violée ?… Au premier abord, cela avait l'air de ça…
Un crime de sadique… C'est ce qu'on nous avait dit
à Poitiers. La police d'ici a arrêté une bonne demi-
douzaine de vagabonds… C'est inouï ce qu'il peut y
en avoir dans la région… Seulement, si ça avait été
aussi simple, vous n'auriez pas été sur l'affaire dès la
veille, pas vrai ?

Ils tentaient de lui tirer les vers du nez.

— Nous, on ne demande qu'à travailler avec
vous… Ni Boivert ni moi ne connaissons la ville…
Enfin… Bref…

Devant le mutisme de Maigret, l'homme ne savait
plus que dire.

— Ce sera comme vous voudrez, quoi !... Mais
sûrement que ces messieurs du Parquet savent que
vous êtes ici... Cela m'étonnerait qu'ils n'insistent pas
pour vous voir...

— Je suis en vacances... répéta Maigret en se servant à boire.

— Évidemment...

— Si j'apprends quelque chose, je vous le dirai...

— Vous avez toujours été régulier...

Il faillit sourire. Ce fut bref. Pas même une véritable éclaircie. Les nuages se refermaient aussitôt sur
son front. Il n'avait pas faim. Il était mal à l'aise dans
sa peau, comme quand on couve une grippe.

— En tout cas, si vous avez quelqu'un à faire surveiller, ou n'importe quoi...

— Merci.

— Nous, on doit filer... Il est l'heure...

Dans le couloir, où M. Léonard leur indiquait un
petit hôtel où ils auraient peut-être une chance de se
loger, ils se regardèrent à nouveau et, sur le seuil, Piéchaud, l'aîné, laissa tomber :

— Pas rigolo, le patron !

6

Il sonna à la porte de la clinique alors qu'il n'était pas tout à fait deux heures et demie, il ne tira pas sa montre de sa poche et ne guetta pas le son des cloches.

À Sœur Aurélie, qui le regardait avec une surprise presque grondeuse et qui hésitait à décrocher son téléphone, il adressa un bref sourire mécanique qui ne changea que pour le temps d'un éclair l'expression renfrognée, ou plutôt butée, de son visage.

— Ce n'est pas pour ma femme, annonça-t-il. Je désire parler auparavant à la Sœur Supérieure.

— Vous êtes sûr, monsieur 6, que c'est la Supérieure que vous devez voir ? Pour tout ce qui concerne les malades et la clinique en général, comme pour les réclamations, c'est la Sœur Économe qui…

— Voulez-vous prévenir la Supérieure que le commissaire Maigret désire lui parler ?

Sœur Aurélie préféra ne pas insister, et, pendant qu'elle téléphonait, il fixa avec une sorte de rancune les murs trop lisses, l'escalier trop bien ciré.

— On va venir vous chercher, lui annonça la religieuse.

— Merci.

Il allait et venait dans le vestibule, les mains derrière le dos, furieux d'avance à l'idée qu'on allait le faire attendre. Il fut tout étonné, à une de ses volte-face, de voir devant lui une bonne sœur qu'il ne connaissait pas et qui attendait.

— Si vous voulez me suivre, monsieur...

Pas par l'escalier. Au fond du hall, on franchissait une porte en chêne garnie de têtes de clous et on pénétrait dans un autre domaine, plus ouaté encore, plus doux, plus silencieux que la clinique. Les religieuses devaient porter des semelles en feutre ou en caoutchouc, car on n'entendait pas le bruit de leurs pas. Deux fois, tandis qu'ils cheminaient dans un réseau compliqué de corridors, il se retourna en entendant derrière lui le bruit indéfinissable produit par les larges jupes, par le mouvement des rosaires, peut-être plus encore par le déplacement d'air. C'étaient des sœurs qui circulaient de la sorte et qui faisaient penser à des chauves-souris.

Il entrevit une chapelle, avec des fleurs artificielles sur l'autel. Puis on le fit pénétrer dans un parloir, où des chaises noires à fond de velours cramoisi étaient rangées le long des murs.

— Notre Révérende Mère vient tout de suite...

Toujours ce bruissement de jupes, ce cliquetis de chapelets, le déplacement d'air des cornettes aux ailes déployées.

— Monsieur... ?

Il tressaillit, parce que les autres religieuses n'avaient été pour lui que des religieuses, tandis que celle-ci, qui portait pourtant les mêmes habits, qui tenait comme elles ses mains enfoncées dans ses larges manches, était une femme, une femme dont il aurait pu déterminer l'âge, la classe sociale.

Grande et fine, racée, elle posait sur lui le calme regard de ses yeux gris.

— Ce n'est pas au sujet de ma femme que je viens vous voir, ma sœur...

Il soupçonnait qu'il aurait dû dire Révérende Mère ou quelque chose de ce genre, mais ces mots-là ne passaient pas.

— Je désirerais avoir un entretien de quelques minutes avec Sœur Marie des Anges...

Alors qu'il avait cru qu'elle sursauterait, elle le regardait avec le même calme impersonnel, et il commençait déjà à la détester.

— Vous savez, monsieur, que la règle...

— Excusez-moi, ma sœur, mais il n'est pas question de la règle aujourd'hui.

Il rougit un peu, parce qu'il s'était emballé le premier.

— J'allais vous dire que la règle, poursuivit-elle d'une voix égale, ne vous permet de rencontrer une de nos sœurs qu'en présence d'une autre sœur.

— Même si je me présentais avec un mandat du juge d'instruction ?

Il s'était promis d'être diplomate, mais cette grande bourgeoise en cornette l'irritait, il ne savait pas pourquoi. Ou plutôt si, il le savait. À la même heure, ces messieurs du Parquet pataugeaient dans la petite maison des Duffieux avec les inspecteurs. Les Duffieux n'avaient rien fait non plus, que travailler toute leur vie et compter les sous un à un. Il y avait une petite morte à leur foyer et, au lieu de les laisser à leur douleur, on ne se faisait pas faute de les questionner sur leurs affaires les plus intimes, tandis que les curieux collaient leur nez aux fenêtres et que les journalistes les bombardaient de magnésium. Alors ?

— Sœur Marie des Anges est très jeune, monsieur, très émotionnable.

Il se contenta de hausser les épaules.

— Je la fais chercher.

Elle sortit et dit quelques mots à une religieuse qui devait se tenir derrière la porte, car elle revint presque aussitôt.

— J'attendais votre visite. Sœur Marie des Anges m'a fait hier sa confession. Elle a commis une lourde faute contre la règle en vous écrivant ce billet sans m'en parler.

Il fut stupéfait, dérouté, en apprenant ainsi que son interlocutrice était au courant.

— C'est par hasard, en quelque sorte par accident, qu'elle a monté la garde pendant une heure ou deux dans la chambre 15. Elle n'a pas encore l'habitude des grandes malades et le délire de la malheureuse jeune fille l'a vivement impressionnée.

Méfiant, Maigret questionna :

— Vous connaissez le docteur Bellamy ?

— Je le connais.

— Je veux dire : le connaissez-vous seulement comme médecin ou l'avez-vous connu sur le plan social ?

Car ils devaient appartenir tous les deux au même monde.

— Je ne le connais que comme médecin. Je suis de Bordeaux. Puisque vous l'exigez, Sœur Marie des Anges vous répétera elle-même, textuellement, comme je vais le lui ordonner…

C'était elle, et non lui, qui ordonnait !

— … les paroles qu'elle a entendues ou cru entendre. Il est inutile de la harceler de questions pour lui rafraîchir la mémoire. Je m'en suis chargée. Les phrases qu'on vous répétera ne diffèrent en rien de celles que prononcent beaucoup de malades pendant leur délire. Je crains toutefois qu'une personne non prévenue soit tentée d'y attacher une importance qu'elles n'ont pas. Sœur Marie des Anges a pris étourdiment une terrible responsabilité. Vous allez en prendre une autre en l'écoutant et je prie Dieu qu'il vous inspire une sage prudence.

Le bruissement, dans le corridor.

— Entrez, ma sœur. Je vous autorise à répéter à M. Maigret les paroles que vous m'avez confiées.

— Vous pouvez rester, décida brusquement le commissaire.

Et Sœur Marie des Anges, rougissante, les regardait tour à tour.

— Elle était dans le coma… balbutia-t-elle. Une fois, pendant ma garde, elle s'est débattue, essayant de se dresser sur son séant, puis elle s'est raccrochée à mon bras en criant :

« *Est-ce que…* »

Elle s'interrompit, quêtant une nouvelle approbation de la Supérieure. Maigret gardait son visage bougon.

« ... *Est-ce qu'on l'a arrêté ?... Il ne faut pas qu'on l'arrête... Entendez-vous ?... Je ne veux pas... Je ne veux pas...* »

Elle s'interrompait une fois encore. Maigret devinait que le plus gros n'était pas passé et la Supérieure vint à la rescousse. C'est elle qui dit :

— Continuez. Vous savez que j'ai consigné les paroles que vous m'avez répétées et j'en ferai un rapport au commissaire s'il le désire.

— Elle a ajouté :

« *Il ne faut pas la croire... C'est elle qui est un monstre...* »

— C'est tout ?

— C'est tout ce que j'ai pu comprendre à ce moment-là. Il y a même des mots dont je ne suis pas sûre.

Pourtant, elle n'avait pas vidé son sac. Maigret le comprenait au regard interrogateur que Sœur Marie des Anges adressait à la Supérieure.

— À d'autres moments, vous avez saisi d'autres mots ?

— Oui... Mais ils n'avaient pas de sens... Elle a parlé d'un couteau d'argent...

— Vous êtes sûre de ces deux mots-là ?

— Oui, parce qu'elle les a prononcés plusieurs fois... Elle a dit aussi :

« *Je l'ai touché...* »

» Et elle avait de grands frissons.

— C'est tout, ma sœur ?

Posément, à voix douce mais ferme, la Supérieure ordonna :

— Vous pouvez aller, ma sœur.

Maigret, les sourcils froncés, allait protester. Avec le même calme, elle lui fit signe de se taire, alla elle-même refermer la porte.

— Le reste, qui n'a d'ailleurs aucun intérêt, je préfère vous le dire. Je ne puis prendre sur moi de forcer une de mes plus jeunes sœurs à parler de certaines choses en présence d'un homme. J'ignore s'il vous est arrivé de veiller des malades en plein délire.

C'était à Maigret, qui avait trente ans de police judiciaire, qu'elle demandait ça !

— Ce que je veux souligner, c'est qu'il y a parfois changement complet de la personnalité. Un médecin vous l'expliquera mieux que moi. Toujours est-il que cette jeune fille, à plusieurs reprises, a laissé échapper des mots orduriers que vous me permettrez de ne pas vous répéter.

— Sœur Marie des Anges vous les a dits ?

— Il était de mon devoir de la confesser.

— Je suppose que ces mots avaient trait à des choses sexuelles ?

— La plupart. J'ajoute qu'il s'agit de mots qui ne figurent pas au dictionnaire.

Il hésita, finit par baisser la tête.

— Je vous remercie, balbutia-t-il.

Et, comme si elle lui pardonnait sa précédente attitude, elle changea de voix pour prononcer :

— Je suppose qu'à présent vous désirez voir notre chère malade qui, à ce qu'on m'a dit, a été peinée de ne pas recevoir votre coup de téléphone habituel.

Pensez qu'elle s'était levée et se réjouissait de vous répondre en personne.

— Je vous remercie… répéta-t-il dans le long corridor où elle le précédait.

La porte à clous s'ouvrit et se referma. Il était éclusé. Il se retrouvait dans la clinique qui, par comparaison avec le couvent proprement dit, lui apparaissait comme un endroit vulgaire et bruyant.

Ce n'était pas Sœur Marie des Anges, mais Sœur Aldegonde, qui l'attendait au haut de l'escalier. Mme Maigret le regarda avec un peu d'inquiétude, sans oser lui poser de questions.

— Je te demande pardon, dit-il. J'ai été fort occupé ce matin.

— Je sais.

— Qu'est-ce que tu sais ?

— Je viens seulement d'y penser. Je suppose que tu es allé à l'enterrement ? As-tu remarqué notre couronne ?

Dire que c'était sa femme qui lui posait cette question ! Quinze jours de clinique avaient suffi à la transformer.

— Tu sais que je vais beaucoup mieux…

— Et que tu t'es levée, oui.

— Qui te l'a dit ?

Il n'osa pas parler de la Supérieure. Il avait hâte d'être dehors. Il n'aimait pas la façon dont Mme Maigret le regardait ; il s'efforçait de parler de choses banales, sur un ton léger.

Jamais la demi-heure n'avait été aussi longue, surtout que Sœur Marie des Anges ne l'entrecoupa pas de ses apparitions habituelles. Quand il se pencha sur sa femme pour l'embrasser, au moment de partir, elle lui souffla :

— C'est du 15 que tu t'occupes ?

Elle avait deviné, bien sûr ! Elle ajoutait avec un léger reproche, mais sans espoir :

— Tu étais si heureux de prendre enfin des vacances ! Tu me téléphoneras demain ?

Il dut revenir sur ses pas pour saluer Mlle Rinquet, qu'il avait oubliée. Chose extraordinaire, il parcourut une bonne partie des rues de la ville sans s'arrêter dans un seul bar. C'est de son hôtel qu'il téléphona.

— Allô !... Je désirerais parler au docteur Bellamy, s'il vous plaît... Allô !... C'est vous, docteur ?... Je vous demande pardon de vous déranger... Je pensais bien ne pas vous trouver à la brasserie aujourd'hui... J'aurais aimé, cependant, avoir un entretien avec vous, à l'heure qui vous conviendra le mieux... Allô !... Vous dites ?... Tout de suite ?... Je vous remercie... Je sonnerai à votre porte dans dix minutes...

Il oublia, comme le matin, d'adresser la parole à M. Léonard qui tournait autour de lui avec la mine d'un chien qui se demande pourquoi son maître ne le caresse plus.

— Si ces messieurs me demandaient où vous êtes ?... risqua-t-il.

— Répondez-leur que vous n'en savez rien.

Il marcha à grands pas, les dents serrées sur le tuyau de sa pipe. C'est Francis qui lui ouvrit la porte et qui lui adressa un clin d'œil tout en prononçant :

— On vous attend là-haut.

Les tentures noires, les cierges, les fleurs, tout avait disparu. La maison avait repris sa physionomie normale et seule l'odeur de chapelle ardente persistait. Maigret suivait le valet de chambre sur l'épais tapis de l'escalier. Francis ouvrait une porte, celle du bureau, et, avant de rien voir, le commissaire respirait une bouffée de cigare.

Deux hommes étaient là, dans une atmosphère d'intimité parfaite. L'un, debout, était le docteur Bellamy, sec et précis, sans la moindre trace de trouble sur le visage ou dans la voix.

— Mon cher Alain, prononça-t-il, avec peut-être une toute petite pointe d'ironie à l'adresse du nouveau venu, j'ai le plaisir de te présenter le commissaire Maigret, que tu avais tant envie de connaître... Monsieur Maigret, je vous présente mon vieil ami Alain de Folletier, juge d'instruction à La Roche-sur-Yon...

L'homme était grand, un peu gras, haut en couleur. Il portait un veston couleur feuille-morte sur des culottes de cheval et il était chaussé de bottes fauves. C'est lui qui fumait un des cigares dont on voyait la boîte ouverte, près des verres de liqueur, sur le bureau.

— Enchanté, commissaire... Je ne vous apprendrai pas pourquoi je suis ici aujourd'hui... Confus, d'ailleurs, de m'y trouver dans cette tenue. J'avais pris une journée de congé et j'étais allé faire du cheval chez des amis à la campagne... On a eu toutes les peines du monde à me toucher par téléphone et le procureur m'a prié de venir en hâte, tel que j'étais...

On désignait un fauteuil de cuir à Maigret qui s'assit. Le docteur lui tendait la boîte de cigares.

— Chartreuse, ou armagnac ?

Il répondit machinalement :

— Armagnac.

Mais il ne prit pas le cigare et bourra sa pipe. Il faisait très chaud dans la pièce où on devinait, avant son arrivée, la conversation cordiale des deux hommes.

— Nous avons été au collège ensemble, Bellamy et moi. C'est ce qui vous explique que j'ai pu me débarrasser de…

De la corvée ! C'est ce qu'il avait voulu dire ! La descente de Parquet chez de petites gens sans intérêt comme les Duffieux.

— Dès que j'en ai eu fini avec cette affaire… Vous êtes au courant, commissaire ?… On m'a appris que vous vous trouviez ici, mais en vacances…

Un sourire sceptique flotta sur les lèvres du juge, qui avait de fines moustaches brunes.

— Cela ne vous empêche pas de savoir beaucoup de choses, n'est-ce pas ?… Ni de refuser votre aide aux inspecteurs de Poitiers… C'est votre droit… Remarquez que je ne fais que vous taquiner… Je vous connaissais de réputation, comme tout le monde… Lorsque vous avez téléphoné, et que Philippe m'a proposé de vous attendre, j'ai été enchanté de l'occasion…

— Le docteur Bellamy vous a-t-il dit aussi pourquoi je désirais le rencontrer ?

Ils étaient trois, l'un qui fumait la pipe, l'autre le cigare, le docteur enfin qui fumait de minces cigarettes égyptiennes. Les flacons et les verres en cristal taillé, sur le bureau, contenaient chartreuse et vieil armagnac.

— Il vient de me mettre au courant, répliquait le juge avec enjouement. Je trouve cela assez amusant… C'est bien de Philippe et, je me permettrai de l'ajouter, c'est bien de vous… De vous tel qu'on vous imagine…

Le docteur était assis, les coudes sur son bureau, et regardait les deux hommes tour à tour, avec calme.

— En somme, si je comprends bien, et en dépit de vos sacro-saintes vacances, l'accident dont sa malheureuse belle-sœur a été victime ne vous a pas paru tout à fait catholique et vous vous êtes mis à rôder autour de lui…

Le ton était celui, aimable avec une pointe de condescendance, d'un gentilhomme de vieille souche conversant avec un homme intéressant mais un peu vulgaire, avec une sorte de phénomène dont on parlera ensuite à ses amis.

— Le docteur vous a dit que j'ai rôdé autour de lui ?

— Pas en ces termes… Il m'a dit avoir deviné vos soupçons et vous avoir fait la partie belle en se mettant à votre disposition et en vous amenant ici… Est-ce bien cela ?

— À peu près.

— C'est tout son caractère… Il aime assez jouer aux gens des tours de cette sorte… Puisque vous lui avez téléphoné pour lui demander un rendez-vous, je suppose que vous avez du nouveau ?… N'aie pas peur, Philippe, je vais vous laisser… Je connais mieux que personne le secret d'une instruction…

— Je t'en prie… M. Maigret peut parler…

Maigret, à ce moment-là, avait son verre à la main. À cause de la profondeur du fauteuil, il se trouvait tassé sur lui-même, le cou rentré dans ses larges épaules.

— Je désire vous demander, entre autres choses, docteur, où vous êtes allé hier au soir.

Ce fut très bref, mais il y eut un coup d'œil vers la fenêtre. Bellamy pensait aux lampes qu'il avait laissées allumées, probablement pour faire croire qu'il était chez lui. Pensa-t-il aussi à Francis ? C'est possible. Toujours est-il qu'il répondit simplement :

— Je suis allé rendre visite à ma belle-mère, à l'*Hôtel de Vendée.*

Maigret faillit rougir. Le juge sourit, avec l'air de marquer des points.

— Elle est arrivée en fin d'après-midi avec son mari, car elle est légalement remariée.

Encore un point ! Maigret revoyait le couple aperçu la veille dans la rue. Comment n'y avait-il pas pensé ? C'était si simple !

— Elle m'a téléphoné vers huit heures. Je n'ai pas voulu la déranger, après la fatigue du voyage, et je me suis rendu à l'hôtel, où je l'ai mise au courant.

— Je vous remercie et je me permets de vous poser une autre question : qui soigne votre femme depuis le 1er août ?

— Le docteur Bourgeois. J'aurais pu la soigner moi-même, puisqu'elle souffre d'une dépression nerveuse, mais, comme la plupart de mes confrères, je répugne à soigner un membre de ma famille.

Le sourire du juge Folletier marquait un nouveau point. Il s'amusait, lui. Ce serait une excellente histoire à raconter à La Roche et dans les châteaux des environs.

— À quelle date avez-vous fait appel au docteur Bourgeois ?

Un flottement à peine perceptible, mais le juge d'instruction, qui étirait ses longues jambes bottées, eut l'air de renifler quelque chose dans l'air.

— Je ne me souviens plus.

— Le premier jour ?

— Je ne crois pas. Je suppose, monsieur Maigret, que vous avez déjà eu un malade chez vous ? J'oubliais que votre femme est en ce moment à la clinique, soignée par mon confrère Bertrand. Avez-vous appelé celui-ci le premier jour ?

— Le second.

— Parce que les malaises étaient précis, parce que la fièvre s'est déclarée presque immédiatement avec violence. Dans le cas de ma femme...

Le juge voulut protester, en galant homme, comme s'il ne pouvait être question d'entrer dans l'intimité de Mme Bellamy, et cette fois il regardait nettement Maigret comme un homme sans éducation.

— Laisse ! Dans le cas de ma femme, dis-je, cela a commencé par une grande fatigue. Elle est restée couchée, comme cela arrive si fréquemment aux femmes...

— Quel jour ?

— Je ne l'ai pas noté.

— C'est bien l'avant-veille de l'accident, n'est-ce pas ?

— C'est possible.

Les jambes du juge remuaient avec impatience, avec réprobation.

— N'oubliez pas, docteur, que c'est vous qui m'avez invité à venir ici quand je le voudrais et à vous poser toutes les questions que je jugerais utiles.

— Je vous en prie une fois de plus.

— Le docteur Bourgeois est-il venu le jour de l'accident ?

— Non.

— Le lendemain ?

— Je ne crois pas.

— Donc, au plus tôt, le surlendemain. Est-il venu hier ?

— Oui.

— Aujourd'hui ?

— Pas encore.

— Avez-vous assisté à chacune de ses consultations ?

— Oui.

— C'est assez naturel, je pense ? éclata Alain de Folletier... Permettez-moi de vous dire, commissaire, que...

— Laisse donc ! Je vous écoute, monsieur Maigret...

Celui-ci, depuis longtemps, avait examiné de loin les objets qui se trouvaient sur le bureau. Le sous-main en cuir épais était marqué au chiffre du docteur, ainsi que le buvard. Devant l'encrier, il y avait un large coupe-papier en ivoire et un plus petit, plus mince, plus aigu, pour ouvrir les lettres.

— M'autorisez-vous à poser, devant vous, bien entendu, une simple question à votre valet de chambre ?

Cette fois, le juge se leva et, cette fois encore, ce fut le docteur qui l'apaisa d'un geste, tout en pressant de l'autre main un timbre électrique.

— Vous voyez, remarqua-t-il avec une pointe de nervosité, que je joue le jeu jusqu'au bout.

— Vous continuez à penser que c'est un jeu ?

On frappait à la porte. C'était Francis, qui se dirigea tout naturellement vers le plateau.

— Francis, le commissaire Maigret voudrait vous poser une question et je vous autorise à lui répondre.

C'était la seconde fois, cet après-midi, qu'on autorisait ainsi quelqu'un à lui parler. Et ce n'était pas seulement parce que, comme disait le juge, il était en vacances. C'était une question de caste, en quelque sorte, et le commissaire commençait à en avoir chaud aux oreilles.

— Dites-moi, fit-il le plus simplement du monde, où avez-vous mis le couteau en argent ?

Il ne se donnait pas la peine d'observer le docteur. C'était le domestique qu'il regardait en plein visage et Francis cherchait dans sa mémoire, se tournait vers son maître.

— Il n'est pas à sa place ?… Je vous jure que je ne l'ai pas pris… Si vous le permettez, je vais aller voir…

Le couteau en argent n'appartenait donc pas au domaine du cauchemar. Il en existait bel et bien un dans la maison, le même, sans doute, qui hantait le rêve de Lili Godreau à la clinique.

— C'est inutile, dit vivement Maigret. Je vous remercie.

— C'est tout ?

Francis ne pouvait s'empêcher de lui lancer avant de sortir un regard de reproche. Est-ce qu'ils n'étaient pas amis, la veille, dans la salle à manger de la Popine ? Est-ce qu'il n'avait pas dit tout ce qu'il savait ? Pourquoi, maintenant, le traiter en voleur, ou presque, devant les gens ?

— Je suis toujours à votre disposition, monsieur Maigret.

— Et je ne voudrais pas abuser de votre patience, ni de celle de monsieur le juge d'instruction.

Celui-ci tira sa montre de sa poche avec l'air de dire qu'en effet cela devenait un peu long. Que Maigret vienne faire un petit numéro dans la bibliothèque où les deux amis devisaient, soit. Mais il en prenait trop à son aise, comme les enfants qu'on présente aux grandes personnes et qui en profitent pour se montrer insupportables.

— J'aurais aimé, docteur, jeter un coup d'œil à votre cabinet de consultation.

— À vos ordres.

N'y avait-il pas une certaine lassitude dans sa voix ?

— Tu peux nous suivre, Alain. Je crois, d'ailleurs, que tu n'as jamais eu l'occasion de visiter l'annexe.

Ils descendirent, Maigret devant, les deux hommes derrière, et le juge parlait à voix basse à son ami. Ils franchirent une porte ouvrant sur le jardin qu'ils traversèrent en contournant une petite pièce d'eau.

Au fond, il y avait un garage en briques rouges qui devait donner sur la ruelle et, contre le garage, un bâtiment à un étage dont le docteur ouvrit la porte avec une clef qu'il prit dans sa poche.

Le couloir était froid et nu ; la salle d'attente, qu'on ne fit qu'entrevoir, banale. Du moins les sièges n'en étaient-ils pas élimés, comme chez la plupart des médecins, et n'y voyait-on pas aux murs les aquarelles habituelles. Par contre, selon la tradition, un guéridon supportait une pile de revues et d'illustrés.

— Si vous voulez me suivre…

En haut de l'escalier, il n'y avait que deux pièces. La plus grande, très claire, était le cabinet de consultation. Elle était confortablement meublée. Le bureau, aussi vaste que celui de la bibliothèque, était flanqué de deux bons fauteuils de cuir. Contre un mur, un divan étroit, nullement avachi, recouvert également de cuir, devait servir à l'examen des malades.

Les vitres des deux fenêtres qui donnaient sur le jardin étaient dépolies et recevaient le soleil en plein durant l'après-midi. Celles qui ouvraient sur la rue avaient des rideaux : il n'y avait pas de vis-à-vis, rien que le mur aveugle d'un entrepôt.

Maigret entrouvrit la porte de la pièce voisine, plus étroite, qui comportait une toilette et les armoires vitrées où des instruments nickelés étaient rangés avec soin.

Il regardait lentement autour de lui, les mains dans les poches, au grand dam du juge que son attitude agaçait de plus en plus. Puis il se penchait sur le bureau.

— Le couteau d'argent n'est pas à sa place, constata-t-il simplement.

— Qui vous a dit que c'est ici sa place ?

— Je ne fais que le présumer. Si vous voulez rappeler votre valet de chambre, il est facile de lui poser la question.

— Il y avait en effet sur mon bureau un coupe-papier à manche d'argent. Je ne me suis même pas aperçu de sa disparition…

— Vous avez pourtant reçu des malades ici depuis le 1er août ?

— Je reçois, en principe, trois fois par semaine et parfois, les autres jours, sur rendez-vous.

— Quelles sont vos heures de consultation ?

— La plaque de cuivre qui se trouve dans la ruelle vous l'apprendrait. Les lundis, mercredis et vendredis matin de dix heures à midi.

— Jamais le soir ?

— Pardon ?

— Je vous demande s'il ne vous arrive jamais de recevoir le soir.

— Rarement. À l'occasion, si le cas s'en présente, un malade qui ne peut venir pendant la journée.

— Le cas s'est présenté ces temps-ci ?

— Je ne m'en souviens pas, mais je vous autorise à consulter mon carnet à souches.

Maigret le feuilleta sans vergogne, lut des noms qui ne lui disaient rien.

— Quelqu'un de la maison se permettrait-il de vous déranger lorsque vous êtes ici ?

— Précisez ce que vous entendez par quelqu'un de la maison.

— Un domestique, par exemple… Votre valet de chambre… Ou la femme de chambre de Mme Bellamy…

— Certainement pas. Une ligne téléphonique inté-
rieure relie l'annexe au corps de bâtiment principal...

— Votre femme ?

— Je crois qu'elle n'a jamais mis les pieds dans ce
cabinet. Peut-être, lorsque je l'ai épousée et que je lui
ai fait faire le tour du propriétaire ?...

— Votre mère ?...

— Elle ne vient qu'en mon absence, les jours de
grand nettoyage, pour surveiller les domestiques.

— Votre belle-sœur ?

— Non.

Les deux hommes ne s'embarrassaient plus de politesse. Les répliques s'échangeaient, brèves, incisives.
Ni l'un ni l'autre n'essayait de mettre de civilité dans
son regard.

Maigret, le plus tranquillement du monde, ouvrit
une des fenêtres et on vit les arbres du jardin. Entre
un hêtre et un pin à la verdure plus sombre, on pouvait apercevoir une partie de la maison, notamment
deux fenêtres du premier étage et une lucarne du
second étage qui était mansardé.

— Ces fenêtres sont celles de quelle chambre ?

— À gauche, c'est un couloir, à droite, le cabinet
de toilette de ma belle-sœur.

— Et au-dessus ?

— La chambre de Jeanne, je veux dire de la femme
de chambre.

— Vous ne savez pas quel jour le couteau a disparu ?

— J'ignorais même, jusqu'à votre arrivée ici, qu'il
eût disparu. Je n'ai pas souvent l'occasion, dans mon
cabinet, de couper les pages d'un livre. Quant au

courrier, il arrive à la maison et je l'ouvre le plus souvent dans ma bibliothèque.

— Je vous remercie...

— C'est tout ?

— C'est tout. Je sortirai, si vous le voulez bien, par la petite porte.

Dans l'escalier étroit, il se retourna.

— Au fait, à quelle heure êtes-vous rentré cette nuit ?

— Je ne puis vous répondre exactement, mais il devait être aux alentours de minuit. Francis était parti en laissant le plateau avec le whisky dans la bibliothèque. Je suis descendu chercher de la glace dans le frigidaire.

— Et vous avez vu votre femme ?

— Non.

— Sa mère ne l'a pas vue ?

— Ce matin, avant l'enterrement.

— En votre présence ?

— Oui.

Il ne se démontait pas. La mécanique fonctionnait admirablement, sans un raté, sans une hésitation. La voix, seulement, était un peu plus nerveuse, plus coupante.

La veille, ils étaient encore deux hommes de bonne compagnie qui avaient l'air de se chercher. Aujourd'hui, ils étaient aux prises.

— Vous m'autorisez toujours à venir vous voir, docteur ? Remarquez que, comme l'a fort bien dit M. Alain de Folletier, je suis ici en vacances et n'ai aucun titre à exiger de vous quoi que ce soit. Lui-même, n'est-ce pas, encore que juge et en mission

officielle aux Sables, n'est chez vous qu'à titre
d'ami…

— Je reste à votre disposition.

Il avait retiré la chaîne qui barrait la porte, tourné
la clenche.

— À bientôt, docteur.

— Quand vous voudrez.

Il y eut une seconde d'hésitation au moment où
Maigret franchissait le seuil, puis le docteur tendit la
main et Maigret la serra. Ce fut le magistrat qui feignit
de ne pas voir la main que le commissaire lui tendait à
son tour.

— Je vous salue, monsieur le juge. Je vous signale
à tout hasard, aux fins de votre instruction, qu'hier,
vers quatre heures et demie, la petite Lucile Duffieux
sortait de la chambre de Mme Bellamy.

— Je sais.

Maigret, qui était déjà sur le trottoir, sursauta, se
retourna vivement.

— Mon ami Philippe m'en a parlé bien avant que
vous arriviez, commissaire. Bonsoir !

Il n'y avait personne dans la ruelle où on ne voyait
que des murs nus, la porte fermée du garage du docteur et le petit bâtiment blanchi à la chaux, avec la
salle d'attente au rez-de-chaussée, le cabinet de
consultation au premier étage.

Une plaque de cuivre portant le nom du Docteur
Bellamy indiquait les jours et les heures de consultation. Une petite plaque priait les patients de tirer le
bouton et d'entrer.

7

La rue, en bordure de la ville et de la campagne, avait repris son aspect habituel. Parfois, devant un seuil, un vieux retraité, assis sur une chaise, fumait sa pipe. Parfois aussi, par une porte ouverte, on entendait une voix criarde appeler un enfant. Des gamins jouaient au ballon au milieu de la rue, tandis que, quelque part, un tout petit, tout seul, avec une chemise bleue pour unique vêtement, traînait son derrière nu sur le trottoir non pavé.

La porte des Duffieux était fermée. On les laissait enfin en paix et c'est Maigret qui était obligé de les déranger à nouveau. La phrase du juge l'avait rempli de stupeur. Ainsi donc, c'était le docteur Bellamy qui, le premier, avait parlé de la visite que la gamine avait faite chez lui la veille.

Au fond, c'était logique qu'il prît les devants, puisque le commissaire avait vu la petite fille. Quelle explication avait-il pu fournir de sa présence dans la chambre de sa femme ?

Maigret frappa, entendit une chaise grincer sur les carreaux de la cuisine et la porte s'ouvrit ; il vit devant

lui la grosse femme du matin. Peut-être le reconnut-
elle ? Peut-être, ayant eu à répondre à tant de gens au
cours de la journée, se disait-elle qu'un de plus ou de
moins ne comptait plus.

Un doigt sur la bouche, elle fit :

— Chut… Elle dort…

Maigret entra, retira son chapeau, regarda la porte
de la chambre à coucher qu'on avait laissée entre-
bâillée afin d'entendre le moindre appel de
Mme Duffieux à qui le médecin avait administré un
soporifique.

Pourquoi le commissaire, comme cela s'était déjà
produit le matin, avait-il ici une sensation d'hiver,
alors qu'on était en août ? Peut-être en est-il toujours
ainsi dans ces petites maisons. Il y faisait déjà sombre
comme au crépuscule. Il y avait du feu dans la cuisinière sur laquelle cuisait de la soupe qui répandait
une odeur de poireau. C'était le feu, sans doute, avec
son petit disque rouge et ses ronflements, qui faisait
penser à l'hiver.

Duffieux, le col de la chemise ouvert, était assis
dans un fauteuil d'osier, la tête renversée en arrière, la
bouche entrouverte. Il dormait, lui aussi, gardant
dans son sommeil une expression de stupeur et de
désespoir.

Comment la vieille s'y était-elle prise pour avoir
tout remis en ordre, tout lavé, après les allées et
venues de ces messieurs ? La maison sentait le propre,
le savon. En s'asseyant, la femme reprenait machinalement son tricot, car les femmes comme elles ne sont
jamais inoccupées.

Maigret apporta une chaise devant le poêle. Il comprenait que, pour certaines gens, le poêle est une compagnie. Il questionnait à voix basse :

— Vous êtes de la famille ?

— Les enfants m'appelaient tante, répondit-elle sans cesser de compter ses points de tricot. Mais je ne suis pas parente. J'habite trois maisons plus loin. C'est moi qui suis venue quand Marthe était en couches. C'est chez moi aussi qu'elle laissait la petite lorsqu'elle faisait ses courses. Elle n'a jamais eu de santé.

— Est-ce qu'on a découvert pourquoi Lucile est allée hier chez le docteur Bellamy ?

— Elle est allée chez le docteur ?... Ils ne me l'ont pas dit... Vous n'étiez pas avec eux ?... Attendez... Ils m'ont parlé de l'argent qu'ils ont trouvé dans la boîte, et des billets de tombola... Cela doit être ça... Allez dans la chambre... Mes vieilles jambes n'en peuvent plus... Ouvrez l'armoire... Après leur départ, j'ai remis les choses plus ou moins à leur place... À droite, dans le fond, vous trouverez dans une boîte en fer-blanc...

Le corps n'était plus là. Comme Lili Godreau, la petite Lucile allait subir les dernières injures de l'autopsie.

Maigret suivait les indications de la vieille. Sous les vêtements, que les inspecteurs avaient dû examiner sur toutes les coutures, il découvrait une ancienne boîte à biscuits qu'il apporta dans la cuisine.

La femme le regardait ouvrir le couvercle, compter les billets de banque et les pièces de monnaie. Fut-ce le bruit des pièces ? Duffieux entrouvrit les paupières

et, voyant à nouveau chez lui un visage étranger, préféra les refermer et chercher le sommeil.

La boîte contenait deux cent trente-cinq francs. Il
y avait aussi, formant des carnets à souche, des billets
de tombola au profit de la caisse des écoles. Le billet
coûtait un franc, le carnet entier vingt-cinq.

La plupart des billets avaient été vendus un à un et
les souches portaient les noms de gens du quartier.
Sur une feuille arrachée à un cahier écolier, la petite
avait écrit au crayon :

Malterre :	1 carnet
Jongen :	1 carnet
Mathis :	1 carnet
Bellamy :	1 carnet

Les trois premiers noms étaient ceux de commerçants du centre de la ville.

Encore une fois, le docteur avait eu une explication désarmante de simplicité. Il lui avait suffi de dire
au juge – qui d'ailleurs ne lui demandait rien :

— Au fait, ma femme m'a appris que cette fillette
est venue la voir hier après-midi pour lui vendre des
billets de tombola…

À Maigret, cela ne suffisait pas comme explication,
puisqu'il savait, lui, que Mme Bellamy attendait la
gamine. Il savait aussi qu'elle était déjà venue et que,
cette fois-là, elle avait dit son nom à Francis.

Il remettait l'argent et les carnets en place, reportait
la boîte dans l'armoire.

— Connaissez-vous, madame, le nom de son institutrice ?

— Mme Jadin… Elle habite près du cimetière, une maison neuve que vous reconnaîtrez à sa façade peinte en jaune… Ces messieurs ont copié les noms que vous avez lus dans la boîte… Ils ont dû aller aussi chez Mme Jadin…

— Ils vous ont parlé d'Émile ?

— Vous ne travaillez donc pas avec eux ?

Il éluda la question.

— Je n'appartiens pas au même service.

— Ils m'ont demandé où se trouvait le garçon et, quand je leur ai répondu qu'il devait être à Paris, ils ont voulu avoir son adresse. Je leur ai montré la carte postale…

— Et la lettre ?

— Ils n'en ont pas parlé.

— Vous voudriez me la montrer ?

— Prenez-la… Elle est dans le tiroir à droite du buffet…

Gérard Duffieux, dans son demi-sommeil, devait entendre leur entretien comme un bruit vague et lointain. De temps en temps, il bougeait un peu, mais il était trop las pour avoir envie de se réveiller tout à fait.

Le tiroir de droite était le coffre-fort du ménage. On y voyait des vieilles lettres, des factures, des photographies, un gros portefeuille usé qui contenait des papiers officiels, le livret militaire de Duffieux, le carnet de mariage du couple, les actes de naissance.

— La lettre est tout au-dessus, annonçait la grosse femme.

Une odeur fade se dégageait du tiroir où vien-
draient s'ajouter les souvenirs de Lucile et son acte de
décès.

— Vous permettez que je lise ?

Et elle, regardant l'homme endormi :

— Au point où ils en sont, vous savez…

La lettre était écrite sur du papier à en-tête de
Larue et Georget, les imprimeurs de la ville. Chaque
matin, Maigret passait devant leurs ateliers et leurs
bureaux en se rendant du Remblai au port.

« Ma chère petite maman…

L'écriture était ferme, serrée, précise.

*Tu ne peux savoir combien, au dernier moment
encore, l'idée du mal que je vais te faire m'enlève de
courage. Je te demande de lire cette lettre lentement,
calmement, toute seule devant le feu, à ta place habituelle. Je te vois si bien ! Je sais que tu vas pleurer et
que tu seras obligée d'enlever tes lunettes pour les
essuyer.*

*Et pourtant, maman, ce qui t'arrive devrait arriver à
tous les parents. J'ai beaucoup réfléchi là-dessus. J'ai
interrogé bien des livres et j'en suis arrivé à croire que
c'est une loi de la nature.*

*Je ne suis pas un monstre. Je ne suis pas plus égoïste
qu'un autre. Je ne suis pas non plus insensible.*

*Mais vois-tu, ma pauvre maman, j'éprouve un tel
besoin de vivre ! Est-ce que tu peux comprendre ça, toi
qui as passé ton existence à te sacrifier aux autres, à ton
mari, à tes enfants, à n'importe qui avait besoin de toi ?*

J'ai besoin de vivre et c'est un peu ta faute. Mes pre-mières ambitions, c'est toi qui me les as données en te privant pour que j'aie une bonne instruction. Au lieu de me mettre en apprentissage comme les garçons de notre milieu, tu as voulu que j'étudie et tu étais fière de me voir remporter tous les prix.

Maintenant, il est trop tard pour revenir en arrière. J'étouffe dans notre petite ville où il n'y a aucun avenir pour un garçon comme moi.

Quand je suis entré chez Larue et Georget, tu as cru que ma vie était assurée et cela m'a fait mal de te voir te réjouir.

— Te voilà casé, disais-tu.

Moi, vois-tu, j'envisageais déjà une autre existence. Quand on m'a laissé écrire de petits articles dans le journal, tu allais fièrement les montrer aux voisines et, quand enfin un journal de Paris, dont le directeur ne connaissait pas mon âge, m'a nommé correspondant aux Sables, tu ne te tenais plus de joie.

Tu me voyais marié dans notre ville. Tu me voyais acheter un jour une petite maison rose dans les nou-veaux quartiers.

Tout cela, aujourd'hui, me fait si mal que je ne trouve plus les mots pour te dire ce que j'ai décidé.

Dans quelques heures, ma pauvre maman, je serai parti. Je n'ai pas eu le courage de t'en parler, ni d'en parler à papa. Lui, je crois, comprendra tout de suite, car, avant de perdre son bras, il a eu de l'ambition, lui aussi.

Ce soir, je prendrai le train pour Paris. Grâce à mes relations du journal, j'y ai trouvé une place encore modeste qui me mettra le pied à l'étrier. Je n'en ai soufflé mot à personne, pas même à mes patrons. Mais ne crains rien. Je laisse toutes mes affaires en ordre.

Il n'y a que Lucile qui sache, parce que j'avais besoin d'une confidente. C'est une bonne fille et tu peux avoir toute confiance en elle. Elle vous aime beaucoup tous les deux et j'espère qu'elle vous fera oublier petit à petit mon absence.

Je voulais au moins t'embrasser très fort avant de partir. Je l'ai fait, et tu as dû te demander pourquoi je te serrais si longtemps contre moi.

Si nous nous étions fait des adieux, je n'aurais plus eu le courage.

J'espère que ma situation me permettra sous peu de continuer à vous aider. Je te demande de ne pas m'en vouloir si, les premiers temps, je ne vous envoie rien.

J'ai beaucoup vieilli en quelques mois. Vous ne vous en êtes pas aperçus. Les parents considèrent toujours leur fils comme un enfant, même quand il est devenu un homme.

Or je suis devenu un homme. J'essayerai, dis-le à papa, de me conduire comme un homme. Et, si un jour je vous fais de la peine, pense bien que ce ne sera pas par ma faute. C'est que la vie aura été plus forte.

Je vous écrirai dès que j'aurai des nouvelles. Je te donnerai une adresse à laquelle tu pourras m'écrire de ton côté. Tu recevras cette lettre demain matin et, d'ici là, tu ne t'inquiéteras pas, puisque je t'ai annoncé que je travaillais toute la nuit chez mes patrons. Je la posterai ce soir à la gare, au moment de prendre le dernier train. J'ai déjà mon billet.

Je vais tenter ma chance, maman, comme tant d'autres l'ont fait avant moi et le font encore tous les jours. Je t'ai entendue dire parfois que ceux qui s'en vont ainsi ne valent pas grand-chose. Crois-moi si je t'affirme que ce sont les meilleurs.

Souhaite-moi bonne chance malgré tout. Fais de temps en temps une prière pour ton fils qui suit son destin.

Laisse papa dormir avant de lui annoncer la nouvelle. Je sais que tu es plus faible que lui et que tu as toujours été malade, mais depuis quelques mois je le soupçonne d'avoir une maladie de cœur et d'éviter de nous le dire.

Lucile vous reste.

Embrasse-la pour moi aussi. Soyez heureux tous les trois. Je vais tenter de l'être de mon côté et, quand nous nous reverrons, je veux espérer que vous aurez lieu d'être fiers de moi.

Au revoir, petite maman.

Ton fils

Émile. »

Maigret saisit la carte postale, qui représentait la place de la Concorde. Il n'y avait que quelques mots au dos, d'une écriture plus nerveuse.

« *Bien arrivé. Tu peux m'écrire poste restante, bureau 26, à Paris. Je vous embrasse tous les trois.*

Émile. »

Autant que Maigret s'en souvenait, le bureau 26 était celui du faubourg Saint-Denis, près des Grands Boulevards.

— On lui a télégraphié ? questionna-t-il.

— À midi seulement.

— Il n'a pas encore répondu ?

— Est-ce que vous croyez qu'il a déjà reçu le télégramme ?... S'il arrivait, ce serait toujours une consolation...

Et elle regardait en soupirant l'homme à la manche vide qui dormait à nouveau profondément, son souffle faisant frissonner sa moustache grisonnante.

— Vous restez avec eux cette nuit ?

— Vous pouvez être tranquille. J'ai fait chercher mes affaires par mon neveu.

Elle ne se coucherait pas, car elle n'oserait pas dormir dans la chambre où Lucile avait été étranglée. Elle soignerait Mme Duffieux. Est-ce que le mari, comme les autres nuits, irait à son chantier ?

Il préféra ne pas poser de questions. Lentement il replia la lettre, qu'il remit à sa place. Il aurait aimé l'emporter, mais il savait qu'on ne le lui permettrait pas.

Dans la chambre, Mme Duffieux commençait à gémir comme un enfant et la grosse femme se levait avec peine.

— Pardonnez-moi... balbutia Maigret. Il fallait que je vienne...

Elle lui fit signe de se taire, et, pendant qu'il sortait, elle se dirigeait sur la pointe des pieds vers la chambre de la malade.

Il y avait un piano dans un coin, un chemin de table brodé sur la table de chêne et, aux murs, des photographies d'enfants en rang, avec, sur chacune, un

millésime différent : les élèves de Mme Jadin, année
par année.

— Un de vos confrères est déjà venu me questionner, monsieur le commissaire, un grand avec une
cicatrice...

C'était Piéchaud, qui connaissait son métier.

— Il y a en effet une tombola organisée au profit
de la caisse des écoles... Ce sont les élèves qui se char-
gent des billets... Nous les autorisons à se présenter
chez les commerçants et, en général, chez les gens
qu'ils connaissent... Notre Lucile avait des billets
comme les autres... C'est lundi matin que les enfants
devaient rapporter les billets non vendus et les
souches...

— Chaque élève n'était pas spécialement chargée
d'un quartier ou d'une rue ?

— Elles étaient libres...

— Parlez-moi de Lucile, voulez-vous ?

Mme Jadin était petite, noiraude. En classe, elle
devait avoir l'air sévère, parce qu'il le faut, mais il y
avait beaucoup de douceur dans son regard.

— Votre inspecteur m'a posé des questions qui
m'ont un peu indignée, je l'avoue, et il vous dira sans
doute que je l'ai assez mal reçu. Vous paraissez plus
compréhensif. Il tenait à savoir si Lucile fréquentait
des garçons, si son éducation sexuelle était avancée
ou non. Pensez donc qu'elle avait à peine quatorze
ans ! On lui en donnait davantage parce qu'elle était
grande et réfléchie, peut-être même un peu trop réfléchie pour son âge... Nous en avons parfois, je ne le
nie pas, des enfants trop précoces, qui retrouvent des
garçons dans les rues, surtout l'hiver, quand il fait

noir, et certaines – mais c'est l'exception – s'en prennent aux hommes…

— Lucile était sage ?

— Je l'appelais la petite mère, parce que, aux
récréations, au lieu de jouer avec les grandes, elle
s'occupait plus volontiers des marmots de la classe
maternelle… Un jour, j'ai surpris une conversation
entre elle et une de ses amies qui venait d'avoir un
petit frère. Lucile disait, le cœur gros : « Moi, il paraît
que ma mère ne peut plus avoir d'enfant… »

» Il y en a plus qu'on le croit, monsieur le commissaire, surtout parmi les plus pauvres, qui sont déjà de
vraies femmes à quatorze ans…

— Je suppose qu'en raison des vacances vous ne
l'avez pas vue ces derniers temps ?

— Je l'ai vue plusieurs fois, car, afin d'éviter que
les enfants traînent dans les rues à cette saison, nous
réunissons celles que les parents nous confient et
nous organisons des jeux, nous les conduisons en
groupe sur la plage ou dans les pins…

— Lucile ne vous a pas paru changée ?

— J'ai remarqué qu'elle était inquiète et je l'ai
questionnée. Je ne sais pas s'il en est ainsi dans les
classes de garçons, mais, chez nous, nous avons toutes
notre chouchou… Lucile était un peu mon chouchou… À la récréation, pendant la saison scolaire,
dans les pins pendant les vacances, elle quittait volontiers ses camarades pour venir bavarder avec moi…

» Je me souviens que je lui ai demandé s'il était vrai
que son frère était parti.

— C'était donc il y a quelques jours au plus ?

— Il y a trois jours... J'en avais entendu parler par d'autres enfants... Au lieu de me répondre franchement, selon son habitude, en me regardant en face, elle a détourné la tête et elle a laissé tomber sèchement :

» — Oui.

» — Je suppose que votre maman en a beaucoup de peine ?

» — Je ne sais pas.

» — Est-ce qu'elle reçoit de ses nouvelles ?

» — Je ne sais pas.

» Je n'ai pas insisté, parce que je la sentais dure et tendue.

» C'est tout ce que je sais, monsieur le commissaire...

— Vous donnez des leçons de piano ?

— Quelques leçons particulières.

— Lucile en prenait-elle avec vous ?

Mme Jadin hocha la tête avec une certaine gêne. Cela signifiait sans doute que les parents de la gamine ne pouvaient pas offrir un pareil luxe à leur fille.

Quand Maigret atteignit la rue Saint-Charles, où se trouvait l'imprimerie Larue et Georget, les ouvriers sortaient de l'atelier. Il traversa la cour pavée, contourna un camion, poussa une porte vitrée au-dessus de laquelle était écrit le mot « Bureau ».

Une dactylographe était en train de mettre son chapeau.

— M. Larue est-il ici ? questionna-t-il.

— M. Larue est mort depuis deux mois.

— Excusez-moi. Dans ce cas, me serait-il possible de parler à M. Georget ?

Celui-ci, qui se trouvait dans une pièce voisine, dut l'entendre, car il prononça à voix haute :

— Faites entrer, mademoiselle Berthe.

C'était un homme de petite taille, sans coquetterie, occupé à corriger les morasses de son journal. *L'Écho des Sables* ne paraissait qu'une fois par semaine, sur quatre pages, contenant surtout des nouvelles locales et des annonces, en particulier des avis de notaires.

— Asseyez-vous, monsieur le commissaire. Ne vous étonnez pas que je vous connaisse. Je suis un vieil ami du commissaire Mansuy, qui m'a parlé de vous. Je vous vois passer chaque matin dans la rue. Je me doutais bien que vous viendriez me voir.

Comme Maigret s'y attendait, il ajouta :

— Un de vos collègues est venu tout à l'heure, un nommé... attendez...

— Boivert...

— C'est cela ! Ma foi, je n'avais pas grand-chose à lui dire. Est-il exact que vous faites une enquête de votre côté ?

— C'est Boivert qui vous a parlé ?

— Non pas !... C'est un bruit qui court en ville... Tenez, j'étais ce matin à l'enterrement, car le docteur Bellamy est un de mes clients... Deux personnes pour le moins m'ont dit la même chose... On ajoute que vous avez votre idée, que la police de Poitiers n'est pas d'accord avec vous et que vous nous réservez une surprise...

— On parle beaucoup trop, grogna Maigret avec impatience.

— Vous voulez que je vous dise ce que je sais d'Émile Duffieux ?

Maigret fit signe que oui, ne parut pourtant écouter que d'une oreille distraite.

— C'est le second garçon du même genre qui me passe par les mains et que, si je puis me permettre le mot, je dégrossis... C'est le second aussi qui me file entre les doigts... Remarquez que je ne leur en veux pas... Le premier, en ce moment, est journaliste à Rennes et je lis ses papiers chaque matin dans *L'Ouest-Éclair.* Quant à Émile... Nous verrons un jour ou l'autre ce qu'il donnera, n'est-ce pas ?

— Je le souhaite.

M. Georget tressaillit, tant ces mots avaient été prononcés d'une voix grave.

— En tout cas, commissaire, c'est un honnête garçon et son seul défaut serait peut-être une certaine méfiance... Le mot n'est pas exact... Il a tendance à se replier sur lui-même... On dirait qu'il craint toujours un sourire ironique, une rebuffade, ou simplement de la condescendance... La pauvreté de sa famille lui pèse aux épaules et pourtant il n'en a pas honte... Il est le premier à répondre, quand on lui demande la profession de son père : « Gardien de nuit ».

» Et il ne se donne pas la peine d'ajouter que Duffieux n'a accepté ce poste qu'après avoir été amputé du bras droit...

» Je ne sais pas si je me fais bien comprendre... Il veut arriver coûte que coûte... Il travaillera autant qu'il faudra pour cela... Il a lu des tonnes de livres, au petit bonheur... Il passe régulièrement par des périodes d'inquiétude et de confiance...

— Les femmes ?... questionna Maigret.

L'imprimeur désigna le bureau voisin.

— Elle est sortie ? demanda-t-il à mi-voix en faisant allusion à la dactylo.

Il préféra aller s'en assurer.

— Vous l'avez vue, Mlle Berthe est jolie, appétissante. Tous mes employés ont essayé de lui faire la cour. En réalité, elle est amoureuse d'Émile Duffieux au point d'en devenir féroce quand on a le malheur de dire un mot contre lui devant elle. Elle a tout fait pour attirer son attention. Elle est devenue coquette, a changé de robe deux ou trois fois par semaine. Je me demande s'il s'en est seulement aperçu. Il s'est donné un but. Je m'attendais toujours à le voir partir pour Nantes ou pour Bordeaux, comme la plupart de nos jeunes ambitieux. Il est allé tout droit à Paris...

— Il vous a prévenu de vive voix ?

— Non, par une lettre.

— Que vous avez reçue le lendemain de son départ ?

— Exactement... Comme ses parents... On dirait qu'il a eu peur qu'au dernier moment on essaie de lui mettre des bâtons dans les roues... Inutile d'ajouter que ses comptes étaient en ordre... Si vous voulez voir la lettre...

Maigret n'y jeta qu'un coup d'œil. Émile s'excusait fort gentiment et, non moins gentiment, remerciait son patron pour tout ce qu'il avait fait pour lui.

— Sa sœur n'est jamais venue le voir au bureau ?

— Je ne m'en souviens pas... D'ailleurs, Duffieux vivait peu au bureau... Dans les derniers temps tout au moins... il s'occupait beaucoup du journal, tant des échos que des annonces, car, dans une petite maison comme la nôtre, il faut mettre la main à tout...

— J'aimerais avoir une idée aussi précise que possible de son emploi du temps.

— Il arrivait vers neuf heures, parfois plus tôt, car il ne regardait pas à sa peine... Le plus souvent, il restait au bureau jusqu'à dix heures et demie... Il passait alors au commissariat de police pour prendre les dernières nouvelles, puis à la mairie et à la sous-préfecture... Certaines fois, on le revoyait quelques minutes vers midi, d'autres fois il revenait seulement après le déjeuner. L'après-midi, il rédigeait ses papiers, allait à l'atelier s'occuper de la mise en pages... Il faisait aussi quelques courses, téléphonait aux notaires, aux marchands de biens, aux directeurs de cinémas dont nous imprimons les affiches...

» Je vous prends ici une journée normale... Le vendredi, jour de tirage du journal, il restait fréquemment avec moi jusqu'à neuf heures du soir...

C'était, à peu de chose près, la vie d'un petit reporter de province.

— En somme, résuma Maigret, c'est surtout le matin qu'il était dehors. Savez-vous s'il recevait des communications téléphoniques privées ?

— Cela dépend de ce que vous entendez par privées. Je savais qu'il était correspondant d'un journal de Paris. Il m'avait demandé l'autorisation d'accepter ce poste. Cela lui prenait fort peu de temps, puisque c'étaient les mêmes informations que les nôtres qu'il transmettait... Je lui avais permis de se servir d'une de nos lignes téléphoniques et il notait ses communications, que le comptable défalquait de son traitement chaque fin de mois… Je n'ai jamais surpris de communication vraiment privée, avec un ami, par exemple…

— Je vous remercie.

— On n'a pas encore pu le toucher à Paris ?

— Il n'a donné à ses parents qu'une adresse à la poste restante.

— Cela peut prendre un jour ou deux, évidemment…

L'imprimeur venait, sans le savoir, de donner une idée à Maigret. À peine rentré à l'hôtel, celui-ci appela la P. J. au bout du fil.

— Allô !… Est-ce que Lucas est là ?… Qui est à l'appareil ?… Torrence ?… Ici, Maigret… Toujours en vacances, oui… Comment ?… S'il fait beau ?… Je n'en sais rien… Je vais regarder… Il n'y a pas de soleil, mais il ne pleut pas… Janvier est-il encore au bureau ?… Passe-le-moi… Oui, merci… Allô, c'est toi, Janvier ?… Pas trop occupé ?… Du « courant » ?… Bon… Tu veux faire une course pour moi ?… Je voudrais que tu ailles au bureau de poste 26… C'est bien faubourg Saint-Denis ?… Oui, je connais… Tu verras l'employé de la poste restante… Tu lui demanderas s'il y a des lettres au nom d'Émile Duffieux… Oui, prends note… Émile… Duffieux… Non, deux F… F comme Fernand… Attends !… Ce que je veux surtout savoir, c'est si on s'est présenté pour retirer ses lettres… Oui… Et à quelle date… Si on n'est pas encore venu, demande à l'employé de te passer un coup de fil dès qu'on se présentera… Qu'il trouve le moyen de retarder son client pendant quelques minutes et tu sauteras dans un taxi…

» Surtout pas de gaffe. Demande-lui simplement son adresse… Suis-le au besoin…

» Ne raccroche pas encore… Après, tu descendras aux « garnis »… Tu jetteras un coup d'œil aux fiches des derniers jours… Surtout les fiches du 31 juillet et du 1er août… Tu chercheras le même nom…

» C'est tout… Mais non, ce n'est pas une affaire importante… Une simple commission, à titre personnel…

» Merci, vieux… C'est ça… Elle va mieux, oui… Bonjour de ma part à Marie-France…

— Ces messieurs sont déjà à table… murmura M. Léonard, qui se tenait derrière le commissaire, une bouteille à la main.

— Qu'ils y restent.

— Vous prendrez bien un…

Allons ! Il valait mieux en passer par là, pour ne pas peiner le brave homme.

— Je leur ai trouvé deux chambres, dans des hôtels différents. Ils ne sont pas contents. Est-ce que c'est ma faute ? À votre santé…

— À la vôtre, monsieur Léonard…

— Vous croyez qu'on mettra la main sur la crapule qui a étranglé cette petite ?

Il était huit heures du soir. On avait allumé l'électricité. Les deux hommes se tenaient dans la pièce du fond, entre la cuisine et la salle. Les bonnes passaient sans cesse derrière eux en portant des plateaux.

Est-ce la phrase de M. Léonard qui donna soudain à réfléchir à Maigret ? Il fronça les sourcils.

— Vous ne mangez pas ?

— Pas maintenant...

Il fut sur le point de monter dans sa chambre, de faire une chose qu'il lui arrivait rarement de faire, et seulement dans des cas particulièrement graves.

Il se souvenait de son angoisse de la veille au soir, quand il cherchait en vain à identifier la petite fille rencontrée dans l'escalier du docteur. Les gens qu'il questionnait le regardaient avec étonnement, même Mansuy, même les agents du corps de garde. Et pourtant si, à ce moment-là, il avait obtenu un nom, une adresse, Lucile serait encore vivante.

Il se trompait peut-être du tout au tout. Mais, s'il ne se trompait pas, d'autres gens étaient en danger, à commencer par lui-même.

Voilà pourquoi il faillit monter chez lui et consigner par écrit ses soupçons.

— Vous sortez ?

— Pour une heure à peine. Gardez-moi quelque chose à manger...

Il ferait cette sorte de rapport le soir, tranquillement, avant de se coucher. Maintenant, il se dirigeait vers la gare. Émile Duffieux, dans sa lettre à sa mère, ne disait-il pas qu'il avait pris son billet à l'avance ?

La salle était presque vide, mal éclairée. Sur les voies, il n'y avait qu'un train de banlieue aux wagons d'ancien modèle. L'homme qui se tenait derrière le guichet portait une casquette de sous-chef.

— Bonsoir, monsieur le commissaire...

On le connaissait déjà trop, décidément.

— Je voudrais vous demander un renseignement. Connaissiez-vous le jeune Duffieux ?

— M. Émile ?… Bien sûr que je le connaissais… Comme reporter, il venait ici chaque fois qu'une personnalité était annoncée… Je le faisais passer sur le quai…

— Dans ce cas, vous pourrez peut-être me dire si, tout à la fin du mois dernier, il est venu prendre un billet pour Paris ?

— Je peux d'autant mieux vous répondre que c'est moi qui les lui ai donnés.

Le pluriel frappa automatiquement les oreilles de Maigret.

— Vous lui avez donné plusieurs billets ?

— Deux, de seconde classe…

— Avec retour ?

— Non simples…

— Vers quelle heure est-il venu les chercher ?

— Le matin, un peu avant midi… Il les voulait pour le dernier train du soir, celui de dix heures cinquante-deux…

— Vous ne savez pas s'il a pris ce train ?

— Je le suppose… Je vais quitter la gare dans quelques minutes… À cette heure-là, c'est le sous-chef de nuit qui est de service…

— Il est arrivé ?

— Il doit être arrivé… Venez au bureau…

Ils gagnèrent le quai, entrèrent dans un bureau où cliquetait le télégraphe.

— Dis donc, Alfred… Je te présente le commissaire Maigret, dont tu as entendu parler…

— Enchanté…

— Il voudrait savoir si le petit Duffieux s'est embarqué sur le 163 un des derniers jours de juillet…

Je lui ai délivré deux secondes classes simples pour
Paris, le matin... Il devait partir à vingt-deux heures
cinquante-deux.

— Je ne me souviens pas...

— Vous croyez que, s'il avait pris ce train, vous
l'auriez vu ?

— Je ne peux pas en jurer... Parfois, au dernier
moment, on est appelé au téléphone ou au wagon de
messageries... Cela m'étonnerait pourtant que je ne
l'aie pas remarqué...

— Est-il possible de savoir si les billets ont été uti-
lisés ?

— En principe, oui... Il suffirait de s'adresser à
Paris... Les voyageurs, comme vous le savez, sont
tenus de remettre leur billet à la sortie... Mais il y en
a parfois qui descendent à une gare intermédiaire...
D'autres, par distraction, sortent, dans la foule, sans
remettre leur billet... C'est rare... C'est contre le
règlement... Il faut y penser quand même...

Il réfléchit un instant, murmura :

— Il y a quelque chose de drôle...

Il regarda son collègue, comme si celui-ci devait
être frappé aussi par une anomalie.

— Émile Duffieux a pris le train plusieurs fois,
pour Nantes, pour La Roche ou pour La Rochelle...
Chaque fois, il disposait d'un libre-parcours...

Il expliqua à Maigret :

— Les journalistes ont droit au parcours gratuit en
première classe. Ils n'ont qu'à le demander à leur
journal. Cela en valait d'autant plus la peine, cette
fois, qu'il s'agissait d'un long trajet... Je me demande

pourquoi il a payé des secondes alors qu'il aurait pu voyager en première sans bourse délier…

— Il n'était pas seul… observa Maigret.

— Évidemment… Il s'agissait sans doute d'une femme. Vous savez, même dans ce cas, ces messieurs de la presse ne sont pas très regardants…

Maigret se retrouva dans la rue, passa un peu plus tard devant la boutique de la Popine dont les volets étaient fermés et vit de la lumière sous la porte du corridor. Il était encore trop tôt. Francis devait être occupé à servir à dîner dans la maison du docteur.

Il continua son chemin le long des petites rues mal éclairées et il lui arriva de tressaillir en entendant des pas derrière lui.

S'il avait raison, si les événements s'étaient déroulés comme il les avait reconstitués peu à peu, avec encore des trous, des vides, ne devait-on pas s'attendre à ce que de nouvelles victimes – une au moins – vinssent s'ajouter à Lili Godreau et à la petite Lucile ?

Il fit soudain demi-tour, pénétra à l'*Hôtel de Vendée*.

— Mme Godreau est-elle encore ici ? demanda-t-il à la patronne qui se tenait en personne au bureau, vêtue de soie noire, avec un grand camée à son corsage.

— Vous oubliez, monsieur le commissaire…

Il rageait de se voir ainsi reconnu partout.

— Vous oubliez qu'elle ne s'appelle plus Mme Godreau, mais Mme Esteva… Elle est repartie avec M. Esteva par le train de cinq heures et demie…

— Je suppose, ajouta-t-il avec mauvaise humeur, car il connaissait la réponse d'avance, que son gendre est venu la voir hier soir ?

— C'est exact... Ils sont même restés les derniers dans le petit salon...

— En compagnie de M. Esteva ?

— Je crois, sans pouvoir l'affirmer, que M. Esteva est monté le premier.

— Je vous remercie...

Il remerciait ainsi d'un bout de la journée à l'autre.

Une personne au moins était menacée, ou alors il s'était trompé du tout au tout.

Et, malheureusement, sur cette personne-là, il ne savait rien, pas même si c'était un homme ou une femme, il ne soupçonnait ni son âge ni sa profession.

Il savait seulement qu'elle existait dans la ville, dans le centre de la ville vraisemblablement, dans un périmètre qu'il aurait presque pu délimiter sur un plan.

Il était impossible de s'en occuper le soir même. Il fallait attendre le jour, l'ouverture des boutiques et des cafés.

Alors, il se mettrait en chasse, avec son idée fixe pour tout fil conducteur, et il aurait à répéter à tout bout de champ son sempiternel :

— Je vous remercie...

À condition qu'il soit encore temps !

Les deux inspecteurs avaient fini de dîner et fumaient leur cigarette en dégustant un cognac quand le commissaire se mit à table, dans la salle à manger presque vide.

— Alors patron ?

Et lui, plus bourru que jamais, un sale goût de fatigue dans la bouche, comme après un long voyage en chemin de fer, de grogner :

— Alors, merde !

8

À onze heures du matin, Maigret poussait la porte, peut-être la centième, et cette fois il s'agissait d'un magasin de maroquinerie. Il avait commencé par un bout, dès huit heures, alors que les maisons de commerce un peu plus importantes ou élégantes sont encore fermées. Il franchissait le seuil des boutiques qui ne sont fréquentées que par les femmes du quartier. Du dehors, on le voyait, trop grand et trop large, touchant de la tête les balais ou les éponges qui pendaient du plafond, regardant d'un air maussade, en attendant son tour, les commères en cheveux qui l'entouraient. Du dehors aussi, dès la quatrième ou la cinquième fois, on aurait pu constater que ses lèvres prononçaient invariablement les mêmes mots.

Avec la différence que, tout au début, il se croyait obligé d'acheter quelque chose. Dans les bistrots, c'était facile : il buvait un coup de blanc. Dans une épicerie, il avait acheté un sachet de poivre, parce qu'il pensait alors qu'il aurait bien d'autres magasins à visiter et qu'il ne pouvait s'encombrer de paquets volumineux.

Dans une mercerie aux vitres poussiéreuses, où il avait acheté une bobine de fil, une vieille fille aux longs poils sous le menton et à l'odeur terriblement fade l'avait regardé de travers.

— Vous connaissez Mme Bellamy ? récitait Maigret.

— La vieille ou la jeune ?

— La jeune.

— Je la connais comme tout le monde.

— Vous arrive-t-il de la voir passer dans la rue ?

C'étaient les questions rituelles, qu'il posait sans se lasser.

— Écoutez, monsieur. J'ai suffisamment de travail pour ne pas m'occuper de ce qui se passe dans la rue. Si j'ai un bon conseil à vous donner, c'est de faire comme moi.

Quand on croyait qu'il parlait de Mme Bellamy mère, les visages, le plus souvent, se renfrognaient. La Popine avait raison : la vieille femme à la canne inspirait peu de sympathie aux commerçants de la ville.

Il avait donc appris à dire, pour couper au court :

— Connaissez-vous la femme du docteur Bellamy ?

Et il avait renoncé à ses achats. Ou bien les gens le connaissaient déjà de vue, ou bien ils le prenaient quand même pour un policier.

Il avait commencé par le coin nord, autrement dit par le quartier du port, parcourant les rues que Mme Bellamy aurait pu prendre pour se rendre, par exemple, dans les environs de la halle aux poissons.

— Je la connais, bien sûr. Je l'ai souvent vue dans le temps. C'est une bien belle personne. Il m'arrive encore de la voir passer en auto avec son mari…

— Mais vous ne la voyez pas se promener à pied ?

Des maris se retournaient vers leur femme, ou des femmes vers leur mari.

— Il t'arrive de la voir passer, toi ?

On hochait la tête. Odette Bellamy ne fréquentait pas ce quartier-là, ni celui de Notre-Dame, ni le centre de la ville.

— Pardon, madame, connaissez-vous la femme du docteur Bellamy ?

Il ne s'en prenait pas qu'aux commerçants. Il interrogeait des femmes sur leur seuil et même un vieil impotent qui devait passer ses journées derrière sa fenêtre ouverte.

C'était un travail fastidieux, écœurant, dont il avait un peu honte. Il ne lui était pas difficile d'imaginer les commentaires échangés derrière son dos.

À dix heures, il avait parcouru ainsi la plus grande partie d'un arc de cercle autour de la maison du docteur. S'il arrivait à Odette Bellamy de sortir seule, à pied, il était prouvé maintenant qu'elle ne pouvait suivre que le Remblai.

Il y revenait. Les magasins, pour la plupart, étaient cossus.

— Pardon, madame, connaissez-vous…

Et voilà qu'il était enfin récompensé de sa peine. Cela commença par la pâtisserie, presque à côté de la grosse maison blanche.

— Elle ne sort pas souvent depuis son mariage. Cependant, je la vois quelquefois le matin…

Cette bonne femme toute ronde et toute rose ne pouvait soupçonner la joie qu'elle versait dans le cœur de Maigret.

— Peut-être pour sortir son chien ?

— Elle a un chien ? Je ne l'ai jamais vu. Cela m'étonnerait qu'il y ait des chiens dans la maison du docteur.

— Pourquoi ?

— Je ne sais pas. Il me semble que ce n'est pas un homme à ça. Non ! Je suppose qu'elle va faire des courses. Elle porte le plus souvent un petit tailleur. Elle marche plutôt vite...

— Vers quelle heure passe-t-elle de la sorte ?

— Oh ! vous savez, ce n'est pas tous les jours. Je ne peux même pas dire que ce soit souvent... Si je la remarque, c'est que c'est presque toujours le moment où je fais l'étalage... Vers dix heures... Il arrive que je la voie rentrer...

— Beaucoup plus tard ?

— Peut-être une heure après ?... Je ne voudrais pas le jurer... Vous savez, il en passe tant...

— Vous la voyez ainsi plusieurs fois par mois ?

— Je ne sais pas... J'ai peur de vous tromper... Mettons une fois par semaine, par exemple ?... Parfois deux ?...

— *Je vous remercie...*

Ces trois mots-là aussi, il les répétait à satiété depuis le matin, même à la mercière barbue qui l'avait remis à sa place.

Et, depuis la pâtisserie, il ne lâchait plus la piste. C'était quelquefois long. Il fallait de la patience pour réveiller la mémoire des gens.

— Dans quelle direction marche-t-elle ?

— Vers le bout du Remblai.

— Vers la jetée ou vers les pins ?

— Vers les pins.

Il y avait des vides. Si une rue débouchait à cet endroit-là, il était obligé d'y pousser une reconnaissance pour s'assurer que Mme Bellamy ne la prenait pas.

Les deux inspecteurs, Piéchaud et Boivert, qui avaient fait la grasse matinée, passèrent près de lui, frais et roses. Ils le virent entrer chez un coiffeur et durent penser qu'il allait se faire couper les cheveux. De loin, Maigret voyait nettement les fenêtres de la maison blanche. Pourquoi avait-il l'impression d'être surveillé ?

On était vendredi. C'était le jour des consultations du docteur : de dix heures à midi, il aurait dû se trouver dans le pavillon du fond du jardin.

Rien ne l'empêchait pourtant de laisser ses malades en plan ou de les expédier en vitesse pour venir se poster derrière les persiennes de la bibliothèque. Aux jumelles, il était bien placé pour suivre les allées et venues du commissaire.

Le faisait-il ?

— Ou bien je me trompe, ou bien...

La même phrase bourdonnait sous le crâne de Maigret depuis la veille au soir et il gardait toujours conscience d'un danger, pas encore tant pour lui – pas tout de suite – que pour une autre personne qu'il ne connaissait pas. C'est au point que, le matin, il avait téléphoné non sans anxiété au commissaire Mansuy.

— Ici, Maigret… Dites-moi, vous n'avez rien à me signaler ?… Pas de mort violente ?… Pas de disparition ?…

Mansuy avait cru qu'il plaisantait.

— Je voudrais vous demander un service personnel. Vous connaissez les administrations locales mieux que moi…

Chaque fois qu'il téléphonait ainsi de l'*Hôtel Bel Air*, il pouvait être sûr que M. Léonard n'était pas loin, à le guetter comme un chien fidèle.

— Émile Duffieux avait l'habitude de passer chaque matin à votre commissariat, puis à la mairie et enfin à la sous-préfecture, pour récolter les informations… Comment ? C'est votre secrétaire qu'il voyait ?… Peu importe… Essayez de bien comprendre ma question… En principe, il aurait dû se trouver chez vous vers dix heures et quart, dix heures et demie au plus tard. Cela vous permet de calculer à quelle heure il arrivait, toujours en principe, à la mairie et à la sous-préfecture…

— Je peux vous renseigner tout de suite…

— Attendez… Vous n'avez pas compris… J'ai dit et je répète *en principe*… Ce que j'ai besoin de savoir, c'est si ses heures étaient régulières… Si par exemple, de temps en temps, à jour fixe ou non, il ne lui arrivait pas de faire sa tournée beaucoup plus tard…

— Compris…

— Je vous téléphonerai ou j'irai vous voir tout à l'heure pour avoir la réponse.

— Vous avez du nouveau ?

— Rien.

On ne pouvait pas appeler du nouveau le coup de téléphone que Maigret avait reçu de Janvier tard dans la soirée. Émile Duffieux ne s'était pas encore présenté à la poste restante. Il y avait trois lettres pour lui, toutes trois portant le cachet des Sables. Deux de ces lettres étaient de la même écriture.

— Une écriture de jeune fille, précisait Janvier. Je dois les prendre et vous les envoyer ?

— Laissez-les à la poste jusqu'à nouvel ordre.

— Il y a aussi un télégramme.

— Je sais. Merci.

Le télégramme qui annonçait au jeune homme la mort de sa sœur.

Au moment de raccrocher, Maigret avait failli charger l'inspecteur d'une autre mission mais, celle-ci, il lui semblait qu'il était seul à pouvoir la réussir. Or il ne pouvait être aux Sables et à Paris. Avait-il raison de choisir Les Sables, de choisir cette tâche obscure et minutieuse à laquelle il se livrait depuis son réveil ?

— Odette Bellamy ?... Mais oui, commissaire...

Le maroquinier en était encore un qui le connaissait et qui le traitait avec la familiarité que les enthousiastes réservent aux vedettes de cinéma.

— Germaine... appelait-il à la cantonade. C'est le commissaire Maigret...

Le couple était jeune, sympathique.

— Vous êtes sur une piste ?... C'est vrai, ce qu'on raconte ?

— Encore faudrait-il que je sache ce qu'on raconte.

— Que vous voulez arrêter un personnage important de la ville et que le juge vous en empêche…

Ainsi, un tout petit fond de vérité se glissait-il dans les rumeurs les plus absurdes.

— C'est faux, madame, rassurez-vous. Je ne veux arrêter personne.

— Pas même l'assassin de la petite Duffieux ?

— Mes collègues s'en occupent. Je désire seulement vous poser une question. Vous connaissez la femme du docteur Bellamy ?

— Je connais très bien Odette.

— Vous êtes amies ?

— Nous l'étions surtout avant son mariage. Depuis, on la voit peu…

— Justement, je voudrais savoir si, de temps en temps, vous ne la voyez pas passer sur le Remblai.

— Assez souvent…

— Qu'est-ce que vous appelez assez souvent ?

— Je ne sais pas, moi… Une fois, deux fois par semaine ?… Il m'arrive de lui parler, quand je suis sur le seuil…

— Et vous savez où elle se rend de la sorte ?

La petite dame était ahurie, comme une personne qui s'est attendue à une épreuve difficile et à qui on pose la question la plus banale.

— Bien sûr !

— Loin d'ici ?

— Juste à côté… Dans la maison voisine…

— Vous savez ce qu'elle va y faire ?

— Il n'y a aucune peine à deviner… On voit que vous n'êtes pas une femme, commissaire… Au premier étage de la maison d'à côté, il y a un commerce

de couture et de lingerie tenu par une autre de mes
amies, Olga… Olga habille toutes les femmes un peu
élégantes des Sables, sauf celles qui s'adressent à
Nantes ou à Paris… Mais, même celles-là ont toujours
des petites choses, ne serait-ce que du linge, à se faire
faire…

— Vous êtes sûre qu'Odette Bellamy ne va pas
plus loin ?

— Je l'ai vue entrer maintes fois à côté… Olga
vous le dira…

— *Je vous remercie…*

Il était vexé. Son raisonnement était juste, puisque
la jeune femme sortait en effet seule une fois ou deux
par semaine, mais il avait été incapable de le pousser
jusqu'au bout.

S'il avait été père de famille, comme lui avait dit un
agent du commissariat, il aurait pensé, certaine nuit, à
l'institutrice.

S'il avait été femme, il aurait tout de suite pensé à la
couturière.

— Vous permettez que je me serve de votre téléphone ?

Pour appeler Mansuy.

— Je crois que vous avez raison, monsieur le
commissaire. Je me demande comment vous avez pu
deviner… D'habitude, le jeune Duffieux avait des
heures très régulières… il arrivait à cinq minutes près
à chacun des endroits que vous m'avez cités… Or, de
temps en temps, il se présentait, non pas en retard,
mais près de deux heures plus tard… J'ai essayé de
savoir si c'était à jour fixe ; malheureusement, aucun
de ces messieurs n'a pu être affirmatif…

— *Je vous remercie...*

C'était devenu une rengaine. Il remerciait à longueur de journée. Il remerciait encore le couple,
pénétrait dans la maison voisine, une belle maison de
plusieurs étages au vaste escalier clair, aux larges
portes en chêne ciré.

Au premier, à gauche, il lut sur le cuivre d'une
plaque :

OLGA
Haute couture – Frivolités – Lingerie

Avant d'entrer, machinalement, il vida sa pipe en la
frappant contre son talon. Une petite personne toute
ébouriffée se précipita au-devant de lui.

— Vous désirez, monsieur ?

— Parler à Mme Olga.

— De la part de qui ?

— De la part de personne.

— Je vais voir si Mademoiselle est là.

Elle n'eut pas à aller loin, juste à franchir une tenture derrière laquelle elle se mit à chuchoter. Puis une
grande femme maigre fit son entrée dans le salon
d'attente gris perle où Maigret restait debout.

— Monsieur ?

— Maigret... Peu importe... Mademoiselle Olga ?

— Oui.

Elle avait une démarche nette, un visage aux grands
traits coupants. Elle était fort bien habillée, d'un tailleur léger qui lui donnait des allures de femme
d'affaires.

— Si vous voulez me suivre dans mon bureau...

C'était tout petit, avec des odeurs d'origan et de tabac blond. Elle lui tendait des cigarettes et il faillit en prendre une sans s'en apercevoir.

— Vous avez, je crois, pour cliente, la femme du docteur Bellamy ?

— C'est exact. Odette est même plus qu'une cliente. C'est une amie.

— Je sais.

— Ah !

— Elle vient vous voir souvent, en moyenne une fois ou deux par semaine ?

— C'est possible. Mais pourrais-je savoir… ?

— C'est moi qui questionne, si vous le permettez. Le docteur Bellamy ne vous a pas téléphoné ce matin ?

— Non. Pourquoi ?

— Ni hier ?

— Ni hier.

— Il n'est pas venu vous voir ?

— Il ne met jamais les pieds ici.

— Vous ne l'avez pas aperçu dans la rue ? Excusez-moi d'insister. C'est extrêmement important.

— Non… Je ne vois pas…

— Vous habitez cet appartement ?

— Pas à proprement parler… J'ai deux appartements qui communiquent… Celui-ci comporte uniquement les salons et l'atelier… L'autre, plus petit, qui donne sur le derrière de la maison, me sert de logement…

— Peut-on y entrer sans passer par le Remblai ?

— Comme les maisons voisines, celle-ci a deux entrées, une sur le Remblai, l'autre dans la rue du Minage.

— Écoutez, mademoiselle Olga…

— Je ne fais que ça et vous répondre depuis un bon moment, il me semble ?

Elle ne perdait pas son sang-froid, fumait sa cigarette en le regardant bien en face.

— Je vous cherche depuis hier après-midi.

Elle sourit.

— Vous voyez qu'il n'est pas difficile de me trouver.

— J'ai besoin que vous me répondiez franchement. Assurez-vous qu'on ne peut pas nous entendre.

Il était si catégorique qu'elle obéit, souleva une tenture, alla donner quelques ordres pour éloigner plus sûrement son personnel.

— Votre amie Odette ne venait pas seulement chez vous pour voir sa couturière.

— Vous croyez ?

Sa lèvre s'était mise à trembler légèrement.

— Le temps presse, je vous assure ; ce n'est pas le moment de jouer au plus fin. Vous savez sans doute qui je suis ?

— Non, mais je suppose que vous appartenez à la police.

— Commissaire Maigret…

— Enchantée.

— Je suis ici en vacances. On ne m'a chargé d'aucune enquête. Deux catastrophes au moins se sont produites en quelques jours sans que je sois à même de les éviter. Si chacun avait été franc avec moi, j'aurais cependant pu empêcher la seconde.

— Je ne vois pas ce que…

— Si.

Un flot de sang envahit les joues de la jeune fille.

— Je n'étais pas sûr de vous trouver vivante ce matin. La petite Duffieux, qui en savait moins que vous, est morte l'autre nuit.

— Vous croyez qu'il y a un rapport ?

Elle cédait. Elle commençait à céder. Le plus gros du travail était fait. Elle s'était à peine rendu compte de ce qui lui arrivait, et maintenant elle ne pouvait plus reculer.

— Émile entrait par la rue du Minage ?

Une dernière fois, elle ouvrit la bouche, pour mentir ou protester, mais il y avait une telle volonté dans cette grosse tête d'homme qui s'avançait vers elle qu'elle balbutia :

— Oui…

— Je suppose que votre amie Odette ne s'attardait pas dans les salons, mais qu'elle entrait directement chez vous ?

— Comment pouvez-vous le savoir ?

— Où est-elle en ce moment ?

— Vous devez le savoir aussi.

— Répondez-moi.

— Mais… Je suppose qu'elle est à Paris…

Maigret, machinalement, tira sa pipe de sa poche, en plongea le fourneau dans sa blague à tabac.

— Non, prononça-t-il d'une voix dure.

— Alors, c'est qu'il n'est pas parti non plus ?

— Il n'est plus aux Sables.

— Et vous avez la certitude qu'Odette s'y trouve toujours ? Vous l'avez vue ?

— Je ne l'ai pas vue de mes yeux, mais le docteur Bourgeois, qui la soigne, l'a vue il y a trois jours encore.

— Je ne comprends plus.

— Cela n'a pas d'importance.

— Et son mari ?

— Justement !

— Vous voulez dire qu'il sait ?

— C'est plus que probable.

— Mais alors… alors…

Elle se dressait, affolée, se mettait à marcher de long en large dans le petit bureau.

— Vous ne savez pas ce que cela signifie…

— Si.

— Il est capable de tout… Vous ne le connaissez pas comme je le connais… Vous ne savez pas de quelle façon il l'aime… Vous l'avez vu… Il a l'air d'un homme froid… Cela ne l'empêche pas de se traîner parfois aux pieds d'Odette en sanglotant comme un enfant… S'il l'avait pu, il l'aurait enfermée afin qu'aucun regard d'homme ne pût la frôler…

— Je sais.

— Odette a toujours eu de l'affection, de la reconnaissance pour lui… Pourtant, elle n'était pas heureuse… Bien des fois, elle a songé à partir et si elle est restée, c'est par crainte de le désespérer… .

— Elle a quand même fini par se décider, grommela Maigret.

— Parce qu'elle a aimé à son tour… Un homme ne peut pas comprendre ces choses-là… Sans doute n'avez-vous pas connu Émile… Si vous l'aviez vu… Si vous aviez vu ses yeux, le tremblement de ses mains… Si vous aviez senti l'ardeur qui…

Elle s'arrêta net, gênée.

— Je vous demande pardon, prononça-t-elle avec calme. Ce n'est pas cela que vous vouliez savoir.

— Au contraire.

— Eh bien ! ils s'aiment, voilà tout.

— Voilà tout, comme vous dites ! Et Odette vous a demandé de faciliter ses rencontres avec son jeune amant.

— Je ne l'aurais fait pour personne d'autre.

— Je vous crois sans peine.

— Je risquais gros.

— Oui.

— Si un scandale avait éclaté…

— Et il va éclater.

— Que me voulez-vous donc ? Pourquoi vous ingéniez-vous à m'effrayer ?

— Je suis plus effrayé que vous. Je cherche à tout comprendre, justement pour éviter un nouveau malheur.

— Vous êtes sûr qu'Odette n'est pas partie ?

— Oui.

— Je ne peux pas croire qu'il soit parti sans elle.

— Moi non plus.

Elle le regarda, les yeux fixes.

— Mais alors ?

— On ne l'a pas revu aux Sables depuis le soir fixé pour leur fuite. On ne l'a pas vu à la gare non plus. Dites-moi où ils avaient rendez-vous ?

— Dans la petite rue derrière la maison du docteur…

— À quelle heure ?

— Vers neuf heures et demie.

— C'est l'heure à laquelle Bellamy se tient habi-
tuellement dans la bibliothèque, à proximité de la
chambre de sa femme.

— Il y avait ce soir-là un dîner à la Préfecture et il
avait promis de s'y rendre.

— Vous êtes sûre que, depuis, Odette ne vous a
pas téléphoné, ni donné le moindre signe de vie ?

— Je vous le jure, commissaire. Vous conviendrez
que je vous ai parlé franchement…

— Savez-vous où votre amie et Émile ont fait
connaissance ?

Elle manifesta à nouveau de la gêne.

— Je me demande si je devrais vous le dire. Vous
ne comprendrez pas. C'est tellement enfantin !…

— J'ai été enfant, moi aussi.

— Et il vous est arrivé, pendant des semaines, de
guetter une femme et de la suivre dans la rue ?…
C'est ce qu'il a fait… Justement quand elle sortait
pour venir me voir… C'était à l'automne… Elle avait
toute sa garde-robe d'hiver à remonter… Elle venait
plus souvent… Elle choisissait le moment où son mari
était à sa consultation, pour se sentir libre, encore
qu'à ce moment-là elle ne faisait rien de mal… Émile
la suivait… Vous voyez comme c'est simple…

— Je suppose qu'il a commencé par lui écrire ?

— Oui. Elle est restée plus de deux mois sans lui
répondre. Quand elle l'a fait, c'était pour lui
ordonner de la laisser en paix.

— Je connais ça.

— Cela paraît ridicule quand cela arrive aux autres…

Cela ne lui avait pas paru ridicule, à elle. Bien au contraire, elle semblait avoir vécu passionnément l'aventure de son amie.

— C'est à la suite de cette lettre qu'il a eu l'audace, un matin, de monter jusqu'ici… « Il faut absolument que je vous parle… »

» Odette ne savait que faire… Je ne pouvais pas les laisser dans le salon… Je les ai poussés dans mon bureau…

» Après, ils ont continué à s'écrire…

— Par votre intermédiaire, je suppose ?

— Oui. Puis…

— Je comprends.

— C'était très pur, je vous jure.

— Mais oui !

— La preuve, c'est qu'Odette n'a pas hésité à tout quitter. À Paris, elle aurait été obligée de travailler, car il n'avait trouvé qu'une situation médiocre. Quand je lui ai demandé si elle emportait ses robes et ses bijoux, elle m'a répondu :

» — Rien, je veux une vie toute neuve…

— Et Bellamy ?

— Que voulez-vous dire ?

— Il ne se doutait de rien ? Vous ne l'avez jamais vu rôder autour de chez vous ? Une question : votre amie gardait-elle les lettres de son amant ?

— Sûrement.

Elle comprit ce qu'il voulait dire.

— Autre chose : vous avez la certitude que personne, en dehors de vous, n'est au courant ?

Il comprit, à son malaise, que quelque chose clochait.

— Je me demande comment, hier, je n'y ai pas pensé, dit-elle à mi-voix, en réfléchissant. Au début du printemps, Émile a été retenu pendant une semaine au lit par une angine. Les lettres ont continué à être déposées dans ma boîte. Il faut dire qu'il ne les envoyait jamais par la poste, par prudence. Une fois que j'ouvrais la porte de bonne heure, j'ai aperçu une gamine qui s'éloignait en courant...

— Lucile ?

— C'était sa sœur, oui.

— Vous croyez qu'il l'avait avertie de son départ ?

— C'est possible. Je ne sais pas. Je ne sais plus. Tout cela paraissait si simple, si facile, si innocent...

— Voyez-vous, mademoiselle, il y a un homme qui, depuis quelques jours, se livre au même travail que moi, avec l'avantage sur moi d'en savoir beaucoup plus long. Or, ce matin, je suis arrivé jusqu'ici...

— Comment ?

— En allant de porte en porte. Parce que je partais d'Odette et d'Émile. Parce qu'il fallait bien qu'ils se rencontrent quelque part. Et que je n'ai pas eu, comme n'importe quelle femme l'aurait eue à ma place, l'idée de la couturière. Qui payait les factures de Mme Bellamy ?

— Son mari m'envoyait un chèque en fin d'année.

— Il sait que vous étiez amies d'enfance ?

— Sûrement, car Odette et moi étions sans cesse ensemble quand il est tombé amoureux d'elle.

— Elle l'a aimé ?

— Je crois.

— Un amour tiède, n'est-ce pas, où la grande maison, les bijoux, les robes et l'auto comptaient pour beaucoup ?

— C'est probable. Odette a toujours eu peur de finir comme sa mère. Qu'est-ce que je vais faire à présent ? Qu'est-ce que vous allez faire ?

La sonnerie du téléphone retentit.

— Vous permettez ?

Dès qu'elle eut l'écouteur à l'oreille, elle pâlit, adressa des signes à Maigret.

— Oui, docteur... Allô, docteur, je ne vous entends pas bien... Ici, Olga, oui... Comment ?... Voulez-vous répéter le nom ?... Maigret ?...

Elle quêtait du regard un conseil du commissaire et celui-ci faisait de grands gestes affirmatifs.

— Vous voulez savoir s'il est venu me voir ?

Du doigt, le commissaire montra la pièce et elle ne fut pas sûre de bien comprendre, elle répondit à tout hasard :

— Il est ici en ce moment... Non... Il n'y a pas très longtemps... Attendez... Je crois qu'il veut vous parler...

Maigret saisit le récepteur.

— Allô !... C'est vous, docteur ?

Silence à l'autre bout du fil.

— J'allais justement vous téléphoner pour vous demander une entrevue... N'oubliez pas que vous m'avez dit que vous seriez toujours à ma disposition... Allô !...

— J'écoute, oui.

— Vous êtes chez vous en ce moment ?

— Oui.

— Si vous le permettez, j'y serai dans quelques minutes… Le temps de parcourir le Remblai dans la moitié de sa longueur… Allô !…

Silence, à nouveau.

— Vous m'entendez, docteur ?

— Oui.

— C'est un homme qui vous parle… Allô !… Je vous conjure, je vous supplie, je vous ordonne de ne rien faire avant mon arrivée… Allô !…

— Oui…

— Vous promettez ?

Silence.

— Allô !… Allô ! mademoiselle… Ne coupez pas… Comment ?… On a raccroché ?…

Il se précipita sur son chapeau, sur la porte, descendit l'escalier quatre à quatre. Presque en face du seuil, il vit la voiture découverte du maroquinier d'à côté et celui-ci, le chapeau sur la tête, sortait de son magasin, disait quelques mots à sa femme.

— Conduisez-moi jusque chez le docteur Bellamy, voulez-vous ?

— Avec plaisir.

Il n'y avait que trois cents mètres à parcourir et il sembla à Maigret que, pendant le peu de temps qu'on mit à les franchir, il ne respirait plus. Son compagnon le regardait avec surprise, si impressionné qu'il n'osait pas lui poser de questions.

Un coup de freins.

— Je vous attends ?

— Merci… Non…

Il sonnait. Il pressait longtemps le timbre électrique. Il entendait à travers la porte une voix de
femme, celle de Mme Bellamy mère, qui disait :

— Francis, allez voir qui est ce malotru…

Francis ouvrait, stupéfait de se trouver en face d'un
Maigret si agité.

— Il est là-haut ?

— Dans la bibliothèque, oui… En tout cas, il y
était voilà un quart d'heure…

Mme Bellamy mère, sa canne à la main, s'encadrait
dans la porte du salon, mais il ne prit pas la peine de
la saluer. Il s'élançait dans l'escalier. Un instant, il
s'arrêtait devant la chambre d'Odette. Il entendit du
bruit dans le couloir. Peut-être, sans cela, aurait-il
essayé d'ouvrir la porte ?

Philippe Bellamy l'attendait, debout, rigide comme
sur un portrait, avec derrière lui le fond des riches
reliures de la bibliothèque.

— De quoi avez-vous peur ? articula-t-il, comme
Maigret reprenait son souffle.

Une froide ironie retroussait un coin de ses lèvres.

Il s'effaçait, désignait la pièce où, la veille, ils
étaient trois à deviser, indiquait un fauteuil à son visiteur.

— Vous voyez que je vous ai attendu.

Pourquoi Maigret ne pouvait-il détacher le regard
de ses mains blanches, comme s'il eût cherché des
traces de sang ?

Ce regard-là, aussi, le docteur le comprit.

— Vous ne me croyez pas ?

Une hésitation. Un instant de réflexion. Bellamy devait être effroyablement tendu. Il se passa une main sur le front.

— Venez.

Il le précédait dans le corridor, tirait, en marchant, une petite clef de sa poche. Puis il s'arrêtait devant la porte de sa femme. Il se retournait, regardait Maigret. Peut-être hésitait-il encore ?

Enfin, il ouvrit, lentement, et l'on vit l'atmosphère dorée de la pièce dont les rideaux étaient fermés.

Dans un lit immense, capitonné de soie, des cheveux clairs étaient épars sur l'oreiller, un visage se dessinait en demi-profil, de longs cils, la courbe d'un nez aux narines frémissantes, la moue d'une lèvre qui s'avançait et, sur l'édredon doré, un bras nu, mollement déployé.

Debout contre le chambranle de la porte, Philippe Bellamy ne bougeait pas. Et, quand le commissaire tourna la tête vers lui, il s'aperçut que le docteur avait les yeux fermés.

— Elle vit ? questionna Maigret d'une voix feutrée.

— Elle vit.

— Elle dort ?

— Elle dort.

Bellamy parlait comme un somnambule, les yeux toujours clos, les mains crispées.

— C'est Bourgeois qui est venu la voir, ce matin, et qui lui a donné un calmant. Il faut qu'elle dorme.

Quand ils se taisaient, le souffle régulier de la jeune femme était sensible dans la chambre, aussi léger que le battement d'ailes d'un papillon de nuit.

Maigret fit un pas vers la porte, se retourna encore une fois vers la dormeuse.

La voix du docteur fit avec impatience :

— Venez.

Il referma soigneusement la porte, glissa la clef dans sa poche, se dirigea vers la bibliothèque.

9

Ils étaient à nouveau installés dans la bibliothèque, Bellamy à sa place habituelle, devant le bureau, Maigret dans un des fauteuils de cuir, et tous les deux gardaient le silence, un silence qui n'avait rien de gênant, d'hostile, qui apportait peut-être une sorte de détente.

C'est à ce moment-là, après avoir allumé sa pipe, que le commissaire remarqua qu'un changement s'était produit – depuis la veille ou depuis quelques minutes ? – chez son interlocuteur. Il donnait maintenant l'impression d'un homme en proie à une immense lassitude, mais qui se domine pour tenir jusqu'au bout. Un cerne mince, profond, soulignait ses paupières et sa peau était si blanche, si mate que les lèvres, par contraste, semblaient maquillées.

Il était conscient de l'examen que Maigret lui faisait subir sans le vouloir, mais il ne s'en préoccupait pas et, quand il sortit enfin de lui-même, ce fut pour tendre la main vers le bouton de sonnerie. Son regard, pour la première fois, avait paru quêter une autorisation. On ne peut pas parler de sourire. Pourtant, il y eut comme une éclaircie sur son visage, quelque chose de très vague, d'amer, une sorte d'ironie à l'égard du commissaire, avec un tout petit peu de tendresse pour lui-même.

Pensait-il, en pressant le bouton, que c'était peut-être la dernière fois qu'il agissait ainsi en homme libre et riche, dans un cadre qu'il avait si amoureusement aménagé ?

Ce fut comme un tic, ce jour-là, de se passer la main sur le front ; cela lui arriva deux fois rien qu'avant l'arrivée du valet de chambre.

— Whisky pour moi… dit-il. Et pour vous, monsieur Maigret ?

— Bien que ce ne soit pas l'heure, je boirai quelque chose de sec, de la fine ou de l'armagnac.

Le plateau une fois sur la table, les verres remplis, le docteur, qui avait une cigarette allumée à la main, dit rêveusement :

— Il y a plusieurs solutions…

Comme s'il ne s'agissait que d'un problème qu'ils avaient à résoudre ensemble.

— Il n'y en a jamais qu'une bonne, soupira Maigret en écho.

Et le commissaire se leva lourdement, s'approcha du téléphone posé sur le bureau.

— Vous permettez ?… Allô ! mademoiselle, vous me donnerez le 118 à La Roche-sur-Yon, s'il vous plaît ?… Vous dites ?… Il n'y a pas d'attente ? Allô !… Je voudrais parler au juge d'instruction Alain de Folletier… De la part du docteur Bellamy… Bellamy, oui…

» Allô !... C'est vous, monsieur le juge ?... Ici, Maigret... Comment dites-vous ?... Mais non... Je suis dans son bureau et je vous le passe tout de suite... Je crois qu'il a l'intention de vous demander de nous rejoindre au plus tôt...

Comme si cela eût été convenu d'avance, il passa le récepteur au médecin, qui le prit d'un air résigné. Un instant, leurs regards s'étaient croisés. Ils s'étaient compris.

— C'est moi, Alain... J'aimerais en effet que tu viennes me voir dès que tu le pourras... Tu dis ? Comme je te connais, si tu te mets à table, tu en as pour la moitié de l'après-midi... Tu ne pourrais pas, exceptionnellement, te contenter d'un sandwich et sauter dans ta voiture ?... Ta femme l'a prise pour aller à Fontenay ?... Dans ce cas, prends un taxi... Oui... Nous t'attendrons... C'est assez important...

Il raccrocha et le silence régna à nouveau dans la pièce, que la sonnerie du téléphone vint rompre un peu plus tard. Bellamy parut demander la permission de répondre, Maigret battit des paupières.

— Allô !... Oui, maman... Non... J'en ai encore pour un bon moment... Mais non... Je te demande de déjeuner seule... Je ne descendrai pas...

Quand il eut raccroché, il prononça :

— Avouez que vous n'avez aucune preuve.

— C'est exact.

Philippe Bellamy n'avait rien d'arrogant. Il ne défiait pas son compagnon. Il constatait, simplement, sans triompher. Ils étaient deux hommes à examiner posément les données d'un problème.

— Je ne sais pas comment vous allez vous y prendre avec Alain, mais je doute, dans l'état actuel de l'enquête, que vous obteniez un mandat d'arrêt. Pas seulement parce qu'il est mon ami. N'importe quel juge d'instruction hésiterait à prendre une telle responsabilité.

— Pourtant, dit Maigret, il faut que, moi, je la prenne. Vous ne pensez pas, docteur, qu'il y a assez de victimes comme ça ?

Bellamy baissa la tête, et c'était peut-être pour regarder ses mains.

— Oui, admit-il enfin. Je l'ai pensé avant votre arrivée. Depuis deux jours, je suis, pour ainsi dire heure par heure, le cheminement de votre pensée à travers vos démarches. Ce matin, j'ai compris avant vous le rôle d'Olga, puis je vous ai vu sur le Remblai, allant de porte en porte, et j'ai su que vous alliez aboutir à elle. J'avais de l'avance sur vous. J'aurais pu, pendant que vous continuiez à questionner les gens, sonner à la petite porte de derrière…

— Vous croyez que cela aurait suffi ?

— Remarquez que, même avec le témoignage d'Olga, vous ne possédez aucune charge contre moi. Des présomptions peut-être, sur lesquelles aucun jury ne condamnerait un homme dans ma position. Ce que je veux que vous compreniez, c'est que je peux encore tenir tête, jouer le jeu et que j'en sortirais probablement, sinon avec tous les honneurs, du moins en homme libre.

Son regard parut caresser le décor autour de lui et on y surprit une fois encore la même ironie.

— Seulement… commença-t-il.

— Seulement, l'interrompit Maigret, vous seriez obligé d'allonger la liste. Et vous commencez à en avoir assez, n'est-ce pas ? Même en vous pressant, vous n'arriveriez pas à temps. Il existe en effet une chose que vous avez oubliée, une personne. Pour tout le reste, vous avez agi seul. Un tout petit détail vous a forcé à demander l'aide de quelqu'un.

Sourcils froncés, le docteur cherchait, comme s'il s'agissait de résoudre une équation.

— La carte-vue… lui souffla le commissaire. La carte qu'il a bien fallu poster à Paris sans y être. Que demain j'aille là-bas, que je conduise votre belle-mère dans mon bureau du Quai des Orfèvres, que je l'interroge pendant quelques heures au besoin… Vous me comprenez ? Elle finira par parler…

— Peut-être.

— Et tenez, je vous l'avoue franchement, c'est un des traits qui m'ont le plus surpris. Comment se fait-il que vous avez eu sous la main une carte-vue de Paris ? Je suis passé à la librairie sans en trouver.

Le docteur haussa les épaules, se leva, alla prendre quelque chose dans un tiroir.

— Comme vous le voyez, je ne me suis pas donné la peine de détruire les autres. J'ai dû acheter ça un jour à un mendiant ou à un colporteur. Il y a des années que c'est dans ce tiroir.

Il avait tendu à Maigret une enveloppe qui contenait une vingtaine de cartes-vues très vulgaires et sur laquelle on lisait : « Les grandes villes de France ».

— Je ne vous aurais pas cru capable non plus d'imiter aussi parfaitement une écriture.

— Je ne l'ai pas imitée.

Maigret dressa vivement la tête, étonné, admiratif.

— Vous voulez dire ?

— Qu'il a écrit lui-même.

— Sous votre dictée ?

Le docteur haussa les épaules, avec l'air de dire que c'était trop facile. Presque en même temps il tendait l'oreille, faisant signe à Maigret de ne pas bouger. Puis, sur la pointe des pieds il se dirigeait non vers la porte donnant sur le corridor, mais vers celle de la pièce voisine, et il l'ouvrait brusquement.

La femme de chambre était là, confuse. Bellamy feignit de croire qu'elle arrivait à ce moment précis.

— Vous avez quelque chose à me dire, Jeanne ?

Maigret la voyait enfin. C'était une fille maigre, sans poitrine et sans hanches, au visage ingrat, aux traits irréguliers, aux dents malsaines.

— Je vous croyais à table et je venais pour faire le ménage.

— Je préférerais, Jeanne, que vous alliez faire le ménage de mon cabinet de consultation. Voici la clef.

La porte refermée, il soupira :

— Celle-là, je n'aurais pas eu besoin de la tuer. Vous avez compris ? Je ne sais ce qu'elle pense. J'ignore jusqu'à quel point elle a deviné.

» Mais, aurais-je assassiné la moitié de la ville, serais-je le pire des monstres, que vous ne lui arracheriez pas un mot.

Un moment s'écoula, puis le docteur soupira :

— Celle-là m'aime...

Humblement, mais farouchement, sans espoir, en dépit de l'autre amour auquel elle réchauffait le sien.

Elle l'aimait et c'était encore une manifestation de son amour d'entourer Odette Bellamy de soins jaloux.

Est-ce que le docteur continuait à suivre pas à pas la pensée du commissaire ? Toujours est-il qu'après avoir allumé une nouvelle cigarette et bu une gorgée de whisky il secoua la tête.

— Vous vous trompez. Ce n'est pas elle…

Il prit un temps avant d'ajouter avec une sourde mélancolie :

— C'est ma mère ! Et celle-là m'aime aussi, du moins je le suppose, puisqu'elle est aussi jalouse de moi que j'ai jamais été jaloux de ma femme. Vous vous demandez, n'est-ce pas, comment j'ai su ?

» C'est simple et bête à la fois. Dans le boudoir de ma femme, il y a un petit bureau Louis XV en bois de rose. Sur le bureau, se trouvent une écritoire et un buvard. Or personne n'a davantage horreur d'écrire qu'Odette. Je la plaisantais souvent là-dessus et c'était moi qui étais obligé d'écrire à nos rares amis pour accepter ou refuser une invitation.

» Or, un matin que ma femme était dans le jardin, maman m'a montré le buvard. « Il semble qu'Odette ait changé ses habitudes », a-t-elle dit simplement.

» Car le buvard était couvert de traces d'encre, comme si on y avait séché un grand nombre de lettres.

» C'est simple et bête, vous le voyez. On pense à tout, sauf à des détails de ce genre.

» Cela me paraît très loin à présent, alors qu'il n'y a pas deux semaines que c'est arrivé.

— Vous avez découvert les lettres ?

— À la place où toutes les femmes les cachent : sous son linge.

— Émile y parlait du départ ?

— La dernière lettre donnait tous les détails.

Il parlait d'une voix sèche, un peu courte.

— C'était l'avant-veille…

— Et vous n'avez rien dit ?

— Je n'ai rien laissé voir.

— Vous deviez, n'est-ce pas, vous rendre à un dîner à la sous-préfecture ?

— Un dîner d'hommes, oui. En smoking.

— Vous y êtes allé ?

— J'y ai fait acte de présence.

— Après avoir mis votre femme hors d'état de sortir ?

— C'est exact. Sous prétexte qu'elle paraissait nerveuse – ce qui était vrai – je lui ai administré une drogue qui était en réalité un puissant soporifique. Puis je l'ai couchée et je l'ai enfermée dans sa chambre.

— Vous êtes allé au rendez-vous ?

— À l'heure dite, j'étais rentré. Je n'ai eu qu'à ouvrir la porte que vous connaissez, celle de la salle d'attente, qui donne sur la ruelle. Il y avait une silhouette contre le mur. Le gamin a tressailli. J'ai cru un moment qu'il s'enfuirait à toutes jambes et que je serais obligé de le poursuivre.

— Vous l'avez fait monter dans votre cabinet de consultation ?

— Oui. Je crois que je lui ai dit : « Voulez-vous entrer un moment ? Ma femme ne se sent pas bien et ne pourra pas vous suivre aujourd'hui. »

Maigret imaginait les deux hommes dans l'obscu-rité de la ruelle, Émile, une valise à la main, ses deux billets pour Paris dans sa poche, tremblant de tous ses membres.

— Pourquoi l'avez-vous fait monter ?

Le docteur le regarda avec étonnement, comme si Maigret n'eût pas été égal à lui-même en posant cette question.

— Je ne pouvais pas faire ça dans la rue.

— Vous aviez déjà décidé…

Un battement de paupières.

— C'est très simple, vous savez. Et tellement plus facile qu'on ne croit !

— Vous n'avez eu aucune pitié ?

— Je n'y ai pas pensé. Maintenant encore, ce mot me choque.

— Pourtant, il l'aimait.

— Non.

Et le docteur, frémissant, braqua un regard dur sur les yeux du commissaire.

— Si vous dites cela, c'est que vous n'y connaissez rien. Il était amoureux, je veux bien l'admettre. Mais pas amoureux d'elle, comprenez-vous ? Il ne la connaissait même pas ! Il ne pouvait pas l'aimer !

» Est-ce qu'il l'avait vue, lui, malade ou laide, est-ce qu'il l'avait vue faible et geignante ? Est-ce qu'il ché-rissait ses défauts, ses petites lâchetés ?

» Il ne la connaissait pas.

» Ce qu'il aimait, c'était la femme. Une autre aurait pu jouer le même rôle.

» Savez-vous ce qui le séduisait le plus ? C'était mon nom, c'était ma maison, un certain luxe, une

certaine réputation. C'était les robes qu'elle portait et
le mystère qui l'entourait…

» Je vais plus loin, Maigret…

Pour la première fois, il employait ce Maigret familier.

— Je suis sûr, voyez-vous, de ne pas me tromper.
Sans moi, sans mon amour, il ne l'aurait pas aimée.

— Vous lui avez parlé longtemps ?

— Oui. Dans la situation où il était, n'est-ce pas ?
il ne pouvait pas refuser de me répondre.

Maintenant, il détournait la tête, un peu honteux.

— J'avais besoin de savoir, avoua-t-il à voix basse.
Tous les détails, vous comprenez ?… Tous les sales
petits détails…

Là-haut, dans le cabinet de consultation aux vitres
dépolies.

— J'avais besoin…

Une sorte de pudeur fit que Maigret l'empêcha
d'aller plus avant.

— Quand avez-vous entendu du bruit ? questionna-t-il.

Et l'autre se redressa, échappant à son cauchemar.

— Vous savez ça aussi, évidemment. Je l'ai deviné
hier, quand vous avez tenu à visiter mon cabinet et
surtout quand vous avez ouvert les fenêtres.

— Il n'y avait que cette explication-là. Il fallait
qu'elle *eût vu* quelque chose.

— Contrairement à ce que je vous ai affirmé le premier jour, ma belle-sœur m'aimait. Était-ce bien de
l'amour ? Je me demande parfois si ce n'était pas une
sorte de rage à l'endroit de sa sœur…

Il laissait flotter sa pensée, qu'il essayait ensuite d'exprimer.

— Ma mère... Jeanne... Lili... C'est un peu comme si les femmes ne pouvaient supporter le spectacle d'une certaine sorte, d'une certaine qualité, d'une certaine intensité d'amour. J'ai été longtemps célibataire. Les femmes de mes amis ne me remarquaient pas particulièrement. Lorsque j'ai eu Odette, il y en a peu qui ne se soient montrées intriguées, puis irritées, puis provocantes. Je n'ai jamais encouragé ma belle-sœur. J'ai feint de ne m'apercevoir de rien. Je préfère ne pas entrer dans les détails, mais j'ai pu constater qu'il y avait en elle quelque chose de violemment sexuel.

— Elle vous surveillait ?

— Elle a dû être intriguée en voyant de la lumière dans mon bureau. Sans doute a-t-elle cru que je recevais une femme ? Elle en aurait été soulagée, je crois. Cela aurait raffermi ses espoirs. Je ne sais comment vous dire : cela lui aurait donné, dans son esprit, des droits sur moi.

» J'ai ouvert la porte, comme je l'ai fait tout à l'heure pour Jeanne. J'ai tellement l'habitude, depuis mon enfance, d'entendre des frôlements derrière les portes !...

» Je lui ai dit n'importe quoi, que j'étais avec un client, que je la priais de rentrer à la maison.

— Elle a vu votre interlocuteur ?

— Je ne sais pas. Peut-être. Cela n'a pas d'importance.

— Et vous êtes resté longtemps encore avec lui ?

— Environ un quart d'heure. Il me demandait pardon, me promettait de ne pas chercher à revoir Odette. Il a parlé de se tuer…

— Et vous l'avez fait écrire ?

— Oui.

— Sous quel prétexte ?

Un peu d'étonnement, comme un reproche aussi, dans le regard de Bellamy, qui s'irritait de ne pas trouver chez son interlocuteur une compréhension plus complète.

— Il n'y avait pas besoin de prétexte. Je crois qu'au début il ne savait même pas ce qu'il écrivait.

— Vous aviez apporté la carte postale avec vous ?

— Oui.

— Et vous étiez toujours en smoking ?

— Oui.

— À quel moment avez-vous…

— Juste quand il a eu fini d'écrire. J'ai pris la carte et l'ai mise à l'abri.

À l'abri du sang !

— Je l'avais fait asseoir à ma place. Il tenait encore le porte-plume à la main. J'étais debout derrière lui et, depuis un bon moment, je jouais avec le coupe-papier à manche d'argent. C'est très simple, monsieur Maigret. Il ne pouvait pas vivre, n'est-ce pas ? surtout après les confidences que je lui avais arrachées.

C'est à peine si, maintenant, ses lèvres frémissaient, mais le commissaire ne s'y trompait plus.

— Il est tombé sur le parquet. J'avais tout prévu. J'avais le temps. Une fois de plus, j'ai entendu du bruit derrière la porte. Je n'ai fait que l'entrouvrir. Ma belle-sœur n'a pu voir que les pieds. « Qu'est-ce qui arrive ? » s'est-elle écriée. — « Je t'ordonne de rentrer à la maison. Mon client a eu une syncope, voilà tout. »

» J'ignore si elle m'a cru. Elle n'a pas dû me croire tout à fait. Mon explication était cependant plausible.

» Et vous voyez que j'avais raison, au début, de vous dire que vous n'aviez aucune charge contre moi. Je vous défie de retrouver le corps.

— On finit toujours par les retrouver, soupira Maigret.

— J'ai passé une partie de la nuit à le faire disparaître et à effacer toutes les traces. Je suis sorti pour poster la lettre que je savais trouver dans sa poche, la lettre à ses parents. Il en avait une aussi pour ses patrons...

— Et pour envoyer la carte-vue à votre belle-mère.

— C'est exact.

— Quelle a été la réaction de votre femme, le lendemain, quand elle est sortie de son sommeil artificiel ?

— Je ne lui ai rien dit. Elle n'a rien osé me demander.

— À l'heure qu'il est, il n'a encore été question de rien entre vous ?

— Non.

— Et vous êtes allé la voir chaque jour ?

— Oui.

— Et vous ne vous êtes pas trahi ?

— Non. Elle était très lasse, très déprimée. Je lui ai ordonné de garder le lit.

— Vous vous êtes rendu au récital avec votre belle-sœur ?

— Je n'ai rien changé à nos habitudes.

— Qu'est-ce que vous comptiez faire ?

Un geste vague.

— Je ne sais pas.

— Quand Lili a-t-elle découvert le couteau ?

— C'est donc elle ! s'exclama Bellamy. Je me demandais, depuis le début, ce qui vous avait mis sur la piste. Je savais que vous aviez votre femme à la clinique où Lili est morte.

— Il lui est arrivé de parler, dans son délire.

— Et elle a parlé du couteau ?

— Du couteau d'argent.

— Elle m'accusait ?

Il en était surpris, choqué.

— Elle vous défendait, au contraire. Elle criait à la religieuse qu'on ne devait pas vous arrêter, que c'était votre femme qui était un monstre.

— Ah !

— Elle a aussi prononcé des mots que les bonnes sœurs ont refusé de me répéter, des mots orduriers, paraît-il.

— Cela confirme ce que je vous ai confié.

Et, curieux malgré tout :

— C'est Sœur Marie des Anges qui vous a alerté ?

— Oui. J'ai compris que, dans l'auto qui vous ramenait tous les deux, votre belle-sœur avait découvert un indice, sans doute le couteau.

— C'est exact.

Il était étrange de le voir ainsi examiner son cas avec lucidité, comme un problème qui ne le concernait pas, et cependant Maigret était loin de s'y tromper, il le sentait attentif aux moindres bruits de la maison, on aurait dit qu'il comptait les minutes pendant lesquelles il avait encore le droit de se comporter en homme comme les autres.

— Voyez à quel point un sentiment ridicule peut acquérir d'importance. J'avais détruit toutes les traces. Il ne restait rien, pas le moindre indice contre moi. Rien que ce couteau, que j'avais nettoyé et remis à sa place sur mon bureau. Pourquoi ? Parce que j'en avais l'habitude, parce que j'aimais la forme de son manche. Peut-être aussi parce que je l'avais toujours vu là et que je le maniais machinalement pendant mes consultations.

» Le lendemain matin, je l'ai revu à la même place et j'ai froncé les sourcils, car il me rappelait un geste trop précis.

» Je me souviens l'avoir entouré d'un mouchoir et l'avoir mis dans ma poche. Un peu plus tard, je prenais ma voiture. Le couteau me gênait et je l'ai fourré dans le petit casier qui se trouve à droite du tableau de bord.

» Je n'y pensais plus quand, en revenant de La Roche, Lili a ouvert ce casier pour y prendre des allumettes.

» Elle a saisi le mouchoir, l'a déroulé.

» Je la revois, le couteau à la main, me regardant avec des yeux épouvantés. Elle se souvenait évidemment des pieds aperçus la veille dans mon bureau. Peut-être en savait-elle davantage ? Peut-être soupçonnait-elle l'aventure de sa sœur ?

» J'ai fait un mouvement pour lui reprendre le couteau des mains. S'est-elle méprise ? Je ne crois pas. Elle a obéi à une impulsion irraisonnée. Au moment où je saisissais le couteau par la lame, elle l'a lâché et a ouvert la portière.

» Celle-là non plus, vous me croyez, n'est-ce pas ? je n'aurais pas eu besoin de la tuer.

— Je le crois.

— Après, à cause de vous, j'ai été obligé de me défendre.

Et Maigret de prononcer lentement :

— De défendre quoi ?

— Pas ma tête, vous le sentez. Pas même ma liberté. C'est ce que je voudrais que vous compreniez. Avec les autres, il n'en sera même pas question.

» Tout à l'heure, j'ai abandonné la lutte non à cause du danger, non parce que je vous sentais près de la vérité, mais parce que j'ai compris qu'il faudrait d'autres victimes, qu'il en faudrait trop.

C'est à peine si, maintenant, ses lèvres frémissaient, mais le commissaire ne s'y trompait plus.

— Y compris moi.

— Peut-être.

— Ce n'est pas la pitié qui vous a arrêté.

— Non. Je n'ai plus de pitié.

L'image était certes incohérente, mais en le regardant vivre sous ses yeux le commissaire croyait voir un homme qu'on aurait vidé de toute substance, écorché intérieurement.

Il allait et venait, buvait, parlait comme un homme ordinaire, mais il n'y avait plus rien à l'intérieur, rien que l'intelligence qui continuait à fonctionner par la force acquise. Ainsi, prétend-on, les têtes de certains décapités continuent-elles à remuer les lèvres plusieurs minutes après l'exécution.

— À quoi bon ? dit-il avec un regard vers la chambre qu'il avait refermée si soigneusement tout à l'heure et dont il avait la clef en poche.

Un scrupule le poussait à serrer la vérité d'aussi près que possible.

— Et pourtant… Écoutez… Pour le gamin, j'étais presque dans mon droit… Je n'avais qu'à attendre de les surprendre ensemble, et n'importe quel jury français m'aurait acquitté. Malgré cela, je me suis imposé la sale besogne de faire disparaître le corps et de mentir. Pourquoi ? Je vais vous l'apprendre, si ridicule que cela vous paraisse : parce que j'aurais été arrêté malgré tout, parce qu'on m'aurait mis en prison pendant quelques semaines ou quelques jours, parce que, pendant quelques semaines ou quelques jours, *je ne l'aurais pas vue.*

Son sourire, cette fois, fut d'une épouvantable amertume et il se versa à boire.

— Voilà l'explication. Il en a été de même pour la petite. Vous l'aviez rencontrée ici. J'ai compris que vous alliez la retrouver, la questionner, que par elle vous arriveriez à la vérité, à la vérité qui, pour moi, signifiait toujours la même chose : *ne pas la voir…*

Sa voix s'engorgeait. Il parvint encore à articuler :

— C'est tout.

Mais il ne put boire le verre qu'il tenait à la main. Sa gorge était trop serrée. Il restait immobile, rigoureusement immobile, et Maigret, de son côté, gardait le silence.

Des autos passaient sur le quai. D'un moment à l'autre, l'une d'elles s'arrêterait devant la maison et on entendrait la voix du juge d'instruction dans le corridor.

— Si je n'avais pas été en vacances aux Sables... soupira enfin Maigret.

Le docteur approuva de la tête. Ils pensaient tous les deux à la petite Lucile.

— Avouez que, tout à l'heure, tout de suite après mon coup de téléphone...

— Non !

Le docteur reprenait lentement son sang-froid.

— C'était avant. Quand j'ai téléphoné, j'avais pris ma décision...

— Vous avez pensé à tuer votre femme et à vous tuer ensuite ?

— C'est romantique, n'est-ce pas ? Cependant, l'homme le plus intelligent a eu cette tentation-là au moins une fois dans sa vie.

Il plongea deux doigts dans la poche de son gilet, en tira un petit papier plié qu'il tendit à Maigret.

— C'était pour moi, soupira-t-il. Vous feriez mieux de le détruire tout de suite, car un accident est vite arrivé. C'est du cyanure. Toujours le romantisme, vous voyez ! Avouez que vous aviez la conviction que je ne me laisserais pas arrêter vivant.

— Peut-être.

— Et qu'il y a quelques minutes encore vous ne me quittiez pas de l'œil...

— C'est vrai.

— J'y avais pensé aussi, vous voyez. Vous ne pouvez pas vous imaginer à quel point on peut penser à tout, dans une situation comme la mienne.

Il se leva, prit la bouteille, la reposa sur le plateau sans se servir.

— À quoi bon ? fit-il.

Et, haussant les épaules :

— Cet imbécile d'Alain ne va plus tarder. Il ne nous croira ni l'un ni l'autre. Il s'imaginera que nous lui montons un bateau.

Il marchait à pas saccadés.

— Je vivrai, vous verrez ! Je ferai tout ce qu'il faudra pour vivre. C'est absurde, mais malgré tout je garderai un espoir. Tant que je serai vivant, elle n'osera pas…

Il se mordit la lèvre, questionna sur un autre ton :

— Vous croyez qu'on va me bousculer, me frapper, que sais-je ?

Il en parlait en homme du monde à qui répugnent les contacts vulgaires.

— C'est vraiment sale, dans les prisons ? M'obligera-t-on à partager ma cellule avec d'autres détenus ?

Maigret faillit sourire. Le regard de son compagnon caressait les reliures, les bibelots.

— Je me demande ce qu'il fait… s'impatienta Bellamy. Il faut une demi-heure pour venir de La Roche sans rouler vite…

Il marcha vers la fenêtre. Malgré l'heure du déjeuner, il y avait des silhouettes claires sous les parasols et quelques personnes se baignaient dans les vagues brillantes comme des écailles de poisson.

— C'est long… murmura-t-il.

Puis :

— Ce sera terriblement long !…

Il se tournait vers la porte, hésitant. Il éclatait enfin :

— Dites donc quelque chose !… Vous voyez bien que… que…

Au même moment, un coup de sonnette qui apportait enfin la détente attendue.

— Pardon… je vous demande pardon… Cela me fait penser que vous n'avez pas déjeuné…

— Je n'ai pas faim.

Il ouvrait la porte d'un geste naturel.

— Monte, Alain.

On entendait l'autre grommeler Dieu sait quoi dans l'escalier, puis dans le corridor.

— Qu'est-ce que c'est cette histoire ? Je devais déjeuner avec un ami. Tu le connais, d'ailleurs. Castaing, de La Rochelle.

Un salut sec pour Maigret.

— Que se passe-t-il de si extraordinaire ?

— J'ai tué le petit Duffieux et sa sœur.

— Hein ?

— Demande au commissaire.

Celui-ci reçut un regard furieux du juge.

— Un instant ! Je n'aime pas beaucoup que…

— Écoute, Alain. Tiens-toi un moment tranquille. Je suis fatigué. M. Maigret te donnera les détails plus tard. Tu trouveras le corps du fils Duffieux…

Une hésitation. Est-ce qu'il n'était pas encore temps ? Avec Alain de Folletier, c'était la vie de tous les jours qui venait de faire irruption dans la bibliothèque.

Il lui suffisait de nier. Son entretien avec le commissaire n'avait pas eu de témoin. Ne pouvait-il pas empêcher sa belle-mère de parler, comme il avait empêché les autres de le faire ?

Quelques mots de plus et il serait trop tard.

Ces mots-là, il les prononça sur un ton tellement impersonnel qu'il semblait expliquer un détail d'architecture.

— Avant que l'eau courante soit installée aux Sables, nous avions un réservoir sur le toit. On y montait l'eau à l'aide d'une pompe à main, afin d'alimenter les salles de bains. Le réservoir est toujours en place. Le corps s'y trouve.

» Quant au couteau, je crains qu'on ne le retrouve jamais. Je l'ai jeté dans un égout. Venez ici. Regardez à gauche, vers les pins. Vous voyez ce clapotis sur la surface de la mer ? C'est là que le gros tuyau passe pour aller se déverser au-delà du cap... Tu n'as pas soif, Alain ?

— Écoute...

— De grâce ! J'ignore comment ces choses-là se passent d'habitude. J'avoue que j'aurais horreur qu'on me mette les menottes. Tu vas m'emmener dans ta voiture. Une fois à La Roche, tu m'interrogeras si tu y tiens. Je préférerais pourtant un autre jour. Tu me conduiras toi-même en prison...

Une fois de plus, il s'adressa à Maigret.

— Y a-t-il des effets qu'on emporte avec soi ?

Il plaisantait et en même temps il était obligé de s'appuyer de la main à la table.

— Dépêche-toi, Alain.

Et le commissaire, venant à la rescousse :

— Vous feriez mieux de faire ce qu'il vous demande.

Il restait à franchir le corridor, à passer devant une
porte blanche, et Maigret marchait le dernier.

Bellamy s'avançait à pas rapides et, au lieu de marquer un temps d'arrêt, il accéléra l'allure en passant
devant la porte de sa femme. Il ne la regarda même
pas. Il allait droit devant lui, s'engageait dans l'escalier, s'arrêtait, surpris lui-même, devant le portemanteau sur lequel on voyait plusieurs de ses chapeaux.

Il était vêtu de bleu marine et il choisit un chapeau
gris perle, hésita à prendre des gants.

Francis s'était précipité pour ouvrir la porte.

C'était le plus banal des départs, comme pour une
promenade. Un grand rectangle de soleil se dessinait
dans le vestibule et faisait luire des marbres clairs. La
maison avait une odeur indéfinissable de propreté et
de confort.

Sur le seuil, Philippe Bellamy s'arrêtait, hésitant. Le
taxi du juge était rangé au bord du trottoir. Des gens
passaient. On entendait des bribes de conversations.

— Vous venez avec nous, monsieur Maigret ?

Celui-ci hocha la tête d'une façon négative.

Alors, le docteur mit la main dans sa poche. Sans
un mot, sans regarder le commissaire, il lui tendit
quelque chose et franchit vivement les quelques
mètres qui le séparaient de l'auto.

On devinait que le juge d'instruction, débarrassé
enfin du policier, s'apprêtait, tout en s'installant sur la
banquette, à pester contre cette comédie.

Le moteur tournait. La voiture glissait sur
l'asphalte. Un visage, au moment où elle allait tourner

dans la première rue, se montra un instant, deux yeux fiévreux se fixèrent sur celui qui restait.

Francis, voyant Maigret demeurer sur le seuil, n'osait pas refermer la porte. Et, en effet, le commissaire rentra dans la maison, en regardant une petite clef qu'on lui avait glissée dans la main, la clef de la chambre aux rideaux clos où frémissait le souffle régulier d'une femme endormie.

Tucson (Arizona), le 20 novembre 1947.

Maigret a peur

1

Le petit train sous la pluie

Tout à coup, entre deux petites gares dont il n'aurait pu dire le nom et dont il ne vit presque rien dans l'obscurité, sinon des lignes de pluie devant une grosse lampe et des silhouettes humaines qui poussaient des chariots, Maigret se demanda ce qu'il faisait là.

Peut-être s'était-il assoupi un moment dans le compartiment surchauffé ? Il ne devait pas avoir perdu entièrement conscience car il savait qu'il était dans un train ; il en entendait le bruit monotone ; il aurait juré qu'il avait continué à voir, de loin en loin, dans l'étendue obscure des champs, les fenêtres éclairées d'une ferme isolée. Tout cela, et l'odeur de suie qui se mélangeait à celle de ses vêtements mouillés, restait réel, et aussi un murmure régulier de voix dans un compartiment voisin, mais cela perdait en quelque sorte de son actualité, cela ne se situait plus très bien dans l'espace, ni surtout dans le temps.

Il aurait pu se trouver ailleurs, dans n'importe quel petit train traversant la campagne et il aurait pu être, lui, un Maigret de quinze ans qui s'en revenait le samedi du collège par un omnibus exactement pareil à celui-ci, aux wagons antiques dont les cloisons craquaient à chaque effort de la locomotive. Avec les mêmes voix, dans la nuit, à chaque arrêt, les mêmes hommes qui s'affairaient autour du wagon de messageries, le même coup de sifflet du chef de gare.

Il entrouvrit les yeux, tira sur sa pipe qui s'était éteinte et son regard se posa sur l'homme assis dans l'autre coin du compartiment. Celui-ci aurait pu se trouver, jadis, dans le train qui le ramenait chez son père. Il aurait pu être le comte, ou le propriétaire du château, le personnage important du village ou de n'importe quelle petite ville.

Il portait un costume de golf de tweed clair et un imperméable comme on n'en voit que dans certains magasins très chers. Son chapeau était un chapeau de chasse vert, avec une minuscule plume de faisan glissée sous le ruban. Malgré la chaleur, il n'avait pas retiré ses gants fauves, car ces gens-là n'enlèvent jamais leurs gants dans un train ou dans une auto. Et, en dépit de la pluie, il n'y avait pas une tache de boue sur ses chaussures bien cirées.

Il devait avoir soixante-cinq ans. C'était déjà un vieux monsieur. N'est-il pas curieux que les hommes de cet âge-là se préoccupent tellement des détails de leur apparence ? Et qu'ils jouent encore à se distinguer du commun des mortels ?

Son teint était du rose particulier à l'espèce, avec une petite moustache d'un blanc argenté dans laquelle se dessinait le cercle jaune laissé par le cigare.

Son regard, cependant, n'avait pas toute l'assurance qu'il aurait dû avoir. De son coin, l'homme observait Maigret qui, de son côté, lui jetait de petits coups d'œil, et qui, deux ou trois fois, parut sur le point de parler. Le train repartait, sale et mouillé, dans un monde obscur semé de lumières très dispersées et parfois, à un passage à niveau, on devinait quelqu'un à bicyclette qui attendait la fin du convoi.

Est-ce que Maigret était triste ? C'était plus vague que ça. Il ne se sentait pas tout à fait dans sa peau. Et d'abord, ces trois derniers jours, il avait trop bu, parce que c'était nécessaire, mais sans plaisir.

Il s'était rendu au congrès de police international qui, cette année-là, se tenait à Bordeaux. On était en avril. Quand il avait quitté Paris, où l'hiver avait été long et monotone, on croyait le printemps tout proche. Or, à Bordeaux, il avait plu pendant les trois jours, avec un vent froid qui vous collait les vêtements au corps.

Par hasard, les quelques amis qu'il rencontrait d'habitude dans ces congrès, comme Mr Pyke, n'y étaient pas. Chaque pays semblait s'être ingénié à n'envoyer que des jeunes, des hommes de trente à quarante ans qu'il n'avait jamais vus. Ils s'étaient tous montrés très gentils pour lui, très déférents, comme on l'est avec un aîné qu'on respecte en trouvant qu'il date un peu.

Était-ce une idée ? Ou bien la pluie qui n'en finissait pas l'avait-elle mis de mauvaise humeur ? Et tout le vin qu'ils avaient dû boire dans les caves que la Chambre de Commerce les invitait à visiter ?

— Tu t'amuses bien ? lui avait demandé sa femme au téléphone.

Il avait répondu par un grognement.

— Essaie de te reposer un peu. En partant, tu m'as paru fatigué. De toute façon, cela te changera les idées. Ne prends pas froid.

Peut-être s'était-il soudain senti vieux ? Même leurs discussions, qui portaient presque toutes sur de nouveaux procédés scientifiques, ne l'avaient pas intéressé.

Le banquet avait eu lieu la veille au soir. Ce matin, il y avait eu une dernière réception, à l'Hôtel de Ville cette fois, et un lunch largement arrosé. Il avait promis à Chabot de profiter de ce qu'il ne devait être à Paris que le lundi matin pour passer le voir à Fontenay-le-Comte.

Chabot non plus ne rajeunissait pas. Ils avaient été amis jadis quand il avait fait deux ans de médecine, à l'université de Nantes. Chabot, lui, étudiait le droit. Ils vivaient dans la même pension. Deux ou trois fois, le dimanche, il avait accompagné son ami chez sa mère, à Fontenay.

Et, depuis, à travers les années, ils s'étaient peut-être revus dix fois en tout.

— Quand viendras-tu me dire bonjour en Vendée ?

Mme Maigret s'était mise de la partie.

— Pourquoi, en revenant de Bordeaux, ne passerais-tu pas voir ton ami Chabot ?

Il aurait dû être à Fontenay depuis deux heures déjà. Il s'était trompé de train. À Niort, où il avait attendu longtemps, à boire des petits verres dans la salle d'attente, il avait hésité à téléphoner pour que Chabot vienne le prendre en voiture.

Il ne l'avait pas fait, en fin de compte, parce que, si Julien venait le chercher, il insisterait pour que Maigret couche chez lui, et le commissaire avait horreur de dormir chez les gens.

Il descendrait à l'hôtel. Une fois là, seulement, il téléphonerait. Il avait eu tort de faire ce détour au lieu de passer chez lui, boulevard Richard-Lenoir, ces deux jours de vacances. Qui sait ? Peut-être qu'à Paris, il ne pleuvait plus et que le printemps était enfin arrivé.

— Ainsi, ils vous ont fait venir…

Il tressaillit. Sans s'en rendre compte, il avait dû continuer à regarder vaguement son compagnon de voyage et celui-ci venait de se décider à lui adresser la parole. On aurait dit qu'il en était gêné lui-même. Il croyait devoir mettre dans sa voix une certaine ironie.

— Pardon ?

— Je dis que je me doutais qu'ils feraient appel à quelqu'un comme vous.

Puis, Maigret n'ayant toujours pas l'air de comprendre :

— Vous êtes bien le commissaire Maigret ?

Le voyageur redevenait homme du monde, se soulevait sur la banquette pour se présenter :

— Vernoux de Courçon.

— Enchanté.

— Je vous ai reconnu tout de suite, pour avoir vu souvent votre photographie dans les journaux.

À la façon dont il disait cela, il avait l'air de s'excuser d'être de ceux qui lisent les journaux.

— Cela doit vous arriver souvent.

— Quoi ?

— Que les gens vous reconnaissent.

Maigret ne savait que répondre. Il n'avait pas encore les deux pieds bien d'aplomb dans la réalité. Quant à l'homme, des gouttelettes de sueur se voyaient sur son front, comme s'il s'était mis dans une situation dont il ne savait comment se tirer à son avantage.

— C'est mon ami Julien qui vous a téléphoné ?

— Vous parlez de Julien Chabot ?

— Le juge d'instruction. Ce qui m'étonne, c'est qu'il ne m'en ait rien dit quand je l'ai rencontré ce matin.

— Je ne comprends toujours pas.

Vernoux de Courçon le regarda plus attentivement, sourcils froncés.

— Vous prétendez que c'est par hasard que vous venez à Fontenay-le-Comte ?

— Oui.

— Vous n'allez pas chez Julien Chabot ?

— Si, mais…

Tout à coup Maigret rougit, furieux contre lui-même, car il venait de répondre docilement, comme il le faisait jadis avec les gens du genre de son interlocuteur, « les gens du château ».

— Curieux, n'est-ce pas ? ironisait l'autre.

— Qu'est-ce qui est curieux ?

— Que le commissaire Maigret, qui n'a sans doute jamais mis les pieds à Fontenay…

— On vous a dit cela ?

— Je le suppose. En tout cas, on ne vous y a pas vu souvent et je n'ai jamais entendu qu'il en fût fait mention. C'est curieux, dis-je, que vous y arriviez juste au moment où les autorités sont émues par le mystère le plus abracadabrant qui…

Maigret frotta une allumette, tira à petites bouffées sur sa pipe.

— J'ai fait une partie de mes études avec Julien Chabot, énonça-t-il calmement. Plusieurs fois, jadis, j'ai été l'hôte de sa maison de la rue Clemenceau.

— Vraiment ?

Froidement, il répéta :

— Vraiment.

— Dans ce cas, nous nous verrons sans doute demain soir, chez moi, rue Rabelais, où Chabot vient chaque samedi faire le bridge.

On s'arrêtait une dernière fois avant Fontenay. Vernoux de Courçon n'avait pas de bagages, seulement une serviette de cuir marron posée à côté de lui sur la banquette.

— Je suis curieux de voir si vous percerez le mystère. Hasard ou non, c'est une chance pour Chabot que vous soyez ici.

— Sa mère vit toujours ?

— Aussi solide que jamais.

L'homme se levait pour boutonner son imperméable, tirer sur ses gants, ajuster son chapeau. Le train ralentissait, des lumières plus nombreuses défilaient et des gens se mettaient à courir sur le quai.

— Enchanté d'avoir fait votre connaissance. Dites à Chabot que j'espère vous voir avec lui demain soir.

Maigret se contenta de répondre d'un signe de tête et ouvrit la portière, se saisit de sa valise, qui était lourde, et se dirigea vers la sortie sans regarder les gens au passage.

Chabot ne pouvait pas l'attendre à ce train-là, qu'il n'avait pris que par hasard. Du seuil de la gare, Maigret vit l'enfilade de la rue de la République où il pleuvait de plus belle.

— Taxi, monsieur ?

Il fit signe que oui.

— Hôtel de France ?

Il dit encore oui, se tassa dans son coin, maussade. Il n'était que neuf heures du soir, mais il n'y avait plus aucune animation dans la ville où seuls deux ou trois cafés restaient encore éclairés. La porte de l'Hôtel de France était flanquée de deux palmiers dans des tonneaux peints en vert.

— Vous avez une chambre ?

— À un seul lit ?

— Oui. Si c'était possible, je désirerais manger un morceau.

L'hôtel était déjà en veilleuse, comme une église après les vêpres. On dut aller s'informer à la cuisine, allumer deux ou trois lampes dans la salle à manger.

Pour ne pas monter dans sa chambre, il se lava les mains à une fontaine de porcelaine.

— Du vin blanc ?

Il était écœuré de tout le vin blanc qu'il avait dû boire à Bordeaux.

— Vous n'avez pas de bière ?

— Seulement en bouteille.

— Dans ce cas, donnez-moi du gros rouge.

On lui avait réchauffé de la soupe et on lui découpait du jambon. De sa place, il vit quelqu'un qui pénétrait, détrempé, dans le hall de l'hôtel et qui, ne trouvant personne à qui parler, jetait un coup d'œil dans la salle à manger, paraissait rassuré en apercevant le commissaire. C'était un garçon roux, d'une quarantaine d'années, avec de grosses joues colorées et des appareils photographiques en bandoulière sur son imperméable beige.

Il secoua son chapeau pour en faire tomber la pluie, s'avança.

— Vous permettez, avant tout, que je prenne une photo ? Je suis le correspondant de l'*Ouest-Éclair* pour la région. Je vous ai aperçu à la gare mais je n'ai pu vous rejoindre à temps. Ainsi, ils vous ont fait venir pour éclaircir l'affaire Courçon.

Un éclair. Un déclic.

— Le commissaire Féron ne nous avait pas parlé de vous. Le juge d'instruction non plus.

— Je ne suis pas ici pour l'affaire Courçon.

Le garçon roux sourit, du sourire de quelqu'un qui est du métier et à qui on ne la fait pas.

— Évidemment !

— Quoi, évidemment ?

— Vous n'êtes pas ici *officiellement*. Je comprends. N'empêche que...

— Que rien du tout !

— La preuve, c'est que Féron m'a répondu qu'il accourait.

— Qui est Féron ?

— Le commissaire de police de Fontenay. Quand je vous ai aperçu, à la gare, je me suis précipité dans la cabine téléphonique et je l'ai appelé. Il m'a dit qu'il me rejoignait ici.

— *Ici ?*

— Bien sûr. Où seriez-vous descendu ?

Maigret vida son verre, s'essuya la bouche, grommela :

— Qui est ce Vernoux de Courçon avec qui j'ai voyagé depuis Niort ?

— Il était dans le train, en effet. C'est le beau-frère.

— Le beau-frère de qui ?

— Du Courçon qui a été assassiné.

Un petit personnage brun de poil pénétrait à son tour dans l'hôtel, repérait aussitôt les deux hommes dans la salle à manger.

— Salut, Féron ! lança le journaliste.

— Bonsoir, toi. Excusez-moi, monsieur le commissaire. Personne ne m'a annoncé votre arrivée, ce qui vous explique que je n'étais pas à la gare. Je mangeais un morceau, après une journée harassante, quand…

Il désignait le rouquin.

— Je me suis précipité et…

— Je disais à ce jeune homme, prononça Maigret en repoussant son assiette et en saisissant sa pipe, que je n'ai rien à voir avec votre affaire Courçon. Je suis à Fontenay-le-Comte, par le plus grand des hasards, pour serrer la main de mon vieil ami Chabot et…

— Il sait que vous êtes ici ?

— Il a dû m'attendre au train de quatre heures. En ne me voyant pas, sans doute s'est-il dit que je ne viendrais que demain ou que je ne viendrais pas du tout.

Maigret se levait.

— Et maintenant, si vous le permettez, je vais passer lui dire bonsoir avant d'aller me coucher.

Le commissaire de police et le reporter paraissaient aussi décontenancés l'un que l'autre.

— Vous ne savez vraiment rien ?

— Rien de rien.

— Vous n'avez pas lu les journaux ?

— Depuis trois jours, les organisateurs du congrès et la Chambre de Commerce de Bordeaux ne nous en ont pas laissé le loisir.

Ils échangeaient un coup d'œil dubitatif.

— Vous savez où habite le juge ?

— Mais oui. À moins que la ville ait changé depuis la dernière visite que je lui ai faite.

Ils ne se décidaient pas à le lâcher. Sur le trottoir, ils restaient debout à ses côtés.

— Messieurs, j'ai bien l'honneur de vous saluer.

Le reporter insista :

— Vous n'avez aucune déclaration pour l'*Ouest-Éclair* ?

— Aucune. Bonsoir, messieurs.

Il gagna la rue de la République, franchit le pont et, le temps qu'il mit à monter jusque chez Chabot, ne croisa pas deux personnes. Chabot habitait une maison ancienne qui, autrefois, faisait l'admiration du jeune Maigret. Elle était toujours pareille, en pierres grises, avec un perron de quatre marches et de hautes fenêtres à petits carreaux. Un peu de lumière filtrait entre les rideaux. Il sonna, entendit des pas menus sur les dalles bleues du corridor. Un judas s'ouvrit dans la porte.

— M. Chabot est chez lui ? demanda-t-il.

— Qui est-ce ?

— Le commissaire Maigret.

— C'est vous, Monsieur Maigret ?

Il avait reconnu la voix de Rose, la bonne des Chabot, qui était déjà chez eux trente ans auparavant.

— Je vous ouvre tout de suite. Attendez seulement que je retire la chaîne.

En même temps, elle criait vers l'intérieur :

— Monsieur Julien ! C'est votre ami Monsieur Maigret… Entrez, Monsieur Maigret… Monsieur Julien est allé cet après-midi à la gare… Il a été déçu de ne pas vous trouver. Comment êtes-vous venu ?

— Par le train.

— Vous voulez dire que vous avez pris l'omnibus du soir ?

Une porte s'était ouverte. Dans le faisceau de lumière orangée se tenait un homme grand et maigre, un peu voûté, qui portait un veston d'intérieur en velours marron.

— C'est toi ? disait-il.

— Mais oui. J'ai raté le bon train. Alors, j'ai pris le mauvais.

— Tes bagages ?

— Ils sont à l'hôtel.

— Tu es fou ? Il va falloir que je les fasse chercher. Il était entendu que tu descendais ici.

— Écoute, Julien…

C'était drôle. Il devait faire un effort pour appeler son ancien camarade par son prénom et cela sonnait étrangement. Même le tutoiement qui ne venait pas tout seul.

— Entre ! J'espère que tu n'as pas dîné ?

— Mais si. À l'Hôtel de France.

— Je préviens Madame ? questionnait Rose.

Maigret intervint.

— Je suppose qu'elle est couchée ?

— Elle vient juste de monter. Mais elle ne se met pas au lit avant onze heures ou minuit. Je...

— Jamais de la vie. J'interdis qu'on la dérange. Je verrai ta mère demain matin.

— Elle ne sera pas contente.

Maigret calculait que Mme Chabot avait au moins soixante-dix-huit ans. Au fond, il regrettait d'être venu. Il n'en accrochait pas moins son pardessus lourd de pluie au portemanteau ancien, suivait Julien dans son bureau, tandis que Rose, qui avait elle-même passé la soixantaine, attendait les ordres.

— Qu'est-ce que tu prends ? Une vieille fine ?

— Si tu veux.

Rose comprit les indications muettes du juge et s'éloigna. L'odeur de la maison n'avait pas changé et c'était encore une chose qui, jadis, avait fait envie à Maigret, l'odeur d'une maison bien tenue, où les parquets sont encaustiqués et où l'on fait de la bonne cuisine.

Il aurait juré qu'aucun meuble n'avait changé de place.

— Assieds-toi. Je suis content de te voir...

Il aurait été tenté de dire que Chabot, lui non plus, n'avait pas changé. Il reconnaissait ses traits, son expression. Comme chacun avait vieilli de son côté, Maigret se rendait mal compte du travail des années. Il n'en était pas moins frappé par quelque chose de terne, d'hésitant, d'un peu veule, qu'il n'avait jamais remarqué chez son ami.

Était-il comme cela jadis ? Était-ce Maigret qui ne s'en était pas aperçu ?

— Cigare ?

Il y en avait une pile de boîtes sur la cheminée.

— Toujours la pipe.

— C'est vrai. J'avais oublié. Moi, il y a douze ans que je ne fume plus.

— Ordre du médecin ?

— Non. Un beau jour, je me suis dit que c'était idiot de faire de la fumée et…

Rose entrait avec un plateau sur lequel il y avait une bouteille couverte d'une fine poussière de cave et un seul verre de cristal.

— Tu ne bois plus non plus ?

— J'ai cessé à la même époque. Juste un peu de vin coupé d'eau aux repas. Toi, tu n'as pas changé.

— Tu trouves ?

— Tu parais jouir d'une santé magnifique. Cela me fait vraiment plaisir que tu sois venu.

Pourquoi n'avait-il pas l'air tout à fait sincère ?

— Tu m'as promis si souvent de passer par ici, pour t'excuser au dernier moment, que je t'avoue que je ne comptais pas trop sur toi.

— Tout arrive, tu vois !

— Ta femme ?

— Va bien.

— Elle ne t'a pas accompagné ?

— Elle n'aime pas les congrès.

— Cela s'est bien passé ?

— On a beaucoup bu, beaucoup parlé, beaucoup mangé.

— Moi, je voyage de moins en moins.

Il baissa la voix, car on entendait des pas à l'étage supérieur.

— Avec ma mère, c'est difficile. D'autre part, je ne peux plus la laisser seule.

— Elle est toujours aussi solide ?

— Elle ne change pas. Sa vue, seulement, faiblit un peu. Cela la désole de ne plus pouvoir enfiler ses aiguilles, mais elle s'obstine à ne pas porter de lunettes.

On sentait qu'il pensait à autre chose en regardant Maigret un peu de la même façon que Vernoux de Courçon le regardait dans le train.

— Tu es au courant ?

— De quoi ?

— De ce qui se passe ici.

— Il y a presque une semaine que je n'ai pas lu les journaux. Mais j'ai voyagé tout à l'heure avec un certain Vernoux de Courçon qui se prétend ton ami.

— Hubert ?

— Je ne sais pas. Un homme dans les soixante-cinq ans.

— C'est Hubert.

Aucun bruit ne venait de la ville. On entendait seulement la pluie qui battait les vitres et, de temps en temps, le craquement des bûches dans l'âtre. Le père de Julien Chabot était déjà juge d'instruction à Fontenay-le-Comte et le bureau n'avait pas changé quand son fils s'y était assis à son tour.

— Dans ce cas, on a dû te raconter…

— Presque rien. Un journaliste s'est précipité sur moi avec son appareil photographique dans la salle à manger de l'hôtel.

— Un roux ?

— Oui.

— C'est Lomel. Qu'est-ce qu'il t'a dit ?

— Il était persuadé que j'étais ici pour m'occuper de je ne sais quelle affaire. Je n'avais pas eu le temps de l'en dissuader que le commissaire de police arrivait à son tour.

— En somme, à l'heure qu'il est, toute la ville sait que tu es ici ?

— Cela t'ennuie ?

Chabot parvint juste à cacher son hésitation.

— Non… seulement…

— Seulement quoi ?

— Rien. C'est fort compliqué. Tu n'as jamais vécu dans une ville sous-préfecture comme Fontenay.

— J'ai habité Luçon plus d'un an, tu sais !

— Il n'y a pas eu d'affaire dans le genre de celle que j'ai sur les bras.

— Je me souviens d'un certain assassinat, à l'Aiguillon…

— C'est vrai. J'oubliais.

Il s'agissait d'une affaire, justement, au cours de laquelle Maigret s'était vu obligé d'arrêter comme assassin un ancien magistrat que tout le monde considérait comme tout à fait respectable.

— Ce n'est quand même pas aussi grave. Tu verras cela demain matin. Je serais surpris si les journalistes de Paris ne nous arrivaient pas par le premier train.

— Un meurtre ?

— Deux.

— Le beau-frère de Vernoux de Courçon ?

— Tu vois que tu es au courant !

— C'est tout ce qu'on m'a dit.

— Son beau-frère, oui, Robert de Courçon, qui a été assassiné voilà quatre jours. Rien que cela aurait suffi à faire du bruit. Avant-hier, c'était le tour de la veuve Gibon.

— Qui est-ce ?

— Personne d'important. Au contraire. Une vieille femme qui vivait seule tout au bout de la rue des Loges.

— Quel rapport entre les deux crimes ?

— Tous les deux ont été commis de la même manière, sans doute avec la même arme.

— Revolver ?

— Non. Un objet contondant, comme nous disons dans les rapports. Un morceau de tuyau de plomb, ou un outil dans le genre d'une clef anglaise.

— C'est tout ?

— Ce n'est pas assez ?… Chut !

La porte s'ouvrait sans bruit et une femme toute petite, toute maigre, vêtue de noir, s'avançait la main tendue.

— C'est vous, Jules !

Depuis combien d'années personne ne l'appelait-il plus ainsi ?

— Mon fils est allé à la gare. En rentrant, il m'a affirmé que vous ne viendriez plus et je suis montée. On ne vous a pas servi à dîner ?

— Il a dîné à l'hôtel, maman.

— Comment, à l'hôtel ?

— Il est descendu à l'Hôtel de France. Il refuse de…

— Jamais de la vie ! Je ne vous permettrai pas de…

— Écoutez, madame. Il est d'autant plus souhaitable que je reste à l'hôtel que les journalistes sont déjà après moi. Si j'acceptais votre invitation, demain matin, sinon ce soir, ils seraient pendus à votre sonnette. Mieux vaut, d'ailleurs, qu'on ne prétende pas que je suis ici sur la demande de votre fils…

C'était ça, au fond, qui chiffonnait le juge, et Maigret en voyait la confirmation sur son visage.

— On le dira quand même !

— Je le nierai. Cette affaire, ou plutôt ces affaires ne me regardent pas. Je n'ai nullement l'intention de m'en occuper.

Chabot avait-il craint qu'il se mêle de ce qui ne le regardait pas ? Ou bien s'était-il dit que Maigret, avec ses méthodes parfois quelque peu personnelles, pourrait le mettre dans une situation délicate ?

Le commissaire tombait à un mauvais moment.

— Je me demande, maman, si Maigret n'a pas raison.

Et, tourné vers son ancien ami :

— Vois-tu, il ne s'agit pas d'une enquête comme une autre. Robert de Courçon, qui a été assassiné, était un homme connu, plus ou moins apparenté à

toutes les grandes familles de la région. Son beau-
frère Vernoux est un personnage en vue, lui aussi.
Après le premier crime, des bruits ont commencé à
courir. Puis la veuve Gibon a été assassinée, et cela a
changé quelque peu le cours des racontars. Mais...

— Mais... ?

— C'est difficile à t'expliquer. Le commissaire de
police s'occupe de l'enquête. C'est un brave homme,
qui connaît la ville, encore qu'il soit du Midi, d'Arles,
je crois. La brigade mobile de Poitiers est sur les lieux
aussi. Enfin, de mon côté...

La vieille dame s'était assise, comme en visite, sur
le bord d'une chaise, et écoutait parler son fils comme
elle eût écouté le sermon à la grand-messe.

— Deux assassinats en trois jours, c'est beaucoup,
dans une ville de huit mille habitants. Il y a des gens
qui prennent peur. Ce n'est pas seulement à cause de
la pluie que, ce soir, on ne rencontre personne dans
les rues.

— Que pense la population ?

— Certains prétendent qu'il s'agit d'un fou.

— Il n'y a pas eu vol ?

— Dans aucun des deux cas. Et, dans les deux cas,
l'assassin a pu se faire ouvrir la porte sans que ses victimes se méfient. C'est une indication. C'est même à
peu près la seule que nous possédions.

— Pas d'empreintes ?

— Aucune. S'il s'agit d'un fou, il commettra sans
doute d'autres meurtres.

— Je vois. Et toi, qu'est-ce que tu penses ?

— Rien. Je cherche. Je suis troublé.

— Par quoi ?

— C'est encore trop confus pour que je puisse l'expliquer. J'ai une terrible responsabilité sur les épaules.

Il disait cela à la façon d'un fonctionnaire accablé. Et c'était bien un fonctionnaire que Maigret avait maintenant devant lui, un fonctionnaire de petite ville qui vit dans la terreur du faux pas.

Est-ce que le commissaire était devenu comme ça avec l'âge, lui aussi ? À cause de son ami, il se sentait vieillir.

— Je me demande si je ne ferais pas mieux de reprendre le premier train pour Paris. En définitive, je ne suis passé par Fontenay que pour te serrer la main. C'est fait. Ma présence ici risque de te créer des complications.

— Que veux-tu dire ?

Le premier mouvement de Chabot n'avait pas été de protester.

— Déjà le rouquin et le commissaire de police sont persuadés que c'est toi qui m'as appelé à la rescousse. On va prétendre que tu as peur, que tu ne sais comment t'en tirer, que…

— Mais non.

Le juge repoussait mollement cette idée.

— Je ne te permettrai pas de t'en aller. J'ai quand même le droit de recevoir mes amis comme bon me semble.

— Mon fils a raison, Jules. Et je crois, quant à moi, qu'il faut que vous habitiez chez nous.

— Maigret préfère avoir ses mouvements libres, pas vrai ?

— J'ai mes habitudes.

— Je n'insiste pas.

— Il n'en sera pas moins préférable que je parte demain matin.

Peut-être Chabot allait-il accepter ? La sonnerie du téléphone retentit et cette sonnerie-là n'était pas la même qu'ailleurs, elle avait un son vieillot.

— Tu permets ?

Chabot décrocha.

— Le juge d'instruction Chabot à l'appareil.

La façon dont il disait cela était encore un signe et Maigret s'efforça de ne pas sourire.

— Qui ?... Ah ! oui... Je vous écoute, Féron... Comment ?... Gobillard ?... Où ?... Au coin du Champ-de-Mars et de la rue... je viens tout de suite... oui... Il est ici... Je ne sais pas... Qu'on ne touche à rien en m'attendant...

Sa mère le regardait, une main sur la poitrine.

— Encore ? balbutia-t-elle.

Il fit signe que oui.

— Gobillard.

Il expliqua à Maigret :

— Un vieil ivrogne que tout le monde connaît à Fontenay, car il passe la plus grande partie de ses journées à pêcher à la ligne près du pont. On vient de le trouver sur le trottoir, mort.

— Assassiné ?

— Le crâne fracassé, comme les deux autres, vraisemblablement avec le même instrument.

Il s'était levé, avait ouvert la porte, décrochait au portemanteau un vieux trench-coat et un chapeau déformé qui ne devait lui servir que les jours de pluie.

— Tu viens ?

— Tu penses que je dois t'accompagner ?

— Maintenant qu'on sait que tu es ici, on se demanderait pourquoi je ne t'emmène pas. Deux crimes, c'était beaucoup. Avec un troisième, la population va être terrorisée.

Au moment où ils sortaient, une petite main nerveuse saisit la manche de Maigret et la vieille maman souffla à son oreille :

— Veillez bien sur lui, Jules ! Il est tellement consciencieux qu'il ne se rend pas compte du danger.

2

Le marchand de peaux de lapins

À ce degré d'obstination, de violence, la pluie n'était plus seulement de la pluie, le vent du vent glacé, cela devenait une méchanceté des éléments, et tout à l'heure, sur le quai mal abrité de la gare de Niort, harassé par cet hiver dont les dernières convulsions n'en finissaient pas, Maigret avait pensé à une bête qui ne veut pas mourir et qui s'acharne à mordre, jusqu'au bout.

Cela ne valait plus la peine de se protéger. Il n'y avait pas seulement l'eau du ciel, mais celle qui tombait des gouttières en grosses gouttes froides, et il en dégoulinait sur les portes des maisons, le long des trottoirs où des ruisseaux faisaient un bruit de torrent, on avait de l'eau partout, sur le visage, dans le cou, dans les chaussures et jusque dans les poches des vêtements qui ne parvenaient plus à sécher entre deux sorties.

Ils marchaient contre le vent, sans parler, penchés en avant, le juge dans son vieil imperméable dont les

pans avaient des claquements de drapeau, Maigret
dans son pardessus qui pesait cent kilos, et, après
quelques pas, le tabac s'éteignit avec un grésillement
dans la pipe du commissaire.

Par-ci par-là, on voyait une fenêtre éclairée, mais
pas beaucoup. Après le pont, ils passèrent devant les
vitres du Café de la Poste et eurent conscience que
des gens les regardaient par-dessus les rideaux ; la
porte s'ouvrit, après qu'ils se furent éloignés, et ils
entendirent des pas, des voix derrière eux.

Le meurtre avait eu lieu tout près de là. À Fontenay, rien n'est jamais bien loin et il est le plus souvent inutile de sortir sa voiture du garage. Une courte
rue s'amorçait à droite, reliant la rue de la République au Champ-de-Mars. Devant la troisième ou la
quatrième maison, un groupe se tenait sur le trottoir,
près des lanternes d'une ambulance, certains portant
une lampe de poche à bout de bras.

Un petit homme se détacha, le commissaire Féron,
qui faillit commettre la gaffe de s'adresser à Maigret
plutôt qu'à Chabot.

— Je vous ai téléphoné tout de suite, du Café de la
Poste. J'ai également téléphoné au procureur.

Une forme humaine était couchée en travers du
trottoir, une main pendait dans le ruisseau, et on
voyait le clair de la peau entre les souliers noirs et le
bas du pantalon : Gobillard, le mort, ne portait pas de
chaussettes. Son chapeau gisait à un mètre de lui. Le
commissaire braqua sa lampe électrique vers le visage
et, comme Maigret se penchait en même temps que le
juge, il y eut un éclair, un déclic, puis la voix du journaliste roux qui demandait :

— Encore une, s'il vous plaît. Rapprochez-vous, Monsieur Maigret.

Le commissaire recula en grognant. Près du corps, deux ou trois personnes le regardaient, puis, bien à part, à cinq ou six mètres, il y avait un second groupe, plus nombreux, où l'on parlait à mi-voix.

Chabot questionnait, à la fois officiel et excédé :

— Qui l'a découvert ?

Et Féron répondait en désignant une des silhouettes les plus proches :

— Le docteur Vernoux.

Est-ce que celui-là aussi appartenait à la famille de l'homme du train ? Autant qu'on en pouvait juger dans l'obscurité, il était beaucoup plus jeune. Peut-être trente-cinq ans ? Il était grand, avec un long visage nerveux, portait des lunettes sur lesquelles glissaient des gouttes de pluie.

Chabot et lui se serraient la main de la façon machinale des gens qui se rencontrent tous les jours et même plusieurs fois par jour.

Le docteur expliquait à mi-voix :

— Je me rendais chez un ami, de l'autre côté de la place. J'ai aperçu quelque chose sur le trottoir. Je me suis penché. Il était déjà mort. Pour gagner du temps, je me suis précipité au Café de la Poste d'où j'ai téléphoné au commissaire.

D'autres visages entraient les uns après les autres dans le rayon des lampes électriques, avec toujours des hachures de pluie qui les auréolaient.

— Vous êtes là, Jussieux ?

Poignée de main. Ces gens-là se connaissaient comme les élèves d'une même classe à l'école.

— Je me trouvais justement au café. Nous faisions un bridge et nous sommes tous venus…

Le juge se souvint de Maigret qui se tenait à l'écart, présenta :

— Le docteur Jussieux, un ami. Commissaire Maigret…

Jussieux expliquait :

— Même procédé que pour les deux autres. Un coup violent sur le sommet du crâne. L'arme a légèrement glissé vers la gauche cette fois. Gobillard a été attaqué de face, lui aussi, sans rien tenter pour se protéger.

— Ivre ?

— Vous n'avez qu'à vous pencher et renifler. À cette heure-ci, d'ailleurs, comme vous le connaissez…

Maigret écoutait d'une oreille distraite. Lomel, le journaliste roux, qui venait de prendre un second cliché, essayait de l'attirer à l'écart. Ce qui frappait le commissaire était assez difficilement définissable.

Le plus petit des deux groupes, celui qui se tenait près du cadavre, paraissait n'être composé que de gens qui se connaissaient, qui appartenaient à un milieu déterminé : le juge, les deux médecins, les hommes qui, sans doute, jouaient tout à l'heure au bridge avec le docteur Jussieux et qui tous devaient être des notables de l'endroit.

L'autre groupe, moins en lumière, ne gardait pas le même silence. Sans manifester à proprement parler, il laissait sourdre une certaine hostilité. Il y eut même deux ou trois ricanements.

Une auto sombre vint se ranger derrière l'ambulance et un homme en sortit, qui s'arrêta net en reconnaissant Maigret.

— Vous êtes ici, patron !

Cela ne paraissait pas l'enchanter de rencontrer le commissaire. C'était Chabiron, un inspecteur de la Mobile attaché depuis quelques années à la brigade de Poitiers.

— Ils vous ont fait venir ?

— Je suis ici par hasard.

— Cela s'appelle tomber à pic, hein ?

Lui aussi ricanait.

— J'étais en train de patrouiller la ville avec ma bagnole, ce qui explique que cela ait pris du temps de m'avertir. Qui est-ce ?

Féron, le commissaire de police, lui expliquait :

— Un certain Gobillard, un type qui fait le tour de Fontenay une fois ou deux par semaine pour ramasser les peaux de lapins. C'est lui aussi qui rachète les peaux de bœufs et de moutons à l'abattoir municipal. Il a une charrette et un vieux cheval et il habite une bicoque en dehors de la ville. Il passe le plus clair de son temps à pêcher près du pont en se servant des appâts les plus dégoûtants, de la moelle, des boyaux de poulets, du sang coagulé…

Chabiron devait être pêcheur.

— Il prend du poisson ?

— Il est à peu près le seul à en prendre. Le soir, il va de bistrot en bistrot, buvant dans chacun une chopine de rouge jusqu'à ce qu'il ait son compte.

— Jamais de pétard ?

— Jamais.

— Marié ?

— Il vit seul avec son cheval et des quantités de chats.

Chabiron se tourna vers Maigret :

— Qu'est-ce que vous en pensez, patron ?

— Je n'en pense rien.

— Trois en une semaine, ce n'est pas mal pour un patelin comme celui-ci.

— Qu'est-ce qu'on en fait ? demandait Féron au juge.

— Je ne pense pas qu'il soit nécessaire d'attendre le procureur. Il n'était pas chez lui ?

— Non. Sa femme essaie de le toucher par téléphone.

— Je crois qu'on peut transporter le corps à la morgue.

Il se tourna vers le docteur Vernoux.

— Vous n'avez rien vu d'autre, rien entendu ?

— Rien. Je marchais vite, les mains dans les poches. J'ai presque buté sur lui.

— Votre père est chez lui ?

— Il est rentré ce soir de Niort ; il dînait quand je suis parti.

Autant que Maigret pouvait comprendre, c'était le fils du Vernoux de Courçon avec qui il avait voyagé dans le petit train.

— Vous pouvez l'emporter, vous autres.

Le journaliste ne lâchait pas Maigret.

— Est-ce que vous allez vous en occuper, cette fois ?

— Certainement pas.

— Pas même à titre privé ?

— Non.

— Vous n'êtes pas curieux ?

— Non.

— Vous croyez, vous aussi, à des crimes de fou ?

Chabot et le docteur Vernoux, qui avaient entendu, se regardèrent, toujours avec cet air d'appartenir à un même clan, de se connaître si bien qu'il n'est plus besoin de mots.

C'était naturel. Cela existe partout. Rarement, néanmoins, Maigret avait eu à ce point l'impression d'une coterie. Dans une petite ville comme celle-ci, évidemment, il y a les notables, peu nombreux, qui, par la force des choses, se rencontrent, ne serait-ce que dans la rue, plusieurs fois par jour.

Puis il y a les autres, ceux, par exemple, qui se tenaient groupés à l'écart et qui ne paraissaient pas contents.

Sans que le commissaire eût rien demandé, l'inspecteur Chabiron lui expliquait :

— Nous étions venus à deux. Levras, qui m'accompagnait, a dû partir ce matin parce que sa femme attend un bébé d'un moment à l'autre. Je fais ce que je peux. Je prends l'affaire par tous les bouts à la fois. Mais, pour ce qui est de faire parler ces gens-là…

C'était le premier groupe, celui des notables, que son menton désignait. Sa sympathie allait visiblement aux autres.

— Le commissaire de police, lui aussi, fait son possible. Il ne dispose que de quatre agents. Ils ont travaillé toute la journée. Combien en avez-vous en patrouille à ce moment, Féron ?

— Trois.

Comme pour confirmer ses dires, un cycliste en uniforme s'arrêtait au bord du trottoir et secouait la pluie de ses épaules.

— Rien ?

— J'ai vérifié l'identité de la demi-douzaine de personnes que j'ai rencontrées. Je vous donnerai la liste. Toutes avaient une bonne raison d'être dehors.

— Tu remontes un instant chez moi ? demanda Chabot à Maigret.

Il hésita. S'il le fit, c'est qu'il avait envie de boire quelque chose pour se réchauffer et qu'il s'attendait à ne plus rien trouver à l'hôtel.

— Je fais le chemin avec vous, annonça le docteur Vernoux. À moins que je vous dérange ?

— Pas du tout.

Cette fois, ils avaient le vent dans le dos et pouvaient parler. L'ambulance s'était éloignée avec le corps de Gobillard et on voyait son feu rouge du côté de la place Viète.

— Je ne vous ai guère présentés. Vernoux est le fils d'Hubert Vernoux que tu as rencontré dans le train. Il a fait sa médecine mais ne pratique pas et est surtout intéressé par des recherches.

— Des recherches !… protesta vaguement le médecin.

— Il a été deux ans interne à Sainte-Anne, se passionne pour la psychiatrie et, deux ou trois fois par semaine, se rend à l'asile d'aliénés de Niort.

— Vous croyez que ces trois crimes sont l'œuvre d'un fou ? questionna Maigret, plutôt par politesse.

Ce qu'on venait de lui dire n'était pas pour lui rendre Vernoux sympathique, car il n'appréciait guère les amateurs.

— C'est plus que probable, sinon certain.

— Vous connaissez des fous à Fontenay ?

— Il en existe partout mais, le plus souvent, on ne les découvre qu'au moment de la crise.

— Je suppose que cela ne pourrait pas être une femme ?

— Pourquoi ?

— À cause de la force avec laquelle, chaque fois, les coups ont été portés. Il ne doit pas être facile de tuer, en trois occasions, de cette façon-là, sans jamais avoir besoin de s'y reprendre.

— D'abord, beaucoup de femmes sont aussi vigoureuses que des hommes. Ensuite quand il s'agit de fous…

Ils étaient déjà arrivés.

— Rien à dire, Vernoux ?

— Pas pour le moment.

— Je vous verrai demain ?

— Presque sûrement.

Chabot chercha la clef dans sa poche. Dans le corridor, Maigret et lui s'ébrouèrent pour faire tomber la pluie de leurs vêtements et il y en eut tout de suite des traînées sur les dalles. Les deux femmes, la mère et la bonne, attendaient dans un petit salon trop peu éclairé qui donnait sur la rue.

— Vous pouvez aller vous coucher, maman. Il n'y a rien à faire d'autre cette nuit, que de demander à la gendarmerie de faire patrouiller les hommes disponibles.

Elle finit par se décider à monter.

— Je suis vraiment humiliée que vous ne couchiez pas chez nous, Jules !

— Je vous promets que, si je reste plus de vingt-quatre heures, ce dont je doute, je ferai appel à votre hospitalité.

Ils retrouvèrent l'air immobile du bureau, où la bouteille de fine était toujours à sa place. Maigret se servit, alla se camper le dos au feu, son verre à la main.

Il sentait que Chabot était mal à son aise, que c'était pour cela qu'il l'avait ramené. Avant tout, le juge téléphonait à la gendarmerie.

— C'est vous, lieutenant ? Vous étiez couché ? Je suis navré de vous déranger à cette heure...

Une horloge au cadran mordoré, sur lequel on distinguait à peine les aiguilles, marquait onze heures et demie.

— Encore un, oui... Gobillard... Dans la rue, cette fois... Et de face, oui... On l'a déjà transporté à la morgue... Jussieux doit être en train de pratiquer l'autopsie, mais il n'y a pas de raison qu'elle nous apprenne quoi que ce soit... Vous avez des hommes sous la main ?... Je crois qu'il serait bon qu'ils patrouillent la ville, pas tant cette nuit que dès les premières heures, de façon à rassurer les habitants... Vous comprenez ?... Oui... Je l'ai senti tout à l'heure aussi... Merci, lieutenant.

En raccrochant, il murmura :

— Un charmant garçon, qui a passé par Saumur...

Il dut se rendre compte de ce que cela signifiait – toujours une question de clan ! – et rougit légèrement.

— Tu vois ! Je fais ce que je peux. Cela doit te sembler enfantin. Nous te donnons sans doute l'impression de lutter avec des fusils de bois. Mais nous ne disposons pas d'une organisation comme celle à laquelle tu es habitué à Paris. Pour les empreintes digitales, par exemple, je suis chaque fois obligé de faire venir un expert de Poitiers. Ainsi pour tout. La police locale est plus habituée à de menues contraventions qu'à des crimes. Les inspecteurs de Poitiers, eux, ne connaissent pas les gens de Fontenay…

Il reprit après un silence :

— J'aurais autant aimé, à trois ans de la retraite, ne pas avoir une affaire comme celle-là sur le dos. Au fait, nous avons à peu près le même âge. Toi aussi, dans trois ans…

— Moi aussi.

— Tu as des plans ?

— J'ai même déjà acheté une petite maison à la campagne, sur les bords de la Loire.

— Tu t'ennuieras.

— Tu t'ennuies ici ?

— Ce n'est pas la même chose. J'y suis né. Mon père y est né. Je connais tout le monde.

— La population ne paraît pas contente.

— Tu es à peine arrivé et tu as déjà compris ça ? C'est vrai. Je crois que c'est inévitable. Un crime, passe encore. Surtout le premier.

— Pourquoi ?

— Parce qu'il s'agissait de Robert de Courçon.

— On ne l'aimait pas ?

Le juge ne répondit pas tout de suite. Il semblait choisir d'abord ses mots.

— En réalité, les gens de la rue le connaissaient peu, sinon pour le voir passer.

— Marié ? des enfants ?

— Un vieux célibataire. Un original, mais un type bien. S'il n'y avait eu que lui, la population serait restée assez froide. Juste la petite excitation qui accompagne toujours un crime. Mais, coup sur coup, il y a eu la vieille Gibon, et maintenant Gobillard. Demain, je m'attends…

— Cela a commencé.

— Quoi ?

— Le groupe qui se tenait à l'écart, des gens de la rue, je suppose, et ceux qui sont sortis du Café de la Poste, m'ont paru plutôt hostiles.

— Cela ne va pas jusque-là. Cependant…

— La ville est très à gauche ?

— Oui et non. Ce n'est pas tout à fait cela non plus.

— Elle n'aime pas les Vernoux ?

— On te l'a dit ?

Pour gagner du temps, Chabot questionna :

— Tu ne t'assieds pas ? Encore un verre ? Je vais essayer de t'expliquer. Ce n'est pas facile. Tu connais la Vendée, ne serait-ce que de réputation. Longtemps, ceux qui faisaient parler d'eux ont été les propriétaires de châteaux, des comtes, des vicomtes, des petits « de » qui vivaient entre eux et formaient une société fermée. Ils existent encore, presque tous ruinés, et ne comptent plus guère. D'aucuns n'en continuent pas moins à porter beau et on les regarde avec une certaine pitié. Tu comprends ?

— C'est pareil dans toutes les campagnes.

— Maintenant, ce sont les autres qui ont pris leur place.

— Vernoux ?

— Toi qui l'as vu, devine ce que faisait son père.

— Pas la moindre idée ! Comment veux-tu ?...

— Marchand de bestiaux. Le grand-père était valet de ferme. Le père Vernoux rachetait le bétail dans la région, et l'acheminait vers Paris, par troupeaux entiers, le long des routes. Il a gagné beaucoup d'argent. C'était une brute, toujours à moitié ivre, et il est d'ailleurs mort du *delirium tremens*. Son fils...

— Hubert ? Celui du train ?

— Oui. On l'a envoyé au collège. Je crois qu'il a fait un an d'université. Dans les dernières années de sa vie, le père s'était mis à acheter des fermes et des terres en même temps que des bêtes et c'est ce métier-là qu'Hubert a continué.

— En somme, c'est un marchand de biens.

— Oui. Il a ses bureaux près de la gare, la grosse maison en pierre de taille, c'est là qu'il habitait avant de se marier.

— Il a épousé une fille de château ?

— D'une façon, oui. Mais pas tout à fait non plus. C'était une Courçon. Cela t'intéresse ?

— Bien sûr !

— Cela te donnera une idée plus juste de la ville. Les Courçon s'appelaient en réalité Courçon-Lagrange. À l'origine, ce n'étaient même que des Lagrange, qui ont ajouté Courçon à leur nom quand ils ont racheté le château de Courçon. Cela se passait il y a trois ou quatre générations. Je ne sais plus ce que le fondateur de la dynastie vendait. Sans doute des bestiaux, lui aussi, ou de la ferraille. Mais c'était oublié à l'époque où Hubert Vernoux est entré en scène. Les enfants et les petits-enfants ne travaillaient plus. Robert de Courçon, celui qui a été assassiné, était admis par l'aristocratie et il était l'homme le plus calé de la contrée en matière de blasons. Il a écrit plusieurs ouvrages sur le sujet. Il avait deux sœurs, Isabelle et Lucile. Isabelle a épousé Vernoux qui, du coup, a signé Vernoux de Courçon. Tu m'as suivi ?

— Ce n'est pas trop difficile ! Je suppose qu'au moment de ce mariage-là les Courçon avaient redescendu la pente et se trouvaient sans argent ?

— À peu près. Il leur restait un château hypothéqué dans la forêt de Mervent et l'hôtel particulier de la rue Rabelais qui est la plus belle demeure de la ville et qu'on a maintes fois voulu classer comme monument historique. Tu la verras.

— Hubert Vernoux est toujours marchand de biens ?

— Il a de grosses charges. Émilie, la sœur aînée de sa femme, vit avec eux. Son fils, Alain, le docteur, que tu viens de rencontrer, refuse de pratiquer et se livre à des recherches qui ne rapportent rien.

— Marié ?

— Il a épousé une demoiselle de Cadeuil, de la vraie noblesse, celle-ci, qui lui a déjà donné trois enfants. Le plus jeune a huit mois.

— Ils vivent avec le père ?

— La maison est suffisamment grande, tu t'en rendras compte. Ce n'est pas tout. En plus d'Alain, Hubert a une fille, Adeline, qui a épousé un certain Paillet, rencontré pendant des vacances à Royan. Ce qu'il fait dans la vie, je l'ignore, mais je crois savoir que c'est Hubert Vernoux qui subvient à leurs besoins. Ils vivent le plus souvent à Paris. De temps en temps, ils apparaissent pour quelques jours ou quelques semaines et je suppose que cela signifie qu'ils sont à sec. Tu comprends maintenant ?

— Qu'est-ce que je dois comprendre ?

Chabot eut un sourire morose qui, pour un instant, rappela à Maigret son camarade d'antan.

— C'est vrai. Je te parle comme si tu étais d'ici. Tu as vu Vernoux. Il est plus hobereau que tous les hobereaux de la contrée. Quant à sa femme et la sœur de sa femme, elles semblent lutter d'ingéniosité pour se rendre odieuses au commun des mortels. Tout cela constitue un clan.

— Et ce clan ne fréquente qu'un petit nombre de gens.

Chabot rougit pour la seconde fois ce soir-là.

— Fatalement, murmura-t-il, un peu comme un coupable.

— De sorte que les Vernoux, les Courçon et leurs amis deviennent, dans la ville, un monde à part.

— Tu as deviné. De par ma situation, je suis obligé de les voir. Et, au fond, ils ne sont pas aussi odieux qu'ils paraissent. Hubert Vernoux, par exemple, est en réalité, je le jurerais, un homme accablé de soucis. Il a été très riche. Il l'est moins et je me demande même s'il l'est encore, car, depuis que la plupart des fermiers sont devenus propriétaires, le commerce de la terre n'est plus ce qu'il était, Hubert est écrasé de charges, se doit d'entretenir tous les siens. Quant à Alain, que je connais mieux, c'est un garçon hanté par une idée fixe.

— Laquelle ?

— Il est préférable que tu le saches. Tu sauras du même coup pourquoi, tout à l'heure, dans la rue, lui et moi avons échangé un regard inquiet. Je t'ai dit que le père d'Hubert Vernoux est mort du *delirium tremens*. Du côté de la mère, c'est-à-dire des Courçon, les antécédents ne sont pas meilleurs. Le vieux Courçon s'est suicidé dans des circonstances assez mystérieuses que l'on a tenues secrètes. Hubert avait un frère, Basile, dont on ne parle jamais, et qui s'est tué à l'âge de dix-sept ans. Il paraît que, si loin qu'on remonte, on trouve des fous ou des excentriques dans la famille.

Maigret écoutait en fumant sa pipe à bouffées paresseuses, trempant parfois les lèvres dans son verre.

— C'est la raison pour laquelle Alain a étudié la médecine et est entré comme interne à Sainte-Anne. On prétend, et c'est plausible, que la plupart des médecins se spécialisent dans les maladies dont ils se croient menacés.

» Alain est hanté par l'idée qu'il appartient à une famille de fous. D'après lui, Lucile, sa tante, est à moitié folle. Il ne me l'a pas dit, mais je suis persuadé qu'il épie, non seulement son père et sa mère, mais ses propres enfants.

— Cela se sait dans le pays ?

— Certains en parlent. Dans les petites villes, on parle toujours beaucoup, et avec méfiance, des gens qui ne vivent pas tout à fait comme les autres.

— On en a parlé particulièrement après le premier crime ?

Chabot n'hésita qu'une seconde, fit oui de la tête.

— Pourquoi ?

— Parce qu'on savait, ou qu'on croyait savoir, qu'Hubert Vernoux et son beau-frère Courçon ne s'entendaient pas. Peut-être aussi parce qu'ils habitaient juste en face l'un de l'autre.

— Ils se voyaient ?

Chabot eut un petit rire du bout des dents.

— Je me demande ce que tu vas penser de nous. Il ne me semble pas qu'à Paris de pareilles situations puissent exister.

Le juge d'instruction avait honte, en somme, d'un milieu qui était un peu le sien, puisqu'il y vivait d'un bout de l'année à l'autre.

— Je t'ai dit que les Courçon étaient ruinés quand Isabelle a épousé Hubert Vernoux. C'est Hubert qui a fait une pension à son beau-frère Robert. Et Robert ne le lui a jamais pardonné. Quand il parlait de lui, il disait avec ironie :

» — *Mon beau-frère le millionnaire.*

» Ou encore :

» — *Je vais le demander au Riche-Homme.*

» Il ne mettait pas les pieds dans la grande maison de la rue Rabelais dont, par ses fenêtres, il pouvait suivre toutes les allées et venues. Il habitait, en face,

une maison plus petite, mais décente, où une femme
de ménage venait chaque matin. Il cirait ses bottes et
préparait ses repas lui-même, mettait de l'ostentation
à faire son marché, vêtu comme un châtelain en
tournée sur ses terres, et semblait porter comme un
trophée des bottes de poireaux ou d'asperges. Il
devait s'imaginer qu'il mettait Hubert en rage.

— Hubert enrageait-il ?

— Je ne sais pas. C'est possible. Il ne continuait
pas moins à l'entretenir. Plusieurs fois, on les a vus,
quand ils se rencontraient dans la rue, échanger des
propos aigres-doux. Un détail qui ne s'invente pas :
Robert de Courçon ne fermait jamais les rideaux de
ses fenêtres, de sorte que la famille d'en face le voyait
vivre toute la journée. Certains prétendent qu'il lui
arrivait de leur tirer la langue.

» De là à prétendre que Vernoux s'était débarrassé
de lui, ou l'avait assommé dans un moment de
colère…

— On l'a prétendu ?

— Oui.

— Tu y as pensé aussi ?

— Professionnellement, je ne repousse a priori
aucune hypothèse.

Maigret ne put s'empêcher de sourire de cette
phrase pompeuse.

— Tu as interrogé Vernoux ?

— Je ne l'ai pas convoqué à mon bureau, si c'est
cela que tu veux dire. Il n'y avait quand même pas
assez d'éléments pour suspecter un homme comme
lui.

Il avait dit :

« *Un homme comme lui.* »

Et il se rendait compte qu'il se trahissait, que c'était se reconnaître comme faisant plus ou moins partie du clan. Cette soirée-là, cette visite de Maigret devaient être pour lui un supplice. Ce n'était pas un plaisir pour le commissaire non plus, encore qu'il n'eût plus à présent la même envie de repartir.

— Je l'ai rencontré dans la rue, comme chaque matin, et lui ai posé quelques questions, sans en avoir l'air.

— Qu'est-ce qu'il a dit ?

— Qu'il n'avait pas quitté son appartement ce soir-là.

— À quelle heure le crime a-t-il été commis ?

— Le premier ? À peu près comme aujourd'hui, aux alentours de dix heures du soir.

— Que font-ils, chez les Vernoux, à ce moment-là ?

— En dehors du bridge du samedi, qui les réunit tous au salon, chacun vit sa vie sans s'occuper des autres.

— Vernoux ne dort pas dans la même chambre que sa femme ?

— Il trouverait cela petit-bourgeois. Chacun a son appartement, à des étages différents. Isabelle est au premier, Hubert dans l'aile du rez-de-chaussée qui donne sur la cour. Le ménage d'Alain occupe le second étage, et la tante, Lucile, deux chambres au troisième, qui sont mansardées. Quand la fille et son mari sont là…

— Ils y sont à présent ?

— Non. On les attend dans quelques jours.

— Combien de domestiques ?

— Un ménage, qui est avec eux depuis vingt ou trente ans, plus deux bonnes assez jeunes.

— Qui couchent où ?

— Dans l'autre aile du rez-de-chaussée. Tu verras la maison. C'est presque un château.

— Avec une issue par-derrière ?

— Il y a une porte, dans le mur de la cour, qui donne sur une impasse.

— De sorte que n'importe qui peut entrer ou sortir sans être vu !

— Probablement.

— Tu n'as pas vérifié ?

Chabot était au supplice et, parce qu'il se sentait en faute, il éleva la voix, presque furieux contre son ami.

— Tu parles comme certaines gens du peuple le font ici. Si j'étais allé interroger les domestiques, alors que je n'avais aucune preuve, pas la moindre indication, la ville entière aurait été persuadée qu'Hubert Vernoux ou son fils était coupable.

— Son fils ?

— Lui aussi, parfaitement ! Car, du moment qu'il ne travaille pas et qu'il s'occupe de psychiatrie, il y en a pour le considérer comme fou. Il ne fréquente pas les deux cafés de l'endroit, ne joue ni au billard ni à la belote, ne court pas après les filles et il lui arrive, dans la rue, de s'arrêter brusquement pour regarder quelqu'un avec des yeux grossis par les verres de ses lunettes. On les déteste assez pour que...

— Tu les défends ?

— Non. Je veux garder mon sang-froid et, dans une sous-préfecture, ce n'est pas toujours facile. J'essaie d'être juste. Moi aussi, j'ai pensé que le premier crime était peut-être une affaire de famille. J'ai étudié la question sous tous ses aspects. Le fait qu'il n'y ait pas eu vol, que Robert de Courçon n'ait pas tenté de se défendre, m'a troublé. Et j'aurais sans doute pris certaines dispositions si…

— Un instant. Tu n'as pas demandé à la police de suivre Hubert Vernoux et son fils ?

— À Paris, c'est praticable. Pas ici. Tout le monde connaît nos quatre malheureux agents de police. Quant aux inspecteurs de Poitiers, ils étaient repérés avant d'être descendus de voiture ! Il est rare qu'il y ait plus de dix personnes à la fois dans la rue. Tu veux, dans ces conditions-là, suivre quelqu'un sans qu'il s'en doute ?

Il se calma soudain.

— Excuse-moi. Je parle si fort que je vais éveiller ma mère. C'est que je voudrais te faire comprendre ma position. Jusqu'à preuve du contraire, les Vernoux sont innocents. Je jurerais qu'ils le sont. Le second crime, deux jours après le premier, en a été presque la preuve. Hubert Vernoux pouvait être amené à tuer son beau-frère, à le frapper dans un moment de colère. Il n'avait aucune raison de se rendre au bout de la rue des Loges pour assassiner la veuve Gibon qu'il ne connaît probablement pas.

— Qui est-ce ?

— Une ancienne sage-femme dont le mari, mort depuis longtemps, était agent de police. Elle vivait

seule, à moitié impotente, dans une maison de trois
pièces.

» Non seulement il y a eu la vieille Gibon, mais, ce
soir, Gobillard. Celui-ci, les Vernoux le connaissaient, comme tout Fontenay le connaissait. Dans
chaque ville de France, il existe au moins un ivrogne
de son espèce qui devient une sorte de personnage
populaire.

» Si tu peux me citer une seule raison pour tuer un
bonhomme de cette espèce...

— Suppose qu'il ait vu quelque chose ?

— Et la veuve Gibon, qui ne sortait plus de chez
elle ? Elle aurait vu quelque chose aussi ? Elle serait
venue rue Rabelais, passé dix heures du soir, pour
assister au crime à travers les vitres ? Non, vois-tu. Je
connais les méthodes d'investigations criminelles. Je
n'ai pas assisté au congrès de Bordeaux et je retarde
peut-être sur les dernières découvertes scientifiques,
mais j'ai l'impression de savoir mon métier et de
l'exercer en conscience. Les trois victimes appartien-
nent à des milieux complètement différents et
n'avaient aucun rapport entre elles. Toutes les trois
ont été tuées de la même façon, et, d'après les bles-
sures, on peut conclure avec la même arme, et toutes
les trois ont été attaquées en face, ce qui suppose
qu'elles étaient sans méfiance. S'il s'agit d'un fou, ce
n'est pas un fou gesticulant ou à moitié enragé dont
chacun se serait écarté. C'est donc ce que j'appellerais
un fou lucide, qui suit une ligne de conduite déter-
minée et est assez avisé pour prendre ses précautions.

— Alain Vernoux n'a pas beaucoup expliqué sa
présence en ville, ce soir, sous une pluie battante.

— Il a dit qu'il allait voir un ami de l'autre côté du Champ-de-Mars.

— Il n'a pas cité de nom.

— Parce que c'est inutile. Je sais qu'il rend souvent visite à un certain Georges Vassal, qui est célibataire et qu'il a connu au collège. Même sans cette précision, je n'aurais pas été surpris.

— Pourquoi ?

— Parce que l'affaire le passionne encore plus que moi, pour des raisons plus personnelles. Je ne prétends pas qu'il soupçonne son père, mais je n'en suis pas éloigné. Il y a quelques semaines il m'a parlé de lui et des tares familiales…

— Comme ça, tout de go ?

— Non. Il revenait de La Roche-sur-Yon et me citait un cas qu'il avait étudié. Il s'agissait d'un homme ayant passé la soixantaine qui, jusque-là, s'était comporté normalement, et qui, le jour où il a dû verser la dot qu'il avait toujours promise à sa fille, a été pris de démence. On ne s'en est pas aperçu tout de suite.

— Autrement dit, Alain Vernoux aurait erré la nuit dans Fontenay à la recherche de l'assassin ?

Le juge d'instruction eut une nouvelle révolte.

— Je suppose qu'il est plus qualifié pour reconnaître un dément dans la rue que nos braves agents qui sillonnent la ville, ou que toi et moi ?

Maigret ne répondit pas.

Il était passé minuit.

— Tu es sûr que tu ne veux pas coucher ici ?

— Mes bagages sont à l'hôtel.

— Je te vois demain matin ?

— Bien sûr.

— Je serai au Palais de Justice. Tu sais où c'est ?

— Rue Rabelais, non ?

— Un peu plus haut que chez Vernoux. Tu verras d'abord les grilles de la prison, puis un bâtiment qui ne paie pas de mine. Mon bureau est au fond du couloir, près de celui du procureur.

— Bonne nuit, vieux.

— Je t'ai mal reçu.

— Mais non, voyons !

— Tu dois comprendre mon état d'esprit. C'est le genre d'affaire pour me mettre la ville à dos.

— Parbleu !

— Tu te moques de moi ?

— Je te jure que non.

C'était vrai. Maigret était plutôt triste, comme chaque fois qu'on voit un peu du passé s'en aller. Dans le corridor, en endossant son pardessus détrempé, il renifla l'odeur de la maison, qui lui avait toujours paru si savoureuse et lui sembla fade.

Chabot avait perdu presque tous ses cheveux, ce qui découvrait un crâne pointu comme celui de certains oiseaux.

— Je te reconduis…

Il n'avait pas envie de le faire. Il disait ça par politesse.

— Jamais de la vie !

Maigret ajouta une plaisanterie qui n'était pas bien fine, pour dire quelque chose, pour finir sur une note gaie :

— Je sais nager !

Après quoi, relevant les revers de son manteau, il fonça dans la bourrasque. Julien Chabot resta un certain temps sur le seuil, dans le rectangle de lumière jaunâtre, puis la porte se referma et Maigret eut l'impression que, dans les rues de la ville, il n'y avait plus que lui.

L'instituteur qui ne dormait pas

Le spectacle des rues était plus déprimant dans la lumière du matin que la nuit, car la pluie avait tout sali, laissant des traînées sombres sur les façades dont les couleurs étaient devenues laides. De grosses gouttes tombaient encore des corniches et des fils électriques, parfois du ciel qui s'égouttait, toujours dramatique, avec l'air de reprendre des forces pour de nouvelles convulsions.

Maigret, levé tard, n'avait pas eu le courage de descendre pour son petit déjeuner. Maussade, sans appétit, il avait seulement envie de deux ou trois tasses de café noir. Malgré la fine de Chabot, il croyait encore retrouver dans sa bouche l'arrière-goût du vin blanc trop doux ingurgité à Bordeaux.

Il pressa une petite poire pendue à la tête de son lit. La femme de chambre en noir et en tablier blanc qui répondit à son appel le regarda si curieusement qu'il s'assura que sa tenue était correcte.

— Vous ne voulez vraiment pas des croissants chauds ? Un homme comme vous a besoin de manger le matin.

— Seulement du café, mon petit. Un énorme pot de café.

Elle aperçut le complet que le commissaire avait mis à sécher la veille sur le radiateur et s'en saisit.

— Qu'est-ce que vous faites ?

— Je vais lui donner un coup de fer.

— Non, merci, c'est inutile.

Elle l'emporta tout de même !

À son physique, il aurait juré que, d'habitude, elle était plutôt revêche.

Deux fois pendant sa toilette elle vint le déranger, une fois pour s'assurer qu'il avait du savon, une autre pour apporter un second pot de café qu'il n'avait pas réclamé. Puis elle lui rapporta le complet, sec et repassé. Elle était maigre, la poitrine plate, avec l'air de manquer de santé, mais devait être dure comme du fer.

Il pensa qu'elle avait lu son nom sur la fiche, en bas, et que c'était une passionnée de faits divers.

Il était neuf heures et demie du matin. Il traîna, par protestation contre il ne savait quoi, contre ce qu'il considérait vaguement comme une conspiration du sort.

Quand il descendit l'escalier au tapis rouge, un homme de peine qui montait le salua d'un respectueux :

— Bonjour, Monsieur Maigret.

Il comprit en arrivant dans le hall, où l'*Ouest-Éclair* était étalé sur un guéridon, avec sa photographie en première page.

C'était la photo prise au moment où il se penchait sur le corps de Gobillard. Un double titre annonçait sur trois colonnes :

« *Le Commissaire Maigret s'occupe des Crimes de Fontenay.* »

« *Un marchand de peaux de lapins est la troisième victime.* »

Avant qu'il ait eu le temps de parcourir l'article, le directeur de l'hôtel s'approcha de lui avec autant d'empressement que la femme de chambre.

— J'espère que vous avez bien dormi et que le 17 ne vous a pas trop dérangé ?

— Qu'est-ce que le 17 ?

— Un voyageur de commerce qui a trop bu hier soir et qui a été bruyant. Nous avons fini par le changer de chambre afin qu'il ne vous éveille pas.

Il n'avait rien entendu.

— Au fait, Lomel, le correspondant de l'*Ouest-Éclair*, est passé ce matin pour vous voir. Quand je lui ai annoncé que vous étiez encore couché, il a dit que cela ne pressait pas et qu'il vous verrait tout à l'heure au Palais de Justice. Il y a aussi une lettre pour vous.

Une enveloppe bon marché, comme on en vend par pochettes de six, de six teintes différentes, dans les épiceries. Celle-ci était verdâtre. Au moment de l'ouvrir, Maigret constata qu'une demi-douzaine de personnes, dehors, avaient le visage collé à la porte vitrée, entre les palmiers en tonneaux.

« Ne vou léssé pas imprecioné par lai gents de la Haute. »

Ceux qui attendaient sur le trottoir, dont deux femmes en tenue de marché, s'écartèrent pour le laisser passer et il y avait quelque chose de confiant, d'amical dans la façon dont on le regardait, pas tant par curiosité, pas tant parce qu'il était célèbre, mais comme si on comptait sur lui. Une des femmes dit sans oser s'approcher :

— Vous le trouverez, vous, Monsieur Maigret !

Et un jeune homme qui avait l'apparence d'un garçon livreur marcha au même pas que lui sur le trottoir opposé afin de mieux le regarder.

Sur les seuils, des femmes discutaient le dernier crime et s'interrompaient pour le suivre des yeux. Un groupe sortit du Café de la Poste et, là aussi, il lut de la sympathie dans les regards. On semblait vouloir l'encourager.

Il passa devant chez le juge Chabot où Rose secouait des chiffons par la fenêtre du premier étage, ne s'arrêta pas, traversa la place Viète et monta la rue Rabelais où, à gauche, se dressait un vaste hôtel particulier au fronton armorié qui devait être la maison des Vernoux. Il n'y avait aucun signe de vie derrière les fenêtres fermées. En face, une petite maison, ancienne aussi, aux volets clos, était probablement celle où Robert de Courçon avait achevé sa vie solitaire.

De temps en temps passait une rafale de vent humide. Des nuages couraient bas, sombres sur un ciel couleur de verre dépoli, et des gouttes d'eau tombaient de leur frange. Les grilles de la prison paraissaient plus noires d'être mouillées. Une dizaine de personnes stationnaient devant le Palais de Justice qui n'avait rien de prestigieux, étant moins vaste, en fait, que la maison des Vernoux, mais qui s'ornait quand même d'un péristyle et d'un perron de quelques marches.

Lomel, ses deux appareils toujours en bandoulière, fut le premier à se précipiter et il n'y avait pas de trace de remords sur son visage poupin ni dans ses yeux d'un bleu très clair.

— Vous me confierez vos impressions avant de les donner aux confrères de Paris ?

Et comme Maigret, renfrogné, lui désignait le journal qui dépassait de sa poche, il sourit.

— Vous êtes fâché ?

— Je croyais vous avoir dit…

— Écoutez, commissaire. Je suis obligé de faire mon métier de journaliste. Je savais que vous finiriez par vous occuper de l'affaire. J'ai seulement anticipé de quelques heures sur…

— Une autre fois, n'anticipez pas.

— Vous allez voir le juge Chabot ?

Dans le groupe se trouvaient déjà deux ou trois reporters de Paris et il eut du mal à s'en débarrasser. Il y avait aussi des curieux qui paraissaient décidés à passer la journée en faction devant le Palais de Justice.

Les couloirs étaient sombres. Lomel, qui s'était fait son guide, le précédait, lui montrait le chemin.

— Par ici. C'est beaucoup plus important pour nous que pour les canards de la capitale ! Vous devez comprendre ! « Il » est dans son bureau depuis huit heures du matin. Le procureur est ici aussi. Hier soir, pendant qu'on le cherchait partout, il se trouvait à La Rochelle, où il avait fait un saut en voiture. Vous connaissez le procureur ?

Maigret, qui avait frappé et à qui on avait crié d'entrer, ouvrit la porte et la referma, laissant le reporter roux dans le couloir.

Julien Chabot n'était pas seul. Le docteur Alain Vernoux était assis en face de lui dans un fauteuil et se leva pour saluer le commissaire.

— Bien dormi ? questionna le juge.

— Pas mal du tout.

— Je m'en suis voulu de ma pauvre hospitalité d'hier. Tu connais Alain Vernoux. Il est venu me voir en passant.

Ce n'était pas vrai. Maigret aurait juré que c'était lui que le psychiatre attendait et même, peut-être, que cette entrevue avait été combinée entre les deux hommes.

Alain avait retiré son pardessus. Il portait un complet de laine rêche, aux lignes indécises, qui aurait eu besoin d'un coup de fer. Sa cravate était mal nouée. Sous le veston dépassait un sweater jaune. Ses souliers n'avaient pas été cirés. Tel quel, il n'en appartenait pas moins à la même catégorie que son père dont la tenue était si méticuleuse.

Pourquoi cela faisait-il tiquer Maigret ? L'un était trop soigné, tiré à quatre épingles. L'autre, au contraire, affectait une négligence que n'aurait pu se permettre un employé de banque, un professeur de lycée, ou un voyageur de commerce, mais on ne devait trouver de complets en ce tissu-là que chez un tailleur exclusif de Paris, peut-être de Bordeaux.

Il y eut un silence assez gênant. Maigret, qui ne faisait rien pour aider les deux hommes, alla se camper devant le maigre feu de bûches de la cheminée que surmontait la même horloge en marbre noir que celle de son bureau du quai des Orfèvres. L'administration avait dû les commander jadis par centaines, sinon par milliers. Peut-être retardaient-elles toutes également de douze minutes, comme celle de Maigret ?

— Alain me disait justement des choses intéressantes, murmura enfin Chabot, le menton dans la main, dans une pose qui faisait très juge d'instruction. Nous parlions de folie criminelle...

Le fils Vernoux l'interrompit.

— Je n'ai pas affirmé que ces trois crimes sont l'œuvre d'un fou. J'ai dit que, *s'ils étaient l'œuvre d'un fou...*

— Cela revient au même.

— Pas exactement.

— Mettons que ce soit moi qui aie dit que tout semble indiquer que nous sommes en présence d'un fou.

Et, tourné vers Maigret :

— Nous en avons parlé hier soir, toi et moi. L'absence de motif, dans les trois cas... La similitude des moyens...

Puis, à Vernoux :

— Répétez donc au commissaire ce que vous m'exposiez, voulez-vous ?

— Je ne suis pas expert. En la matière, je ne suis qu'un amateur. Je développais une idée générale. La plupart des gens se figurent que les fous agissent invariablement en fous, c'est-à-dire sans logique ni suite dans les idées. Or, dans la réalité, c'est souvent le contraire. Les fous ont leur logique à eux. La difficulté, c'est de découvrir cette logique-là.

Maigret le regardait sans rien dire, avec ses gros yeux un peu glauques du matin. Il regrettait de ne pas s'être arrêté en chemin pour boire un verre qui lui aurait ravigoté l'estomac.

Ce petit bureau, où commençait à flotter la fumée de sa pipe et où dansaient les courtes flammes des bûches, lui semblait à peine réel et les deux hommes qui discutaient de folie en le guettant du coin de l'œil lui apparaissaient un peu comme des figures de cire. Eux non plus n'étaient pas dans la vie. Ils faisaient des gestes qu'ils avaient appris, parlaient comme on leur avait appris.

Qu'est-ce qu'un Chabot pouvait savoir de ce qui se passait dans la rue ? Et, à plus forte raison, dans la tête d'un homme qui tue ?

— C'est cette logique que, depuis le premier crime, j'essaie de déceler.

— Depuis le premier crime ?

— Mettons depuis le second. Dès le premier, pourtant, dès l'assassinat de mon oncle, j'ai pensé à l'acte d'un dément.

— Vous avez trouvé ?

— Pas encore. Je n'ai fait que noter quelques éléments du problème, qui peuvent fournir une indication.

— Par exemple ?

— Par exemple, qu'*il* frappe de face. Ce n'est pas facile d'exprimer ma pensée simplement. Un homme qui voudrait tuer pour tuer, c'est-à-dire pour supprimer d'autres êtres vivants, et qui, en même temps, ne désirerait pas être pris, choisirait le moyen le moins dangereux. Or, celui-ci ne veut certainement pas être pris, puisqu'il évite de laisser des traces. Vous me suivez ?

— Jusqu'ici, ce n'est pas trop compliqué.

Vernoux fronça les sourcils, sentant l'ironie dans la voix de Maigret. C'était possible, au fond, qu'il soit un timide. Il ne regardait pas les gens dans les yeux. À l'abri des gros verres de ses lunettes, il se contentait de petits coups d'œil furtifs, puis fixait un point quelconque de l'espace.

— Vous admettez qu'il fait l'impossible pour ne pas être pris ?

— Cela en a l'air.

— Il attaque néanmoins trois personnes la même semaine et, les trois fois, réussit son coup.

— Exact.

— Dans les trois cas, il aurait pu frapper par-derrière, ce qui réduisait les chances qu'une victime se mette à crier.

Maigret le regardait fixement.

— Comme même un fou ne fait rien sans raison, j'en déduis que l'assassin éprouve le besoin de narguer le sort, ou de narguer ceux qu'il attaque. Certains êtres ont besoin de s'affirmer, fût-ce par un crime ou par une série de crimes. Parfois, c'est pour se prouver à eux-mêmes leur puissance, ou leur

importance, ou leur courage. D'autres sont persuadés
qu'ils ont une revanche à prendre contre leurs semblables.

— Celui-ci ne s'est, jusqu'à présent, attaqué qu'à
des faibles. Robert de Courçon était un vieillard de
soixante-treize ans. La veuve Gibon était impotente et
Gobillard, au moment où il a été attaqué, était ivre
mort.

Le juge, cette fois, venait de parler, le menton toujours sur la main, apparemment content de lui.

— J'y ai pensé aussi. C'est peut-être un signe,
peut-être un hasard. Ce que je cherche à trouver, c'est
la sorte de logique qui préside aux faits et gestes de
l'inconnu. Quand nous l'aurons découverte, nous ne
serons pas loin de mettre la main sur lui.

Il disait « nous » comme s'il participait tout naturellement à l'enquête, et Chabot ne protestait pas.

— C'est pour cela que vous étiez dehors hier soir ?
questionna le commissaire.

Alain Vernoux tressaillit, rougit légèrement.

— En partie. Je me rendais bien chez un ami, mais
je vous avoue que, depuis trois jours, je parcours les
rues aussi souvent que possible en étudiant le
comportement des passants. La ville n'est pas grande.
Il est probable que l'assassin ne vit pas terré chez lui.
Il marche sur les trottoirs, comme tout le monde,
prend peut-être son verre dans les cafés.

— Vous croyez que vous le reconnaîtriez si vous le
rencontriez ?

— C'est une chose possible.

— Je pense qu'Alain peut nous être précieux, murmura Chabot avec une certaine gêne. Ce qu'il nous a dit ce matin me paraît plein de bon sens.

Le docteur se levait et, au même moment, il y eut du bruit dans le couloir, on frappa à la porte, l'inspecteur Chabiron passa la tête.

— Vous n'êtes pas seul ? disait-il en regardant, non Maigret, mais Alain Vernoux, dont la présence parut lui déplaire.

— Qu'est-ce que c'est, inspecteur ?

— J'ai avec moi quelqu'un que je voudrais que vous interrogiez.

Le docteur annonça :

— Je m'en vais.

On ne le retint pas. Pendant qu'il sortait, Chabiron dit à Maigret, non sans amertume :

— Alors, patron, il paraît qu'on s'en occupe ?

— Le journal le dit.

— Peut-être l'enquête ne sera-t-elle pas longue. Il se pourrait qu'elle soit finie dans quelques minutes. Je fais entrer mon témoin, monsieur le juge ?

Et, tourné vers la demi-obscurité du corridor :

— Viens ! N'aie pas peur.

Une voix répliqua :

— Je n'ai pas peur.

On vit entrer un petit homme maigre, vêtu de bleu marine, au visage pâle, aux yeux ardents.

Chabiron le présenta :

— Émile Chalus, instituteur à l'école des garçons. Assieds-toi, Chalus.

Chabiron était un de ces policiers qui tutoient invariablement coupables et témoins avec la conviction que cela les impressionne.

— Cette nuit, expliqua-t-il, j'ai commencé à interroger les habitants de la rue où Gobillard a été tué. On prétendra peut-être que c'est de la routine...

Il eut un coup d'œil vers Maigret, comme si le commissaire avait été un adversaire personnel de la routine.

— ... Mais il arrive que la routine ait du bon. La rue n'est pas longue. Ce matin, de bonne heure, j'ai continué à la passer au peigne fin. Émile Chalus habite à trente mètres de l'endroit où le crime a été commis, au second étage d'une maison dont le rez-de-chaussée et le premier sont occupés par des bureaux. Raconte, Chalus.

Celui-ci ne demandait qu'à parler, encore qu'il n'éprouvât manifestement aucune sympathie pour le juge. C'est vers Maigret qu'il se tourna.

— J'ai entendu du bruit sur le trottoir, comme un piétinement.

— À quelle heure ?

— Un peu après dix heures du soir.

— Ensuite ?

— Des pas se sont éloignés.

— Dans quelle direction ?

Le juge d'instruction posait les questions, avec chaque fois un regard à Maigret comme pour lui offrir la parole.

— Dans la direction de la rue de la République.

— Des pas précipités ?

— Non, des pas normaux.

— D'homme ?

— Certainement.

Chabot avait l'air de penser que ce n'était pas une fameuse découverte, mais l'inspecteur intervint.

— Attendez la suite. Dis-leur ce qui s'est passé après, Chalus.

— Il s'est écoulé un certain nombre de minutes et un groupe de gens a pénétré dans la rue, venant également de la rue de la République. Ils se sont attroupés sur le trottoir, parlant à voix haute. J'ai entendu le mot docteur, puis le mot commissaire de police, et je me suis levé pour aller voir à la fenêtre.

Chabiron jubilait.

— Vous comprenez, monsieur le juge ? Chalus a entendu des piétinements. Tout à l'heure, il m'a précisé qu'il y avait eu aussi un bruit mou, comme celui d'un corps qui tombe sur le trottoir. Répète, Chalus.

— C'est exact.

— Tout de suite après, quelqu'un s'est dirigé vers la rue de la République, où se trouve le Café de la Poste. J'ai d'autres témoins dans l'antichambre, les consommateurs qui se trouvaient à ce moment-là au café. Il était dix heures dix quand le docteur Vernoux y est entré et, sans rien dire, s'est dirigé vers la cabine téléphonique. Après avoir parlé dans l'appareil, il a aperçu le docteur Jussieux qui jouait aux cartes et lui a murmuré quelque chose à l'oreille. Jussieux a annoncé aux autres qu'un crime venait d'être commis et ils se sont tous précipités dehors.

Maigret fixait son ami Chabot dont les traits s'étaient figés.

— Vous voyez ce que cela signifie ? continuait l'inspecteur avec une sorte de joie agressive, comme s'il exerçait une vengeance personnelle. D'après le docteur Vernoux, celui-ci a aperçu un corps sur le trottoir, un corps déjà presque froid, et s'est dirigé vers le Café de la Poste pour téléphoner à la police. S'il en était ainsi, il y aurait eu deux fois des pas dans la rue et Chalus, qui ne dormait pas, les aurait entendus.

Il n'osait pas encore triompher, mais on sentait son excitation croître.

— Chalus n'a pas de casier judiciaire. C'est un instituteur distingué. Il n'a aucune raison pour inventer une histoire.

Maigret refusa une fois encore l'invitation à parler que son ami lui adressait du regard. Alors, il y eut un silence assez long. Probablement par contenance, le juge crayonna quelques mots sur un dossier qu'il avait devant lui et, quand il releva la tête, il était tendu.

— Vous êtes marié, Monsieur Chalus ? demanda-t-il d'une voix mate.

— Oui, monsieur.

L'hostilité était sensible entre les deux hommes. Chalus était tendu, lui aussi, et sa façon de répondre agressive. Il semblait défier le magistrat d'anéantir sa déposition.

— Des enfants ?

— Non.

— Votre femme se trouvait avec vous la nuit dernière ?

— Dans le même lit.

— Elle dormait ?

— Oui.

— Vous vous êtes couchés ensemble ?

— Comme d'habitude quand je n'ai pas trop de devoirs à corriger. Hier, c'était vendredi et je n'en avais pas du tout.

— À quelle heure vous êtes-vous mis au lit, votre femme et vous ?

— À neuf heures et demie, peut-être quelques minutes plus tard.

— Vous vous couchez toujours d'aussi bonne heure ?

— Nous nous levons à cinq heures et demie du matin.

— Pourquoi ?

— Parce que nous profitons de la liberté accordée à tous les Français de se lever à l'heure qui leur plaît.

Maigret, qui l'observait avec intérêt, aurait parié qu'il s'occupait de politique, appartenait à un parti de gauche et probablement était ce qu'on appelle un militant. C'était l'homme à défiler dans les cortèges, à prendre la parole dans les meetings, l'homme aussi à glisser des pamphlets dans les boîtes aux lettres et à refuser de circuler en dépit des injonctions de la police.

— Vous vous êtes donc couchés tous les deux à neuf heures et demie et je suppose que vous vous êtes endormis ?

— Nous avons encore parlé pendant une dizaine de minutes.

— Cela nous mène à dix heures moins vingt. Vous vous êtes endormis tous les deux ?

— Ma femme s'est endormie.

— Et vous ?

— Non. J'éprouve de la difficulté à trouver le sommeil.

— De sorte que, quand vous avez entendu du bruit sur le trottoir, à trente mètres de chez vous, vous ne dormiez pas ?

— C'est exact.

— Vous n'aviez pas dormi du tout ?

— Non.

— Vous étiez complètement éveillé ?

— Assez pour entendre des piétinements et un bruit de corps qui tombe.

— Il pleuvait ?

— Oui.

— Il n'y a pas d'étage au-dessus du vôtre ?

— Non. Nous sommes au second.

— Vous deviez entendre la pluie sur le toit ?

— On finit par ne plus y prêter attention.

— L'eau courant dans la gouttière ?

— Certainement.

— De sorte que les bruits que vous avez entendus n'étaient que des bruits parmi d'autres bruits ?

— Il y a une différence sensible entre de l'eau qui coule et des hommes qui piétinent ou un corps qui tombe.

Le juge ne lâchait pas encore prise.

— Vous n'avez pas eu la curiosité de vous lever ?

— Non.

— Pourquoi ?

— Parce que nous ne sommes pas loin du Café de la Poste.

— Je ne comprends pas.

— C'est fréquent, le soir, que des gens qui ont trop bu passent devant chez nous, et il leur arrive de s'étaler sur le trottoir.

— Et aussi d'y rester ?

Chalus ne trouva rien à répondre tout de suite.

— Puisque vous avez parlé de piétinements, je suppose que vous avez eu l'impression qu'il y avait plusieurs hommes dans la rue, tout au moins deux ?

— Cela va de soi.

— Un seul homme s'est éloigné dans la direction de la rue de la République. C'est bien cela ?

— Je le suppose.

— Puisqu'il y a eu crime, deux hommes, au minimum, se trouvaient à trente mètres de chez vous au moment des piétinements. Vous me suivez ?

— Ce n'est pas difficile.

— Vous en avez entendu un qui repartait ?

— Je l'ai déjà dit.

— Quand les avez-vous entendus arriver ? Sont-ils arrivés ensemble ? Venaient-ils de la rue de la République ou du Champ-de-Mars ?

Chabiron haussa les épaules. Émile Chalus, lui, réfléchissait, le regard dur.

— Je ne les ai pas entendus arriver.

— Vous ne supposez pourtant pas qu'ils se tenaient dans la pluie, depuis longtemps, l'un attendant le moment propice pour tuer l'autre ?

L'instituteur serra les poings.

— C'est tout ce que vous avez trouvé ? grommela-t-il entre les dents.

— Je ne comprends pas.

— Cela vous gêne que quelqu'un de votre monde soit mis en cause. Mais votre question ne tient pas debout. Je n'entends pas nécessairement quelqu'un qui passe sur le trottoir, ou plus exactement je n'y fais pas attention.

— Pourtant...

— Laissez-moi finir, voulez-vous, au lieu d'essayer de me mettre dedans ? Jusqu'au moment où il y a eu des piétinements, je n'avais aucune raison de prêter attention à ce qui se passait dans la rue. Après, au contraire, mon esprit était en éveil.

— Et vous affirmez que, depuis le moment où un corps est tombé sur le trottoir jusqu'au moment où plusieurs personnes sont arrivées du Café de la Poste, nul n'est passé dans la rue ?

— Il n'y a eu aucun pas.

— Vous rendez-vous compte de l'importance de cette déclaration ?

— Je n'ai pas demandé à la faire. C'est l'inspecteur qui est venu me questionner.

— Avant que l'inspecteur vous questionne, vous n'aviez aucune idée de la signification de votre témoignage ?

— J'ignorais la déposition du docteur Vernoux.

— Qui vous a parlé de déposition ? Le docteur Vernoux n'a pas été appelé à déposer.

— Mettons que j'ignorais ce qu'il a raconté.

— C'est l'inspecteur qui vous l'a dit ?

— Oui.

— Vous avez compris ?

— Oui.

— Et je suppose que vous avez été enchanté de l'effet que vous alliez produire ? Vous détestez les Vernoux ?

— Eux et tous ceux qui leur ressemblent.

— Vous vous êtes plus particulièrement attaqué à eux dans vos discours ?

— Cela m'est arrivé.

Le juge, très froid, se tourna vers l'inspecteur Chabiron.

— Sa femme a confirmé ses dires ?

— En partie. Je ne l'ai pas amenée, car elle était occupée à son ménage, mais je peux aller la chercher. Ils se sont bien couchés à neuf heures et demie. Elle en est sûre, parce que c'est elle qui a remonté le réveil, comme tous les soirs. Ils ont un peu parlé. Elle s'est endormie et, ce qui l'a réveillée, cela a été de ne plus sentir son mari près d'elle. Elle l'a vu debout devant la fenêtre. À ce moment-là, il était dix heures et quart et un groupe de gens stationnaient autour du corps.

— Ils ne sont descendus ni l'un ni l'autre ?

— Non.

— Ils n'ont pas eu la curiosité de savoir ce qui se passait ?

— Ils ont entrouvert la fenêtre et ont entendu dire que Gobillard venait d'être assommé.

Chabot, qui évitait toujours de regarder Maigret, paraissait découragé. Sans conviction, il posait encore quelques questions :

— D'autres habitants de la rue supportent son témoignage ?

— Pas jusqu'à présent.

— Vous les avez tous interrogés ?

— Ceux qui se trouvaient chez eux ce matin. Certains étaient déjà partis pour leur travail. Deux ou trois autres, qui étaient au cinéma hier soir, ne savent rien.

Chabot se tourna vers l'instituteur.

— Vous connaissez personnellement le docteur Vernoux ?

— Je ne lui ai jamais parlé, si c'est cela que vous voulez dire. Je l'ai croisé souvent dans la rue, comme tout le monde. Je sais qui il est.

— Vous n'entretenez aucune animosité particulière contre lui ?

— Je vous ai déjà répondu.

— Il ne vous est pas arrivé de comparaître en justice ?

— J'ai été arrêté une bonne douzaine de fois, lors de manifestations politiques, mais on m'a toujours relâché après une nuit au violon et naturellement un passage à tabac.

— Je ne parle pas de ça.

— Je comprends que cela ne vous intéresse pas.

— Vous maintenez votre déclaration ?

— Oui, même si elle vous ennuie.

— Il ne s'agit pas de moi.

— Il s'agit de vos amis.

— Vous êtes assez sûr de ce que vous avez entendu hier au soir pour ne pas hésiter à envoyer quelqu'un au bagne ou à l'échafaud ?

— Ce n'est pas moi qui ai tué. L'assassin n'a pas hésité, lui, à supprimer la veuve Gibon et le pauvre Gobillard.

— Vous oubliez Robert de Courçon.

— Celui-là, je m'en f... !

— Je vais donc appeler le greffier afin qu'il prenne votre déposition par écrit.

— À votre aise.

— Nous entendrons ensuite votre femme.

— Elle ne me contredira pas.

Chabot tendait déjà la main vers un timbre électrique qui se trouvait sur son bureau quand on entendit la voix de Maigret qu'on avait presque oublié et qui demandait doucement :

— Vous souffrez d'insomnies, Monsieur Chalus ?

Celui-ci tourna vivement la tête.

— Qu'est-ce que vous voulez insinuer ?

— Rien. Je crois vous avoir entendu dire tout à l'heure que vous vous endormez difficilement, ce qui explique que, couché à neuf heures et demie, vous ayez été encore éveillé à dix heures.

— Il y a des années que j'ai des insomnies.

— Vous avez consulté le médecin ?

— Je n'aime pas les médecins.

— Vous n'avez essayé aucun remède ?

— Je prends des comprimés.

— Tous les jours ?

— C'est un crime ?

— Vous en avez pris hier avant de vous coucher ?

— J'en ai pris deux, comme d'habitude.

Maigret faillit sourire en voyant son ami Chabot renaître à la vie comme une plante longtemps privée d'eau qu'on arrose enfin. Le juge ne put s'empêcher de reprendre lui-même la direction des opérations.

— Pourquoi ne nous disiez-vous pas que vous aviez pris un somnifère ?

— Parce que vous ne me l'avez pas demandé et que cela me regarde. Dois-je vous annoncer aussi quand ma femme prend un purgatif ?

— Vous avez avalé deux comprimés à neuf heures et demie ?

— Oui.

— Et vous ne dormiez pas à dix heures dix ?

— Non. Si vous aviez l'habitude de ces drogues-là, vous sauriez qu'à la longue elles ne font presque plus d'effet. Au début, un comprimé me suffisait. Maintenant, avec deux, il me faut plus d'une demi-heure pour m'assoupir.

— Il est donc possible que, quand vous avez entendu du bruit dans la rue, vous étiez déjà assoupi ?

— Je ne dormais pas. Si j'avais dormi, je n'aurais rien entendu.

— Mais vous pouviez somnoler. À quoi pensiez-vous ?

— Je ne m'en souviens pas.

— Jurez-vous que vous n'étiez pas dans un état entre la veille et le sommeil ? Pesez bien ma question. Un parjure est un délit grave.

— Je ne dormais pas.

L'homme était honnête, au fond. Il avait certainement été enchanté de pouvoir abattre un membre du clan Vernoux et il l'avait fait avec jubilation. Maintenant, sentant le triomphe lui glisser des doigts, il essayait de se raccrocher, sans toutefois oser mentir.

Il jeta à Maigret un regard triste où il y avait un reproche, mais pas de colère. Il semblait dire :

« — Pourquoi m'as-tu trahi, toi qui n'es pas de leur bord ? »

Le juge ne perdait pas son temps.

— À supposer que les comprimés aient commencé à produire leur effet, sans cependant vous endormir tout à fait, il se peut que vous ayez entendu les bruits dans la rue et votre somnolence expliquerait que vous n'ayez pas entendu de pas avant le meurtre. Il a fallu un piétinement, la chute d'un corps, pour attirer votre attention. N'est-il pas admissible qu'ensuite, après que les pas se sont éloignés, vous soyez retombé dans votre somnolence ? Vous ne vous êtes pas levé. Vous n'avez pas éveillé votre femme. Vous ne vous êtes pas inquiété, vous nous l'avez dit, comme si tout cela s'était passé dans un monde inconsistant. Ce n'est que quand un groupe d'hommes qui parlaient à voix haute s'est arrêté sur le trottoir que vous vous êtes réveillé complètement.

Chalus haussa les épaules et les laissa retomber avec lassitude.

— J'aurais dû m'y attendre, dit-il.

Puis il ajouta quelque chose comme :

— Vous et vos pareils…

Chabot n'écoutait plus, disait à l'inspecteur Chabiron :

— Dressez quand même un procès-verbal de sa déposition. J'entendrai sa femme cet après-midi.

Quand ils furent seuls, Maigret et lui, le juge affecta de prendre des notes. Il se passa bien cinq minutes avant qu'il murmurât, sans regarder le commissaire :

— Je te remercie.

Et Maigret, grognon, tirant sur sa pipe :

— Il n'y a pas de quoi.

4

L'Italienne aux ecchymoses

Pendant tout le déjeuner, dont le plat de résistance était une épaule de mouton farcie comme Maigret ne se souvenait pas d'en avoir mangé, Julien Chabot eut l'air d'un homme en proie à une mauvaise conscience.

Au moment de franchir le seuil de sa maison, il avait cru nécessaire de murmurer :

— Ne parlons pas de ça devant ma mère.

Maigret n'en avait pas l'intention. Il remarqua que son ami se penchait sur la boîte aux lettres où, repoussant quelques prospectus, il prenait une enveloppe semblable à celle qu'on lui avait remise le matin à l'hôtel, à la différence que celle-ci, au lieu d'être verdâtre, était rose saumon. Peut-être provenait-elle de la même pochette ? Il ne put s'en assurer à ce moment-là, car le juge la glissa négligemment dans sa poche.

Ils n'avaient guère parlé en revenant du Palais de Justice. Avant de s'en éloigner, ils avaient eu une courte entrevue avec le procureur et Maigret avait été assez surpris de voir que celui-ci était un homme de trente ans à peine, tout juste sorti des écoles, un beau garçon qui ne paraissait pas prendre ses fonctions au tragique.

— Je m'excuse pour hier soir, Chabot. Il y a une bonne raison pour laquelle on n'est pas parvenu à me toucher. J'étais à La Rochelle et ma femme l'ignorait.

Il avait ajouté avec un clin d'œil :

— Heureusement !

Puis, ne doutant de rien :

— Maintenant que vous avez le commissaire Maigret pour vous aider, vous n'allez pas tarder à mettre la main sur l'assassin. Vous croyez, vous aussi, que c'est un fou, commissaire ?

À quoi bon discuter ? On sentait que les rapports entre le juge et le procureur n'étaient pas exagérément amicaux.

Dans le couloir, ce fut l'assaut des journalistes déjà au courant de la déposition de Chalus. Celui-ci avait dû leur parler. Maigret aurait parié qu'en ville aussi on savait. C'était difficile d'expliquer cette atmosphère-là. Du Palais de Justice à la maison du juge, ils ne rencontrèrent qu'une cinquantaine de personnes, mais cela suffisait pour prendre la température locale. Les regards qu'on adressait aux deux hommes manquaient de confiance. Les gens du peuple, surtout les femmes qui revenaient du marché, avaient une attitude presque hostile. En haut de la place Viète, il y avait un petit café où des gens assez nombreux prenaient l'apéritif et, à leur passage, on entendit une rumeur peu rassurante, des ricanements.

Certains devaient commencer à s'affoler et la présence des gendarmes qui patrouillaient la ville à vélo ne suffisait pas à les rassurer ; ils ajoutaient au contraire une touche dramatique à l'aspect des rues en rappelant qu'il y avait quelque part un tueur en liberté.

Mme Chabot n'avait pas essayé de poser de questions. Elle était aux petits soins pour son fils, pour Maigret aussi, à qui elle semblait demander du regard de le protéger, et elle s'efforçait de mettre sur le tapis des sujets de tout repos.

— Vous vous souvenez de cette jeune fille qui louchait et avec qui vous avez dîné ici un dimanche ?

Elle avait une mémoire effrayante, rappelait à Maigret des gens qu'il avait rencontrés, plus de trente ans auparavant, lors de ses brefs passages à Fontenay.

— Elle a fait un beau mariage, un jeune homme de Marans qui a fondé une importante fromagerie. Ils ont eu trois enfants, plus beaux les uns que les autres, puis, tout à coup, comme si le sort les trouvait trop heureux, elle a été atteinte de tuberculose.

Elle en cita d'autres, qui étaient devenus malades ou qui étaient morts, ou qui avaient eu d'autres malheurs.

Au dessert, Rose apporta un énorme plat de profiteroles et la vieille femme observa le commissaire avec des yeux malicieux. Il se demanda d'abord pourquoi, sentant qu'on attendait quelque chose de lui. Il n'aimait guère les profiteroles et il en mit une sur son assiette.

— Allons ! Servez-vous. N'ayez pas honte !…

La voyant déçue, il en prit trois.

— Vous n'allez pas me dire que vous avez perdu votre appétit ? Je me rappelle le soir où vous en avez mangé douze. Chaque fois que vous veniez, je vous faisais des profiteroles et vous prétendiez que vous n'en aviez pas mangé de pareilles ailleurs.

(Ce qui, entre parenthèses, était vrai : il n'en mangeait jamais nulle part !)

Cela lui était sorti de la mémoire. Il était même surpris d'avoir jamais manifesté un goût pour les pâtisseries. Il avait dû dire cela, jadis, par politesse.

Il fit ce qu'il y avait à faire, s'exclama, mangea tout ce qu'il y avait sur son assiette, en reprit.

— Et les perdreaux au chou ! Vous vous en souvenez ? Je regrette que ce ne soit pas la saison, car…

Le café servi, elle se retira discrètement et Chabot, par habitude, posa une boîte de cigares sur la table, en même temps que la bouteille de fine. La salle à manger n'avait pas plus changé que le bureau et c'était presque angoissant de retrouver les choses tellement pareilles, Chabot lui-même qui, vu d'une certaine façon, n'avait pas tant changé.

Pour faire plaisir à son ami, Maigret prit un cigare, allongea les jambes vers la cheminée. Il savait que l'autre avait envie d'aborder un sujet précis, qu'il y pensait depuis qu'ils avaient quitté le Palais. Cela prit du temps. La voix du juge, qui regardait ailleurs, était mal assurée.

— Tu crois que j'aurais dû l'arrêter ?

— Qui ?

— Alain.

— Je ne vois aucune raison d'arrêter le docteur.

— Pourtant, Chalus paraît sincère.

— Il l'est sans contredit.

— Tu penses aussi qu'il n'a pas menti ?

Au fond, Chabot se demandait pourquoi Maigret était intervenu, car, sans lui, sans la question du somnifère, la déposition de l'instituteur aurait été beaucoup plus accablante pour le fils Vernoux. Cela intriguait le juge, le mettait mal à l'aise.

— D'abord, dit Maigret en fumant gauchement son cigare, il est possible qu'il se soit réellement assoupi. Je me méfie toujours du témoignage des gens qui ont entendu quelque chose de leur lit, peut-être à cause de ma femme.

» Maintes fois, il lui arrive de prétendre qu'elle ne s'est endormie qu'à deux heures du matin. Elle est de bonne foi, prête à jurer. Or, il se fait souvent que je me suis réveillé moi-même pendant sa soi-disant insomnie et que je l'aie vue endormie.

Chabot n'était pas convaincu. Peut-être s'imaginait-il que son ami avait seulement voulu le tirer d'un mauvais pas ?

— J'ajoute, poursuivait le commissaire, que, si même c'est le docteur qui a tué, il est préférable de ne pas l'avoir mis en état d'arrestation. Ce n'est pas un homme à qui on peut arracher des aveux par un interrogatoire à la chansonnette, encore moins par un passage à tabac.

Le juge repoussait déjà cette idée d'un geste indigné.

— Dans l'état actuel de l'enquête, il n'y a même pas un commencement de preuve contre lui. En l'arrêtant, tu donnais satisfaction à une partie de la population qui serait venue manifester sous les fenêtres de la prison en criant : « À mort. » Cette excitation créée, il aurait été difficile de la calmer.

— Tu le penses vraiment ?

— Oui.

— Tu ne dis pas cela pour me rassurer ?

— Je le dis parce que c'est la vérité. Comme il arrive toujours dans un cas de ce genre, l'opinion publique désigne plus ou moins ouvertement un suspect et je me suis souvent demandé comment elle le choisit. C'est un phénomène mystérieux, un peu effrayant. Dès le premier jour, si je comprends bien, les gens se sont tournés vers le clan Vernoux, sans trop se demander s'il s'agissait du père ou du fils.

— C'est vrai.

— Maintenant, c'est vers le fils que s'aiguille la colère.

— Et s'il est l'assassin ?

— Je t'ai entendu, avant de partir, donner des ordres pour qu'on le surveille.

— Il peut échapper à la surveillance.

— Ce ne serait pas prudent de sa part, car s'il se montre trop dans la ville il risque de se faire écharper. Si c'est lui, il fera quelque chose, tôt ou tard, qui fournira une indication.

— Tu as peut-être raison. Au fond, je suis content que tu sois ici. Hier, je l'avoue, cela m'a un peu irrité. Je me disais que tu allais m'observer et que tu me trouverais gauche, maladroit, vieux jeu, je ne sais pas, moi. En province, nous souffrons presque tous d'un complexe d'infériorité, surtout vis-à-vis de ceux qui viennent de Paris. À plus forte raison quand il s'agit d'un homme comme toi ! Tu m'en veux ?

— De quoi ?

— Des bêtises que je t'ai dites.

— Tu m'as dit des choses fort sensées. Nous aussi, à Paris, nous avons à tenir compte des situations et à mettre des gants avec les gens en place.

Chabot se sentait déjà mieux.

— Je vais passer mon après-midi à interroger les témoins que Chabiron m'a dénichés. La plupart d'entre eux n'ont rien vu ni entendu, mais je ne veux négliger aucune chance.

— Sois gentil avec la femme Chalus.

— Avoue que ces gens-là te sont sympathiques.

— Oui, sans doute !

— Tu m'accompagnes ?

— Non. Je préfère renifler l'air de la ville, boire un verre de bière par-ci par-là.

— Au fait, je n'ai pas ouvert cette lettre. Je ne voulais pas le faire devant ma mère.

Il tirait de sa poche l'enveloppe saumon et Maigret reconnut l'écriture. Le papier provenait bien de la même pochette que le billet qu'il avait reçu le matin.

« Taché de savoir ce que le docteur faisé à la fille Sabati. »

— Tu connais ?

— Jamais entendu ce nom-là.

— Je crois me souvenir que tu m'as dit que le docteur Vernoux n'est pas coureur.

— Il a cette réputation-là. Les lettres anonymes vont commencer à pleuvoir. Celle-ci vient d'une femme.

— Comme la majorité des lettres anonymes ! Cela t'ennuierait de téléphoner au commissariat ?

— Au sujet de la fille Sabati ?

— Oui.

— Tout de suite ?

Maigret fit signe que oui.

— Passons dans mon bureau.

Il décrocha le récepteur, appela le commissaire de police.

— C'est vous, Féron ? Ici, le juge d'instruction. Connaissez-vous une certaine Sabati ?

Il fallut attendre. Féron était allé interroger ses agents, peut-être examiner les registres. Quand il parla à nouveau, Chabot, tout en écoutant, crayonna quelques mots sur son buvard.

— Non. Probablement aucune connexion. Comment ? Certainement pas. Ne vous occupez pas d'elle pour le moment.

En disant cela, il cherchait du regard l'approbation de Maigret et celui-ci lui adressa de grands signes de tête.

— Je serai à mon bureau dans une demi-heure. Oui. Merci.

Il raccrocha.

— Il existe bien une certaine Louise Sabati à Fontenay-le-Comte. Fille d'un maçon italien qui doit travailler à Nantes ou dans les environs. Elle a été quelque temps serveuse à l'Hôtel de France, puis fille de salle au Café de la Poste. Elle ne travaille plus depuis plusieurs mois. À moins qu'elle ait déménagé récemment, elle habite au tournant de la route de La

Rochelle, dans le quartier des casernes, une grande maison délabrée où vivent six ou sept familles.

Maigret, qui en avait assez de son cigare, en écrasait le bout incandescent dans le cendrier avant de bourrer une pipe.

— Tu comptes aller la voir ?

— Peut-être.

— Tu penses toujours que le docteur… ?

Il s'interrompit, les sourcils froncés.

— Au fait, qu'allons-nous faire ce soir ? Normalement, je devrais aller chez les Vernoux pour le bridge. À ce que tu m'as dit, Hubert Vernoux s'attend à ce que tu m'accompagnes.

— Eh bien ?

— Je me demande si, dans l'état de l'opinion…

— Tu as l'habitude d'y aller chaque samedi ?

— Oui.

— Donc, si tu n'y vas pas, on en conclura qu'ils sont suspects.

— Et si j'y vais, on dira…

— On dira que tu les protèges, c'est tout. On le dit déjà. Un peu plus ou un peu moins…

— Tu as l'intention de m'accompagner ?

— Sans aucun doute.

— Si tu veux…

Le pauvre Chabot ne résistait plus, s'abandonnait aux initiatives de Maigret.

— Il est temps que je monte au Palais.

Ils sortirent ensemble et le ciel était toujours du même blanc à la fois lumineux et glauque, comme un ciel qu'on voit reflété par l'eau d'une mare. Le vent restait violent et, aux coins de rues, les robes des femmes leur collaient au corps, parfois un homme perdait son chapeau et se mettait à courir après avec des gestes grotesques.

Chacun s'en alla dans une direction opposée.

— Quand est-ce que je te revois ?

— Je passerai peut-être par ton cabinet. Sinon, je serai chez toi pour dîner. À quelle heure est le bridge des Vernoux ?

— Huit heures et demie.

— Je t'avertis que je ne sais pas jouer.

— Cela ne fait rien.

Des rideaux bougeaient au passage de Maigret qui suivait le trottoir, la pipe aux dents, les mains dans les poches, la tête penchée pour empêcher son chapeau de s'envoler. Une fois seul, il se sentait un peu moins rassuré. Tout ce qu'il venait de dire à son ami Chabot était vrai. Mais, quand il était intervenu, le matin, à la fin de l'interrogatoire Chalus, il n'en avait pas moins obéi à une impulsion et, derrière celle-ci, il y avait le désir de tirer le juge d'une situation embarrassante.

L'atmosphère de la ville restait inquiétante. Les gens avaient beau aller à leurs occupations comme d'habitude, on n'en sentait pas moins une certaine angoisse dans le regard des passants qui semblaient marcher plus vite, comme s'ils redoutaient de voir soudain surgir l'assassin. Les autres jours, Maigret l'aurait juré, les ménagères ne devaient pas se grouper sur les seuils comme aujourd'hui, à parler bas.

On le suivait des yeux et il croyait lire sur les visages une question muette. Allait-il faire quelque chose ? Ou bien l'inconnu pourrait-il continuer à tuer impunément ?

Certains lui adressaient un salut timide comme pour lui dire :

« — Nous savons qui vous êtes. Vous avez la réputation de mener à bien les enquêtes les plus difficiles. Et, *vous*, vous ne vous laisserez pas impressionner par certaines personnalités. »

Il faillit entrer au Café de la Poste pour boire un demi. Malheureusement il y avait au moins une douzaine de personnes à l'intérieur, qui toutes tournèrent la tête vers lui quand il s'approcha de la porte, et il n'eut pas envie, tout de suite, d'avoir à répondre aux questions qu'on lui poserait.

Au fait, pour se rendre dans le quartier des casernes, il fallait traverser le Champ-de-Mars, une vaste étendue nue encadrée d'arbres récemment plantés qui grelottaient sous la bise.

Il prit la même petite rue que le docteur avait prise la veille au soir, celle où Gobillard avait été assommé. En passant devant une maison, il entendit des éclats de voix au second étage. C'était sans doute là qu'habitait Émile Chalus, l'instituteur. Plusieurs personnes discutaient avec passion, des amis à lui qui avaient dû venir aux nouvelles.

Il traversa le Champ-de-Mars, contourna la caserne, prit la rue de droite et chercha la grande bâtisse délabrée que son ami lui avait décrite. Il n'y en avait qu'une de ce genre-là, dans une rue déserte, entre deux terrains vagues. Ce que cela avait été jadis, il était difficile de le deviner, un entrepôt ou un moulin, peut-être une petite manufacture ? Des enfants jouaient dehors. D'autres, plus petits, le derrière nu, se traînaient dans le corridor. Une grosse femme aux cheveux qui lui tombaient dans le dos passa la tête par l'entrebâillement d'une porte et celle-là n'avait jamais entendu parler du commissaire Maigret.

— Qu'est-ce que vous cherchez ?

— Mlle Sabati.

— Louise ?

— Je crois que c'est son prénom.

— Faites le tour de la maison et entrez par la porte de derrière. Montez l'escalier. Il n'y a qu'une porte. C'est là.

Il fit ce qu'on lui disait, frôla des poubelles, enjamba des détritus, cependant qu'il entendait les clairons sonner dans la cour de la caserne. La porte extérieure dont on venait de lui parler était ouverte. Un escalier raide, sans rampe, le conduisit à un étage qui n'était pas de niveau avec les autres et il frappa à une porte peinte en bleu.

D'abord, on ne répondit pas. Il frappa plus fort, entendit des pas de femme en savates, dut néanmoins frapper une troisième fois avant qu'on lui demande :

— Qu'est-ce que c'est ?

— Mlle Sabati ?

— Que voulez-vous ?

— Vous parler.

Il ajouta à tout hasard :

— De la part du docteur.

— Un instant.

Elle repartit, sans doute pour passer un vêtement convenable. Quand elle ouvrit enfin la porte, elle portait une robe de chambre à ramages, en mauvais coton, sous laquelle elle ne devait avoir qu'une chemise de nuit. Ses pieds étaient nus dans les pantoufles, ses cheveux noirs non coiffés.

— Vous dormiez ?

— Non.

Elle l'examinait des pieds à la tête avec méfiance. Derrière elle, au-delà d'un palier minuscule, on voyait une chambre en désordre dans laquelle elle ne le priait pas d'entrer.

— Qu'est-ce qu'*il* me fait dire ?

Comme elle tournait un peu la tête de côté, il remarqua une ecchymose autour de l'œil gauche. Elle n'était pas tout à fait récente. Le bleu commençait à tourner au jaune.

— N'ayez pas peur. Je suis un ami. Je voudrais seulement vous parler pendant quelques instants.

Ce qui dut la décider à le laisser entrer, c'est que deux ou trois gamins étaient venus les observer au bas des marches.

Il n'y avait que deux pièces, la chambre, qu'il ne fit qu'entrevoir et dont le lit était défait, et une cuisine. Sur la table, un roman était ouvert à côté d'un bol qui contenait encore du café au lait, un morceau de beurre restait sur une assiette.

Louise Sabati n'était pas belle. En robe noire et tablier blanc, elle devait avoir cet air fatigué qu'on voit à la plupart des femmes de chambre dans les hôtels de province. Il y avait pourtant quelque chose d'attachant, de presque pathétique dans son visage pâle où des yeux sombres vivaient intensément.

Elle débarrassa une chaise.

— C'est vraiment Alain qui vous a envoyé ?

— Non.

— Il ne sait pas que vous êtes ici ?

En disant cela, elle jetait vers la porte un regard effrayé, restait debout, prête à la défense.

— N'ayez pas peur.

— Vous êtes de la police ?

— Oui et non.

— Qu'est-ce qui est arrivé ? Où est Alain ?

— Chez lui, probablement.

— Vous êtes sûr ?

— Pourquoi serait-il ailleurs ?

Elle se mordit la lèvre où le sang monta. Elle était très nerveuse, d'une nervosité maladive. Un instant, il se demanda si elle ne se droguait pas.

— Qui est-ce qui vous a parlé de moi ?

— Il y a longtemps que vous êtes la maîtresse du docteur ?

— On vous l'a dit ?

Il prenait son air le plus bonhomme et n'avait d'ailleurs aucun effort à faire pour lui montrer de la sympathie.

— Vous venez seulement de vous lever ? questionna-t-il au lieu de répondre.

— Qu'est-ce que ça peut vous faire ?

Elle avait gardé une pointe d'accent italien, pas beaucoup. Elle devait avoir à peine plus de vingt ans et son corps, sous la robe de chambre mal coupée, était cambré ; seule la poitrine, qui avait dû être provocante, se fatiguait un peu.

— Cela ne vous ennuierait pas de vous asseoir près de moi ?

Elle ne tenait pas en place. Avec des mouvements fébriles, elle saisit une cigarette, l'alluma.

— Vous êtes sûr qu'Alain ne va pas venir ?

— Cela vous fait peur ? Pourquoi ?

— Il est jaloux.

— Il n'a aucune raison d'être jaloux de moi.

— Il l'est de tous les hommes.

Elle ajouta d'une drôle de voix :

— Il a raison.

— Que voulez-vous dire ?

— Que c'est son droit.

— Il vous aime ?

— Je crois que oui. Je sais que je n'en vaux pas la peine, mais…

— Vous ne voulez vraiment pas vous asseoir ?

— Qui êtes-vous ?

— Le commissaire Maigret, de la Police Judiciaire de Paris.

— J'ai entendu parler de vous. Qu'est-ce que vous faites ici ?

Pourquoi ne pas lui parler franchement ?

— J'y suis venu par hasard, pour rencontrer un ami que je n'ai pas vu depuis des années.

— C'est lui qui vous a parlé de moi ?

— Non. J'ai rencontré aussi votre ami Alain. Au fait, ce soir, je suis invité chez lui.

Elle sentait qu'il ne mentait pas, mais n'était pas encore rassurée. Elle n'en attira pas moins une chaise vers elle, ne s'assit pas tout de suite.

— S'il n'est pas dans l'embarras pour le moment, il risque d'y être d'une heure à l'autre.

— Pourquoi ?

Au ton dont elle prononçait ce mot, il conclut qu'elle savait déjà.

— Certains pensent qu'il est peut-être l'homme qu'on recherche.

— À cause des crimes ? Ce n'est pas vrai. Ce n'est pas lui. Il n'avait aucune raison de…

Il l'interrompit en lui tendant la lettre anonyme que le juge lui avait laissée. Elle la lut, visage tendu, sourcils froncés.

— Je me demande qui a écrit ça.

— Une femme.

— Oui. Et sûrement une femme qui habite la maison.

— Pourquoi ?

— Parce que personne d'autre n'est au courant. Même dans la maison, j'aurais juré que personne ne savait qui il est. C'est une vengeance, une saleté. Jamais Alain…

— Asseyez-vous.

Elle s'y décida enfin, prenant soin de croiser les pans de son peignoir sur ses jambes nues.

— Il y a longtemps que vous êtes sa maîtresse ?

Elle n'hésita pas.

— Huit mois et une semaine.

Cette précision faillit le faire sourire.

— Comment cela a-t-il commencé ?

— Je travaillais comme fille de salle au Café de la Poste. Il y venait de temps en temps, l'après-midi, s'asseyait toujours à la même place, près de la fenêtre, d'où il regardait passer les gens. Tout le monde le connaissait et le saluait, mais il n'entamait pas facilement la conversation. Après un certain temps, j'ai remarqué qu'il me suivait des yeux.

Elle le regarda soudain avec défi.

— Vous voulez vraiment savoir comment ça a commencé ? Eh bien ! je vais vous le dire, et vous verrez que ce n'est pas l'homme que vous croyez. Vers la fin, il lui arrivait de venir prendre un verre le soir. Une fois, il est resté jusqu'à la fermeture. J'avais plutôt tendance à me moquer de lui, à cause de ses gros yeux qui me suivaient partout. Ce soir-là, j'avais rendez-vous, dehors, avec le marchand de vins que vous rencontrerez certainement. Nous tournions à droite, par la petite rue et…

— Et quoi ?

— Eh bien ! nous nous installions sur un banc du Champ-de-Mars. Vous avez compris ? Cela ne durait jamais longtemps. Quand ça a été fini, je suis repartie seule pour traverser la place et rentrer chez moi et j'ai entendu des pas derrière moi. C'était le docteur. J'ai eu un peu peur. Je me suis retournée et lui ai demandé ce qu'il me voulait. Tout penaud, il ne savait que répondre. Savez-vous ce qu'il a fini par murmurer ?

» — *Pourquoi avez-vous fait ça ?*

» Et moi j'ai éclaté de rire.

» — *Cela vous ennuie ?*

» — *Cela m'a fait beaucoup de chagrin.*

» — *Pourquoi ?*

» C'est ainsi qu'il a fini par m'avouer qu'il m'aimait, qu'il n'avait jamais osé me le dire, qu'il était très malheureux. Vous souriez ?

— Non.

C'était vrai. Maigret ne souriait pas. Il voyait fort bien Alain Vernoux dans cette situation-là.

— Nous avons marché jusqu'à une heure ou deux du matin, le long du chemin de halage, et, à la fin, c'est moi qui pleurais.

— Il vous a accompagnée ici ?

— Pas ce soir-là. Cela a pris une semaine entière. Pendant ces jours-là, il passait presque tout son temps au café, à me surveiller. Il était même jaloux de me voir dire merci au client quand je recevais un pourboire. Il l'est toujours. Il ne veut pas que je sorte.

— Il vous frappe ?

Elle porta instinctivement la main à l'ecchymose de sa joue et, la manche du peignoir s'élevant, il vit qu'il y avait d'autres bleus sur ses bras, comme si on les avait serrés fortement entre des doigts puissants.

— C'est son droit, répliqua-t-elle non sans fierté.

— Cela arrive souvent ?

— Presque chaque fois.

— Pourquoi ?

— Si vous ne comprenez pas, je ne peux pas vous l'expliquer. Il m'aime. Il est obligé de vivre là-bas avec sa femme et ses enfants. Non seulement il n'aime pas sa femme, mais il n'aime pas ses enfants.

— Il vous l'a dit ?

— Je le sais.

— Vous le trompez ?

Elle se tut, le fixa, l'air féroce. Puis :

— On vous l'a dit ?

Et, d'une voix plus sourde :

— Cela m'est arrivé, les premiers temps, quand je n'avais pas compris. Je croyais que c'était comme avec les autres. Lorsqu'on a commencé, comme moi à quatorze ans, on n'y attache pas d'importance ! Quand il l'a su, j'ai pensé qu'il allait me tuer. Je ne dis pas ça en l'air. Je n'ai jamais vu un homme aussi effrayant. Pendant une heure, il est resté étendu sur le lit, les yeux au plafond, les poings serrés, sans dire un mot, et je sentais qu'il souffrait terriblement

— Vous avez recommencé ?

— Deux ou trois fois. J'ai été assez bête.

— Et depuis ?

— Non !

— Il vient vous voir tous les soirs ?

— Presque tous les soirs.

— Vous l'attendiez hier ?

Elle hésita, se demandant où ses réponses pouvaient le conduire, voulant coûte que coûte protéger Alain.

— Quelle différence cela peut-il faire ?

— Il faut bien que vous sortiez pour faire votre marché.

— Je ne vais pas jusqu'en ville. Il y a un petit épicier au coin de la rue.

— Le reste du temps, vous êtes enfermée ici ?

— Je ne suis pas enfermée. La preuve, c'est que je vous ai ouvert la porte.

— Il n'a jamais parlé de vous enfermer ?

— Comment l'avez-vous deviné ?

— Il l'a fait ?

— Pendant une semaine.

— Les voisines s'en sont aperçues ?

— Oui.

— C'est pour cela qu'il vous a rendu la clef ?

— Je ne sais pas. Je ne comprends pas où vous voulez en venir.

— Vous l'aimez ?

— Vous vous figurez que je vivrais cette vie-là si je ne l'aimais pas ?

— Il vous donne de l'argent ?

— Quand il peut.

— Je le croyais riche.

— Tout le monde croit ça, alors qu'il est exactement dans le cas d'un jeune homme qui doit demander chaque semaine un peu d'argent à son père. Ils vivent tous dans la même maison.

— Pourquoi ?

— Est-ce que je sais ?

— Il pourrait travailler.

— Cela le regarde, non ? Des semaines entières, son père le laisse sans argent.

Maigret regarda la table où il n'y avait que du pain et du beurre.

— C'est le cas en ce moment ?

Elle haussa les épaules.

— Qu'est-ce que ça peut faire ? Moi aussi, jadis, je me faisais des idées sur les gens qu'on croit riches. De la façade, oui ! Une grosse maison avec rien dedans. Ils sont tout le temps à se chamailler pour soutirer un peu d'argent au vieux et les fournisseurs attendent parfois des mois pour se faire payer.

— Je croyais que la femme d'Alain était riche.

— Si elle avait été riche, elle ne l'aurait pas épousé. Elle se figurait qu'il l'était. Quand elle s'est aperçue du contraire, elle s'est mise à le détester.

Il y eut un silence assez long. Maigret bourrait sa pipe, lentement, rêveusement.

— Qu'est-ce que vous êtes en train de penser ? questionna-t-elle.

— Je pense que vous l'aimez vraiment.

— C'est déjà ça !

Son ironie était amère.

— Ce que je me demande, poursuivit-elle, c'est pourquoi les gens s'en prennent tout à coup à lui. J'ai lu le journal. On ne dit rien de précis, mais je sens qu'on le soupçonne. Tout à l'heure, par la fenêtre, j'ai entendu des femmes qui parlaient dans la cour, très haut, exprès, pour que je ne perde pas un mot de ce qu'elles disaient.

— Qu'est-ce qu'elles disaient ?

— Que, du moment qu'on cherchait un fou, il n'y avait pas à aller loin pour le trouver.

— Je suppose qu'elles ont entendu les scènes qui se déroulaient chez vous ?

— Et après ?

Elle devint soudain presque furieuse et se leva de sa chaise.

— Vous aussi, parce qu'il s'est mis à aimer une fille comme moi et parce qu'il en est jaloux, vous allez vous figurer qu'il est fou ?

Maigret se leva à son tour, essaya, pour la calmer, de lui poser la main sur l'épaule, mais elle le repoussa avec colère.

— Dites-le, si c'est votre idée.

— Ce n'est *pas* mon idée.

— Vous croyez qu'il est fou ?

— Certainement pas parce qu'il vous aime.

— Mais il l'est quand même ?

— Jusqu'à preuve du contraire, je n'ai aucune raison d'en arriver à cette conclusion-là.

— Qu'est-ce que cela signifie au juste ?

— Cela signifie que vous êtes une bonne fille et que...

— Je ne suis pas une bonne fille. Je suis une traînée, une ordure, et je ne mérite pas que...

— Vous êtes une bonne fille et je vous promets de faire mon possible pour qu'on découvre le vrai coupable.

— Vous êtes persuadé que ce n'est pas lui ?

Il souffla, embarrassé, se mit, par contenance, à allumer sa pipe.

— Vous voyez bien que vous n'osez pas le dire !

— Vous êtes une bonne fille, Louise. Je reviendrai sans doute vous voir...

Mais elle avait perdu sa confiance et, en refermant la porte derrière lui, elle grommelait :

— Vous et vos promesses !...

De l'escalier, au bas duquel des gamins le guettaient, il crut l'entendre ajouter pour elle-même :

— Vous n'êtes quand même qu'un sale flic !

5

La partie de bridge

Quand ils sortirent, à huit heures et quart, de la maison de la rue Clemenceau, ils eurent presque un mouvement de recul, tant le calme et le silence qui les enveloppaient soudain étaient surprenants.

Vers cinq heures de l'après-midi, le ciel était devenu d'un noir de Crucifixion et il avait fallu allumer les lampes partout dans la ville. Deux coups de tonnerre avaient éclaté, brefs, déchirants, et enfin les nuages s'étaient vidés, non en pluie mais en grêle, on avait vu les passants disparaître, comme balayés par la bourrasque, tandis que des boules blanches rebondissaient sur le pavé ainsi que des balles de ping-pong.

Maigret, qui se trouvait à ce moment-là au Café de la Poste, s'était levé comme les autres et tout le monde était resté debout près des vitres, à regarder la rue du même œil qu'on suit un feu d'artifice.

Maintenant, c'était fini et on était dérouté de n'entendre ni la pluie ni le vent, de marcher dans un air immobile, de voir, en levant la tête, des étoiles entre les toits.

Peut-être à cause du silence que troublait seul le bruit de leurs pas, ils marchèrent sans rien dire, montant la rue vers la place Viète. Juste à l'angle de celle-ci, ils frôlèrent un homme qui se tenait dans l'obscurité, sans bouger, un brassard blanc sur son pardessus, un gourdin à la main, et qui les suivit des yeux sans souffler mot.

Quelques pas plus loin, Maigret ouvrit la bouche pour une question et son ami, qui l'avait devinée, expliqua d'une voix contrainte :

— Le commissaire m'a téléphoné un peu avant mon départ du bureau. Cela mijotait depuis hier. Ce matin, des gamins sont allés déposer des convocations dans les boîtes aux lettres. Une réunion a eu lieu à six heures et *ils* ont constitué un comité de vigilance.

Le *ils* ne se rapportait pas aux gamins évidemment, mais aux éléments hostiles de la ville.

Chabot ajouta :

— Nous ne pouvons pas les en empêcher.

Juste devant la maison des Vernoux, rue Rabelais, trois autres hommes à brassard se tenaient sur le trottoir et les regardèrent s'approcher. Ils ne patrouillaient pas, restaient là, en faction, et on aurait pu croire qu'ils les attendaient, qu'ils allaient peut-être les empêcher d'entrer. Maigret crut reconnaître, dans le plus petit des trois, la maigre silhouette de l'instituteur Chalus.

C'était assez impressionnant. Chabot hésita à s'avancer vers le seuil, fut probablement tenté de continuer son chemin. Cela ne sentait pas encore

l'émeute, ni même le désordre, mais c'était la première fois qu'ils rencontraient un signe aussi tangible
du mécontentement populaire.

Calme en apparence, très digne, non sans une certaine solennité, le juge d'instruction finit par gravir les
marches et soulever le marteau de la porte.

Derrière lui, il n'y eut pas un murmure, pas une
plaisanterie. Toujours sans bouger, les trois hommes
le regardaient faire.

Le bruit du marteau se répercuta à l'intérieur
comme dans une église. Tout de suite, comme s'il
s'était tenu là pour les attendre, un maître d'hôtel
mania des chaînes, des verrous et les accueillit d'une
révérence silencieuse.

Cela ne devait pas se passer ainsi d'habitude, car
Julien Chabot marqua un temps d'arrêt sur le seuil du
salon, regrettant peut-être d'être venu.

Dans une pièce aux proportions de salle de danse
le grand lustre de cristal était allumé, d'autres
lumières brillaient sur des tables, il y avait, groupés
dans les différents angles et autour de la cheminée,
assez de fauteuils pour asseoir quarante personnes.

Or, un seul homme se tenait là, au bout le plus
éloigné de la pièce, Hubert Vernoux, les cheveux
blancs et soyeux, qui surgissait d'un immense fauteuil
Louis XIII et arrivait à leur rencontre, la main tendue.

— Je vous ai annoncé hier, dans le train, que vous
viendriez me voir, Monsieur Maigret. J'ai d'ailleurs
téléphoné aujourd'hui à notre ami Chabot pour
m'assurer qu'il vous amènerait.

Il était vêtu de noir et son vêtement ressemblait quelque peu à un smoking, un monocle pendait à un ruban sur sa poitrine.

— Ma famille sera là dans un instant. Je ne comprends pas pourquoi tout le monde n'est pas descendu.

Dans le compartiment pauvrement éclairé, Maigret l'avait mal vu. Ici, l'homme lui paraissait plus vieux. Quand il avait traversé le salon, sa démarche avait cette raideur mécanique des arthritiques dont les mouvements semblent commandés par des ressorts. Le visage était bouffi, d'un rose presque artificiel.

Pourquoi le commissaire pensa-t-il à un acteur devenu vieux qui s'efforce de continuer à jouer son rôle et vit dans la terreur que le public s'aperçoive qu'il est déjà à moitié mort ?

— Il faut que je leur fasse dire que vous êtes ici.

Il avait sonné, s'adressait au maître d'hôtel.

— Voyez si Madame est prête. Prévenez aussi Mlle Lucile, le docteur et Madame…

Quelque chose n'allait pas. Il en voulait à sa famille de ne pas être là. Pour le mettre à l'aise, Chabot disait en regardant les trois tables de bridge qui étaient préparées :

— Henri de Vergennes va venir ?

— Il m'a téléphoné pour s'excuser. La tempête a défoncé l'allée du château et il est dans l'impossibilité de faire sortir sa voiture.

— Aumale ?

— Le notaire a la grippe depuis ce matin. Il s'est mis au lit à midi.

Personne ne viendrait, en somme. Et c'était comme si la famille elle-même hésitait à descendre. Le maître d'hôtel ne reparaissait pas. Hubert Vernoux désigna les liqueurs sur la table.

— Servez-vous, voulez-vous ? Je vous demande de m'excuser un instant.

Il allait les chercher lui-même, montait le grand escalier aux marches de pierre, à la rampe de fer forgé.

— Combien de personnes assistent d'habitude à ces bridges ? questionna Maigret à voix basse.

— Pas beaucoup. Cinq ou six, en dehors de la famille.

— Qui est généralement au salon quand tu arrives ?

Chabot fit signe que oui, à regret. Quelqu'un entrait sans bruit, le docteur Alain Vernoux, qui lui ne s'était pas changé et portait le même complet mal repassé que le matin.

— Vous êtes seuls ?

— Votre père vient de monter.

— Je l'ai rencontré dans l'escalier. Ces dames ?

— Je crois qu'il est allé les appeler.

— Je ne pense pas qu'il vienne quelqu'un d'autre ?

Alain eut un mouvement de la tête vers les fenêtres que voilaient de lourds rideaux.

— Vous avez vu ?

Et sachant qu'on avait compris de quoi il parlait :

— Ils surveillent l'hôtel. Il doit y en avoir en faction devant la porte de la ruelle aussi. C'est une très bonne chose.

— Pourquoi ?

— Parce que, si un nouveau crime est commis, on ne pourra pas l'attribuer à quelqu'un de la maison.

— Vous prévoyez un nouveau crime ?

— S'il s'agit d'un fou, il n'y a aucune raison pour que la série en reste là.

Mme Vernoux, la mère du docteur, fit son entrée, suivie par son mari qui avait le teint animé, comme s'il avait dû discuter pour la décider à descendre. C'était une femme de soixante ans, aux cheveux encore bruns, aux yeux très cernés.

— Le commissaire Maigret, de la Police Judiciaire de Paris.

Elle inclina à peine la tête et alla s'asseoir dans un fauteuil qui devait être le sien. En passant, elle s'était contentée, pour le juge, d'un furtif :

— Bonsoir, Julien.

Hubert Vernoux annonçait :

— Ma belle-sœur descend tout de suite. Tout à l'heure, nous avons eu une panne d'électricité qui a retardé le dîner. Je suppose que le courant a été coupé dans toute la ville ?

Il parlait pour parler. Les mots n'avaient pas besoin d'avoir un sens. Il fallait remplir le vide du salon.

— Un cigare, commissaire ?

Pour la seconde fois depuis qu'il était à Fontenay, Maigret en accepta un, parce qu'il n'osait pas sortir sa pipe de sa poche.

— Ta femme ne descend pas ?

— Elle est probablement retenue par les enfants.

Il était déjà évident qu'Isabelle Vernoux, la mère, avait consenti à faire acte de présence, après Dieu sait quels marchandages, mais qu'elle était décidée à ne pas participer activement à la réunion. Elle avait pris un travail de tapisserie et n'écoutait pas ce qui se disait.

— Vous jouez au bridge, commissaire ?

— Désolé de vous décevoir, mais je ne joue jamais. Je m'empresse d'ajouter que je prends beaucoup de plaisir à suivre une partie.

Hubert Vernoux regarda le juge.

— Comment allons-nous jouer ? Lucile jouera certainement. Vous et moi. Je suppose, Alain…

— Non. Ne comptez pas sur moi.

— Reste ta femme. Veux-tu aller voir si elle est bientôt prête ?

Cela devenait pénible. Personne, en dehors de la maîtresse de maison, ne se décidait à s'asseoir. Le cigare de Maigret lui donnait une contenance. Hubert Vernoux en avait allumé un aussi et s'occupait à remplir les verres de fine.

Les trois hommes qui montaient la garde dehors pouvaient-ils s'imaginer que les choses se passaient ainsi à l'intérieur ?

Lucile descendit enfin et c'était, en plus maigre, en plus anguleux, la réplique de sa sœur. Elle aussi n'accorda qu'un bref regard au commissaire, marcha droit vers une des tables de jeu.

— On commence ? questionna-t-elle.

Puis, désignant vaguement Maigret :

— Il joue ?

— Non.

— Qui joue, alors ? Pourquoi m'a-t-on fait descendre ?

— Alain est allé chercher sa femme.

— Elle ne viendra pas.

— Pourquoi ?

— Parce qu'elle a ses névralgies. Les enfants ont été insupportables toute la soirée. La gouvernante a donné congé et est partie. C'est Jeanne qui s'occupe du bébé...

Hubert Vernoux s'épongea.

— Alain la décidera.

Et, tourné vers Maigret :

— J'ignore si vous avez des enfants. Il en est sans doute toujours ainsi dans les grandes familles. Chacun tire de son côté. Chacun a ses occupations, ses préférences...

Il avait raison : Alain amena sa femme, quelconque, plutôt boulotte, les yeux rouges d'avoir pleuré.

— Excusez-moi... dit-elle à son beau-père. Les enfants m'ont donné du mal.

— Il paraît que la gouvernante...

— Nous en parlerons demain.

— Le commissaire Maigret...

— Enchantée.

Celle-ci tendit la main, mais c'était une main inerte, sans chaleur.

— On joue ?

— On joue.

— Qui ?

— Vous êtes sûr, commissaire, que vous ne désirez pas être de la partie ?

— Certain.

Julien Chabot, déjà assis, en familier de la maison, battait les cartes, les étalait au milieu du tapis vert.

— À vous de tirer, Lucile.

Elle retourna un roi, son beau-frère un valet. Le juge et la femme d'Alain tirèrent un trois et un sept.

— Nous sommes ensemble.

Cela avait pris près d'une demi-heure, mais ils étaient enfin installés. Dans son coin, Isabelle Vernoux mère ne regardait personne. Maigret s'était assis en retrait, derrière Hubert Vernoux dont il voyait le jeu en même temps que celui de sa belle-fille.

— Passe.

— Un trèfle.

— Passe.

— Un cœur.

Le docteur était resté debout, avec l'air de ne savoir où se mettre. Tout le monde était en service commandé. Hubert Vernoux les avait réunis, presque de force, pour garder à la maison, peut-être à l'intention du commissaire, l'apparence d'une vie normale.

— Eh bien ! Hubert ?

Sa belle-sœur, qui était sa partenaire, le rappelait à l'ordre.

— Pardon !... Deux trèfles...

— Vous êtes sûr que vous ne devriez pas en dire trois ? J'ai annoncé un cœur sur votre trèfle, ce qui signifie que j'ai au moins deux honneurs et demi...

Dès ce moment-là, Maigret commença à se passionner à la partie. Non pas au jeu en lui-même, mais pour ce qu'il lui révélait du caractère des joueurs.

Son ami Chabot, par exemple, était d'une régularité de métronome, ses annonces exactement ce qu'elles devaient être, sans audace comme sans timidité. Il jouait sa main calmement, n'adressait aucune observation à sa partenaire. C'est tout juste si, quand la jeune femme ne lui donnait pas correctement la réplique, une ombre de contrariété passait sur son visage.

— Je vous demande pardon. J'aurais dû répondre trois piques.

— Cela n'a pas d'importance. Vous ne pouviez pas savoir ce que j'ai en main.

Dès le troisième tour, il annonça et réussit un petit schelem, s'en excusa :

— Trop facile. Je l'avais dans mon jeu.

La jeune femme, elle, avait des distractions, essayait de se reprendre et, quand la main lui restait, regardait autour d'elle comme pour demander de l'aide. Il lui arriva de se tourner vers Maigret, les doigts sur une carte, pour lui demander conseil.

Elle n'aimait pas le bridge, n'était là que parce qu'il le fallait, pour faire le quatrième.

Lucile, au contraire, dominait la table de sa personnalité. C'était elle qui, après chaque coup, commentait la partie et distribuait des observations aigres-douces.

— Puisque Jeanne a annoncé deux cœurs, vous deviez savoir de quel côté faire l'impasse. Elle avait fatalement la dame de cœur.

Elle avait raison, d'ailleurs. Elle avait toujours raison. Ses petits yeux noirs semblaient voir à travers les cartes.

— Qu'est-ce que vous avez aujourd'hui, Hubert ?

— Mais...

— Vous jouez comme un débutant. C'est tout juste si vous entendez les annonces. Nous aurions pu gagner la manche par trois sans atout et vous demandez quatre trèfles que vous ne réussissez pas.

— J'attendais que vous le disiez…

— Je n'avais pas à vous parler de mes carreaux. C'était à vous de…

Hubert Vernoux essaya de se rattraper. Il fut comme ces joueurs à la roulette qui, une fois en perte, se raccrochent à l'espoir que la chance va tourner d'un moment à l'autre et essayent tous les numéros, voyant avec rage sortir celui qu'ils viennent d'abandonner.

Presque toujours, il annonçait au-dessus de son jeu, comptant sur les cartes de sa partenaire, et, quand il ne les trouvait pas, mordait nerveusement le bout de son cigare.

— Je vous assure, Lucile, que j'étais parfaitement dans mon droit en annonçant deux piques d'entrée.

— Sauf que vous n'aviez ni l'as de pique ni celui de carreau.

— Mais j'avais…

Il énumérait ses cartes, le sang lui montait à la tête, tandis qu'elle le regardait avec une froideur féroce.

Pour se remettre à flot, il annonçait toujours plus dangereusement, au point que ce n'était plus du bridge, mais du poker.

Alain était allé tenir un moment compagnie à sa mère. Il revint se camper derrière les joueurs, regardant les cartes sans intérêt de ses gros yeux brouillés par les lunettes.

— Vous y comprenez quelque chose, commissaire ?

— Je connais les règles. Je suis capable de suivre la partie, mais pas de la jouer.

— Cela vous intéresse ?

— Beaucoup.

Il examina le commissaire avec plus d'attention, parut comprendre que l'intérêt de Maigret résidait dans le comportement des joueurs bien plus que dans les cartes et il regarda sa tante et son père d'un air ennuyé.

Chabot et la femme d'Alain gagnèrent le premier robre.

— On change ? proposa Lucile.

— À moins que nous prenions notre revanche comme nous sommes.

— Je préfère changer de partenaire.

Ce fut un tort de sa part. Elle se trouvait jouer avec Chabot, qui ne faisait pas d'erreur et à qui il lui était impossible d'adresser des reproches. Jeanne jouait mal. Mais, peut-être parce qu'elle annonçait invariablement trop bas, Hubert Vernoux gagna les deux manches coup sur coup.

— C'est de la chance, rien d'autre.

Ce n'était pas tout à fait vrai. Il avait eu du jeu, certes. Mais, s'il avait annoncé avec autant d'audace, il n'aurait pas gagné, car rien ne pouvait lui laisser espérer les cartes que lui apportait sa partenaire.

— On continue ?

— On finit le tour.

Cette fois, Vernoux était avec le juge, les deux femmes ensemble. Et ce furent les hommes qui gagnèrent, de sorte que Hubert Vernoux avait gagné deux parties sur trois.

On aurait dit qu'il en était soulagé, comme si cette partie avait eu pour lui une importance considérable. Il s'épongea, alla se verser à boire, apporta un verre à Maigret.

— Vous voyez que, quoi qu'en dise ma belle-sœur, je ne suis pas si imprudent. Ce qu'elle ne comprend pas, c'est que, si on parvient à saisir le mécanisme de pensée de l'adversaire, on a la partie à moitié gagnée, quelles que soient les cartes. Il en est de même pour vendre une ferme ou un terrain. Sachez ce que l'acheteur a dans la tête et…

— Je vous en prie, Hubert.

— Quoi ?

— Vous pourriez peut-être ne pas parler affaires ici ?

— Je vous demande pardon. J'oublie que les femmes veulent qu'on gagne de l'argent mais qu'elles préfèrent ignorer comment il se gagne.

Cela aussi, c'était une imprudence. Sa femme, de son lointain fauteuil, le rappela à l'ordre.

— Vous avez bu ?

Maigret l'avait vu boire trois ou quatre cognacs. Il avait été frappé par la façon dont Vernoux remplissait son verre, furtivement, comme à la sauvette, dans l'espoir que sa femme et sa belle-sœur ne le verraient pas. Il avalait l'alcool d'un trait puis, par contenance, remplissait le verre du commissaire.

— J'ai juste pris deux verres.

— Ils vous ont porté à la tête.

— Je crois, commença Chabot en se levant et en tirant sa montre de sa poche, qu'il est temps que nous partions.

— Il est à peine dix heures et demie.

— Vous oubliez que j'ai beaucoup de travail. Mon
ami Maigret doit commencer à être fatigué, lui aussi.

Alain paraissait déçu. Maigret aurait juré que, pendant toute la soirée, le docteur avait rôdé autour de
lui avec l'espoir de l'attirer dans un coin.

Les autres ne les retinrent pas. Hubert Vernoux
n'osa pas insister. Que se passerait-il quand les
joueurs seraient partis et qu'il resterait seul en face
des trois femmes ? Car Alain ne comptait pas. C'était
visible. Personne ne s'était occupé de lui. Il monte-
rait sans doute dans sa chambre ou dans son labora-
toire. Sa femme faisait davantage partie de la famille
que lui-même.

C'était une famille de femmes, en somme, Maigret
le découvrait tout à coup. On avait permis à Hubert
Vernoux de jouer au bridge, à la condition de bien se
tenir, et on n'avait cessé de le surveiller comme un
enfant.

Était-ce pour cela que, hors de chez lui, il se raccrochait si désespérément au personnage qu'il s'était
créé, attentif aux moindres détails vestimentaires ?

Qui sait ? Peut-être, tout à l'heure, en allant les
chercher là-haut, les avait-il suppliées d'être gentilles
avec lui, de lui laisser jouer son rôle de maître de
maison sans l'humilier par leurs remarques.

Il louchait vers la carafe de fine.

— Un dernier verre, commissaire, ce que les
Anglais appellent un *night cap* ?

Maigret, qui n'en avait pas envie, dit oui pour lui
donner l'occasion d'en boire un aussi, et tandis que
Vernoux portait le verre à ses lèvres il surprit le

regard fixe de sa femme, vit la main hésiter puis, à regret, reposer le verre.

Comme le juge et le commissaire arrivaient à la porte, où le maître d'hôtel les attendait avec leur vestiaire, Alain murmura :

— Je me demande si je ne vais pas vous accompagner un bout de chemin.

Il ne paraissait pas s'inquiéter, lui, des réactions des femmes, qui semblaient surprises. La sienne ne protesta pas. Cela devait lui être indifférent qu'il sorte ou non, étant donné le peu de place qu'il tenait dans sa vie. Elle s'était rapprochée de sa belle-mère dont elle admirait le travail en hochant la tête.

— Cela ne vous ennuie pas, commissaire ?

— Pas du tout.

L'air de la nuit était frais, d'une autre fraîcheur que les nuits précédentes, et on avait envie de s'en emplir les poumons, de saluer les étoiles qu'on retrouvait à leur place après si longtemps.

Les trois hommes à brassard étaient toujours sur le trottoir et, cette fois, reculèrent d'un pas pour les laisser passer. Alain n'avait pas mis de pardessus. Il s'était coiffé, en passant devant le portemanteau, d'un chapeau de feutre mou que les pluies recentes avaient déformé.

Vu comme cela, le corps en avant, les mains dans les poches, il ressemblait plus à un étudiant de dernière année qu'à un homme marié et père de famille.

Dans la rue Rabelais, ils ne purent parler, car les voix portaient loin et ils avaient conscience de la présence des trois veilleurs derrière eux. Alain sursauta

en frôlant celui qui était en faction au coin de la place
Viète et qu'il n'avait pas vu.

— Je suppose qu'ils en ont mis dans toute la ville ?
murmura-t-il.

— Certainement. Ils vont se relayer.

Peu de fenêtres restaient éclairées. Les gens se couchaient tôt. On voyait de loin, dans la longue perspective de la rue de la République, les lumières du Café
de la Poste encore ouvert, et deux ou trois passants
isolés disparurent l'un après l'autre.

Quand ils atteignirent la maison du juge, ils
n'avaient pas encore eu le temps d'échanger dix
phrases. Chabot murmura à regret :

— Vous entrez ?

Maigret dit non :

— Il est inutile d'éveiller ta mère.

— Elle ne dort pas. Elle ne se couche jamais avant
que je sois rentré.

— Nous nous verrons demain matin.

— Ici ?

— Je passerai au Palais.

— J'ai un certain nombre de coups de téléphone à
donner avant de me coucher. Peut-être y a-t-il du
nouveau ?

— Bonsoir, Chabot.

— Bonsoir, Maigret. Bonsoir, Alain.

Ils se serrèrent la main. La clef tourna dans la serrure ; un moment plus tard la porte se refermait.

— Je vous accompagne jusqu'à l'hôtel ?

Il n'y avait plus qu'eux dans la rue. L'espace d'un
éclair, Maigret eut la vision du docteur sortant une
main de sa poche et lui frappant le crâne avec un

objet dur, un bout de tuyau de plomb ou une clef anglaise.

Il répondit :

— Volontiers.

Ils marchèrent. Alain ne se décidait pas tout de suite à parler. Quand il le fit, ce fut pour demander :

— Qu'est-ce que vous en pensez ?

— De quoi ?

— De mon père.

Qu'est-ce que Maigret aurait pu répondre ? Ce qui était intéressant, c'était le fait que la question était posée, que le jeune docteur soit sorti de chez lui rien que pour la poser.

— Je ne crois pas qu'il ait eu une existence heureuse, murmura cependant le commissaire, sans y mettre trop de conviction.

— Il y a des gens qui ont une existence heureuse ?

— Pendant un certain temps, tout au moins. Vous êtes malheureux, Monsieur Vernoux ?

— Moi, je ne compte pas.

— Vous essayez pourtant de décrocher votre part de joies.

Les gros yeux se fixèrent sur lui.

— Que voulez-vous dire ?

— Rien. Ou, si vous préférez, qu'il n'existe pas de gens absolument malheureux. Chacun se raccroche à quelque chose, se crée une sorte de bonheur.

— Vous vous rendez compte de ce que cela signifie ?

Et, comme Maigret ne répondait pas :

— Savez-vous que c'est à cause de cette recherche de ce que j'appellerais les compensations, cette recherche d'un bonheur malgré tout, que naissent les manies et, souvent, les déséquilibres ? Les hommes qui, en ce moment, boivent et jouent aux cartes au Café de la Poste essaient de se persuader qu'ils y trouvent du plaisir.

— Et vous ?

— Je ne comprends pas la question.

— Vous ne cherchez pas des compensations ?

Cette fois, Alain fut inquiet, soupçonna Maigret d'en savoir davantage, hésitant à l'interroger.

— Vous oserez vous rendre, ce soir, au quartier des casernes ?

C'était plutôt par pitié que le commissaire demandait ça, pour le débarrasser de ses doutes.

— Vous savez ?

— Oui.

— Vous lui avez parlé ?

— Longuement.

— Qu'est-ce qu'elle vous a dit ?

— Tout.

— J'ai tort ?

— Je ne vous juge pas. C'est vous qui avez évoqué la recherche instinctive des compensations. Quelles sont les compensations de votre père ?

Ils avaient baissé la voix, car ils étaient arrivés devant la porte ouverte de l'hôtel dans le hall duquel une seule lampe restait allumée.

— Pourquoi ne répondez-vous pas ?

— Parce que j'ignore la réponse.

— Il n'a pas d'aventures ?

— Certainement pas à Fontenay. Il est trop connu et cela se saurait.

— Et vous ? Cela se sait aussi ?

— Non. Mon cas n'est pas le même. Quand mon père se rend à Paris ou à Bordeaux, je suppose qu'il s'offre des distractions.

Il murmura pour lui-même :

— Pauvre papa !

Maigret le regarda avec surprise.

— Vous aimez votre père ?

Pudiquement, Alain répondit :

— En tout cas, je le plains.

— Il en a toujours été ainsi ?

— Cela a été pis. Ma mère et ma tante se sont un peu calmées.

— Qu'est-ce qu'elles lui reprochent ?

— D'être un roturier, le fils d'un marchand de bestiaux qui s'enivrait dans les auberges de villages. Les Courçon ne lui ont jamais pardonné d'avoir eu besoin de lui, comprenez-vous ? Et, du temps du vieux Courçon, la situation était plus cruelle parce que Courçon était encore plus cinglant que ses filles et que son fils Robert. Jusqu'à la mort de mon père, tous les Courçon de la terre lui en voudront de ce qu'ils ne vivent que de son argent.

— Comment vous traitent-ils, vous ?

— Comme un Vernoux. Et ma femme, dont le père était vicomte de Cadeuil, fait bloc avec ma mère et ma tante.

— Vous aviez l'intention de me dire tout ça ce soir ?

— Je ne sais pas.

— Vous teniez à me parler de votre père ?

— J'avais envie de savoir ce que vous pensiez de lui.

— N'étiez-vous pas surtout anxieux de savoir si j'avais découvert l'existence de Louise Sabati ?

— Comment avez-vous su ?

— Par une lettre anonyme.

— Le juge est au courant ? La police ?

— Ils ne s'en préoccupent pas.

— Mais ils le feront ?

— Pas si on découvre l'assassin dans un délai assez court. J'ai la lettre dans ma poche. Je n'ai pas parlé à Chabot de mon entrevue avec Louise.

— Pourquoi ?

— Parce que je ne pense pas que, dans l'état de l'enquête, cela présente de l'intérêt.

— Elle n'y est pour rien.

— Dites-moi, Monsieur Vernoux…

— Oui.

— Quel âge avez-vous ?

— Trente-six ans.

— À quel âge avez-vous terminé vos études ?

— J'ai quitté la Faculté de Médecine à vingt-cinq ans et j'ai fait ensuite un internat de deux ans à Sainte-Anne.

— Vous n'avez jamais été tenté de vivre par vous-même ?

Il parut soudain découragé.

— Vous ne répondez pas ?

— Je n'ai rien à répondre. Vous ne comprendriez pas.

— Manque de courage ?

— Je savais que vous appelleriez cela comme ça.

— Vous n'êtes pourtant pas revenu à Fontenay-le-Comte pour protéger votre père ?

— Voyez-vous, c'est à la fois plus simple et plus compliqué. Je suis revenu un jour pour passer quelques semaines de vacances.

— Et vous êtes resté ?

— Oui.

— Par veulerie ?

— Si vous voulez. Encore que ce ne soit pas exact.

— Vous aviez l'impression que vous ne pouviez pas faire autre chose ?

Alain laissa tomber le sujet.

— Comment est Louise ?

— Comme toujours, je suppose.

— Elle n'est pas inquiète ?

— Il y a longtemps que vous ne l'avez vue ?

— Deux jours. Je me rendais chez elle hier au soir. Après, je n'ai pas osé. Aujourd'hui non plus. Ce soir, c'est pis, avec les hommes qui patrouillent les rues. Comprenez-vous pourquoi, dès le premier meurtre, c'est à nous que la rumeur publique s'en est prise ?

— C'est un phénomène que j'ai souvent constaté.

— Pourquoi nous choisir ?

— Qui croyez-vous qu'ils soupçonnent ? Votre père ou vous ?

— Cela leur est égal, pourvu que ce soit quelqu'un de la famille. Ma mère ou ma tante feraient aussi bien leur affaire.

Ils durent se taire car des pas approchaient. C'étaient deux hommes à brassard, à gourdins, qui les dévisagèrent en passant. L'un d'eux braqua sur eux le

faisceau d'une torche électrique et, en s'éloignant, dit
tout haut à son compagnon :

— C'est Maigret.

— L'autre est le fils Vernoux.

— Je l'ai reconnu.

Le commissaire conseilla à son compagnon :

— Vous feriez mieux de rentrer chez vous.

— Oui.

— Et de ne pas discuter avec eux.

— Je vous remercie.

— De quoi ?

— De rien.

Il ne tendit pas la main. Le chapeau de travers, il
s'éloigna, penché en avant, dans la direction du pont,
et la patrouille qui s'était arrêtée le regarda passer en
silence.

Maigret haussa les épaules, pénétra dans l'hôtel et
attendit qu'on lui remît sa clef. Il y avait deux autres
lettres pour lui, sans doute anonymes, mais le papier
n'était plus le même, ni l'écriture.

6

La messe de dix heures et demie

Quand il sut que c'était dimanche, il se mit à
traîner. Déjà avant ça, il avait joué à un jeu secret de
sa toute petite enfance. Il lui arrivait encore d'y jouer
couché à côté de sa femme, ayant soin de n'en rien
laisser deviner. Et elle s'y trompait, disait en lui
apportant sa tasse de café :

— Qu'est-ce que tu rêvais ?

— Pourquoi ?

— Tu souriais aux anges.

Ce matin-là, à Fontenay, avant d'ouvrir les yeux, il
sentit un rayon de soleil qui lui traversait les paupières. Il ne faisait pas que le sentir. Il avait l'impression de le voir à travers la fine peau qui picotait et,
sans doute à cause du sang qui circulait dans celle-ci,
c'était un soleil plus rouge que celui du ciel, triomphant, comme sur les images.

Il pouvait créer tout un monde avec ce soleil-là, des
gerbes d'étincelles, des volcans, des cascades d'or en
fusion. Il suffisait de remuer légèrement les paupières,

à la façon d'un kaléidoscope, en se servant des cils comme d'une grille.

Il entendit les pigeons qui roucoulaient sur une corniche au-dessus de sa fenêtre, puis des cloches sonnèrent en deux endroits à la fois, et il devinait les clochers pointant dans le ciel qui devait être d'un bleu uni.

Il continuait le jeu tout en écoutant les bruits de la rue et c'est alors, à l'écho que laissaient les pas, à une certaine qualité de silence, qu'il reconnut qu'on était dimanche.

Il hésita longtemps avant de tendre le bras pour saisir sa montre sur la table de nuit. Elle marquait neuf heures et demie. À Paris, boulevard Richard-Lenoir, si le printemps était enfin venu aussi, Mme Maigret devait avoir ouvert les fenêtres et faisait la chambre, en peignoir et en pantoufles, pendant qu'un ragoût mijotait sur le feu.

Il se promit de lui téléphoner. Comme il n'y avait pas le téléphone dans les chambres, il fallait attendre qu'il descende pour l'appeler de la cabine.

Il pressa la poire électrique. La femme de chambre lui parut plus propre, plus gaie que la veille.

— Qu'est-ce que vous allez manger ?

— Rien. Je voudrais beaucoup de café.

Elle avait la même façon curieuse de le regarder.

— Je vous fais couler un bain ?

— Seulement quand j'aurai bu mon café.

Il alluma une pipe, alla ouvrir la fenêtre. L'air était encore frais, il dut passer sa robe de chambre, mais on sentait déjà de petites vagues tièdes. Les façades, les pavés avaient séché. La rue était déserte, avec parfois une famille endimanchée qui passait, une femme de la campagne qui tenait un bouquet de lilas violets à la main.

La vie de l'hôtel devait se dérouler au ralenti car il attendit longtemps son café. Il avait laissé les deux lettres reçues la veille au soir sur la table de nuit. L'une des deux était signée. L'écriture était aussi nette que sur une gravure, d'une encre noire comme de l'encre de Chine.

« Vous a-t-on dit que la veuve Gibon est la sage-femme qui a accouché Mme Vernoux de son fils Alain ?
C'est peut-être utile à savoir.
Salutations.

               Anselme Remouchamps. »

La seconde lettre, anonyme, était écrite sur du papier d'excellente qualité dont on avait coupé la partie supérieure, sans doute pour supprimer l'en-tête. Elle était écrite au crayon.

« Pourquoi n'interroge-t-on pas les domestiques ? Ils en savent plus que n'importe qui. »

Quand il avait lu ces deux lignes-là, la veille au soir, avant de se coucher, Maigret avait eu l'intuition qu'elles avaient été écrites par le maître d'hôtel qui l'avait accueilli sans un mot rue Rabelais et qui, au départ, lui avait passé son pardessus. L'homme, brun de poil, la chair drue, avait entre quarante et cinquante ans. Il donnait l'impression d'un fils de métayer qui n'a pas voulu cultiver la terre et qui entretient autant de haine pour les gens riches qu'il voue de mépris aux paysans dont il est sorti.

Il serait sans doute facile d'obtenir un spécimen de son écriture. Peut-être même le papier appartenait-il aux Vernoux ?

Tout cela était à vérifier. À Paris, la besogne aurait été simple. Ici, en définitive, cela ne le regardait pas.

Quand la femme de chambre entra enfin avec le café, il lui demanda :

— Vous êtes de Fontenay ?

— Je suis née rue des Loges.

— Vous connaissez un certain Remouchamps ?

— Le cordonnier ?

— Son prénom est Anselme.

— C'est le cordonnier qui habite deux maisons plus loin que ma mère, celui qui a sur le nez une verrue aussi grosse qu'un œuf de pigeon.

— Quel genre d'homme est-ce ?

— Il est veuf depuis je ne sais combien d'années. Je l'ai toujours connu veuf. Il ricane drôlement au passage des petites filles, pour leur faire peur.

Elle le regarda avec surprise.

— Vous fumez votre pipe avant de boire votre café ?

— Vous pouvez préparer mon bain.

Il alla le prendre dans la salle de bains au fond du couloir, resta longtemps dans l'eau chaude, à rêvasser. Plusieurs fois il ouvrit la bouche comme pour parler à sa femme, qu'il entendait d'habitude, pendant son bain, aller et venir dans la chambre voisine.

Il était dix heures et quart quand il descendit. Le patron était derrière le bureau, en tenue de cuisinier.

— Le juge d'instruction a téléphoné deux fois.

— À quelle heure ?

— La première fois, un peu après neuf heures, la seconde il y a quelques minutes. La seconde fois, j'ai répondu que vous n'alliez pas tarder à descendre.

— Puis-je avoir la communication avec Paris ?

— Un dimanche, ce ne sera peut-être pas long.

Il dit son numéro, alla prendre l'air sur le seuil. Il n'y avait personne, aujourd'hui, pour le regarder. Un coq chantait quelque part, pas loin, et on entendait couler l'eau de la Vendée. Quand une vieille femme en chapeau violet passa près de lui, il aurait juré que ses vêtements dégageaient une odeur d'encens.

C'était bien dimanche.

— Allô ! C'est toi ?

— Tu es toujours à Fontenay ? Tu me téléphones de chez Chabot ? Comment va sa mère ?

Au lieu de répondre, il questionna à son tour :

— Quel temps fait-il à Paris ?

— Depuis hier midi, c'est le printemps.

— Hier midi ?

— Oui. Cela a commencé aussitôt après le déjeuner.

Il avait perdu une demi-journée de soleil !

— Et là-bas ?

— Il fait beau aussi.

— Tu n'as pas pris froid ?

— Je suis très bien.

— Tu rentres demain matin ?

— Je crois.

— Tu n'es pas sûr ? Je croyais…

— Je serai peut-être retenu quelques heures.

— Par quoi ?

— Du travail.

— Tu m'avais dit...

... Qu'il en profiterait pour se reposer, bien sûr !
Est-ce qu'il ne se reposait pas ?

Ce fut à peu près tout. Ils échangèrent les phrases
qu'ils avaient l'habitude d'échanger par téléphone.

Après quoi il demanda Chabot chez lui. Rose lui
répondit que le juge était parti pour le Palais à huit
heures du matin. Il appela le Palais de Justice.

— Du nouveau ?

— Oui. On a retrouvé l'arme. C'est pourquoi je
t'ai appelé. On m'a répondu que tu dormais. Tu peux
monter jusqu'ici ?

— J'y serai dans quelques minutes.

— Les portes sont fermées. Je vais te guetter par la
fenêtre et je t'ouvrirai.

— Cela ne va pas ?

Chabot, à l'appareil, paraissait abattu.

— Je t'en parlerai.

Maigret n'en prit pas moins son temps. Il tenait à
savourer le dimanche et il se trouva bientôt, marchant
lentement, dans la rue de la République où le Café de
la Poste avait déjà installé les chaises et les guéridons
jaunes de la terrasse.

Deux maisons plus loin, la porte de la pâtisserie
était ouverte et Maigret ralentit encore pour respirer
l'odeur sucrée.

Les cloches sonnaient. Une certaine animation
naissait dans la rue, à peu près en face de chez Julien
Chabot. C'était la foule qui commençait à sortir de la
messe de dix heures et demie à l'église Notre-Dame.

Il lui sembla que les gens ne se comportaient pas tout à fait comme ils devaient le faire les autres dimanches. Rares étaient les fidèles qui s'éloignaient directement pour rentrer chez eux.

Des groupes se formaient sur la place, qui ne discutaient pas avec animation, mais parlaient bas, souvent se taisaient en regardant les portes par où s'écoulait le flot des paroissiens. Même les femmes s'attardaient, tenant leur livre de messe doré sur tranches dans leur main gantée, et presque toutes portaient un chapeau clair de printemps.

Devant le parvis, une longue auto brillante stationnait, avec, debout près de la portière, un chauffeur en uniforme noir en qui Maigret reconnut le maître d'hôtel des Vernoux.

Est-ce que ceux-ci, qui n'habitaient pas à plus de quatre cents mètres, avaient l'habitude de se faire conduire à la grand-messe en auto ? C'était possible. Cela faisait peut-être partie de leurs traditions. Il était possible aussi qu'ils aient pris la voiture aujourd'hui, pour éviter, dans les rues, le contact des curieux.

Ils sortaient justement et la tête blanche d'Hubert Vernoux dépassait les autres. Il marchait à pas lents, son chapeau à la main. Quand il fut en haut des marches, Maigret reconnut, à ses côtés, sa femme, sa belle-sœur et sa bru.

La foule s'écartait insensiblement. On ne faisait pas la haie à proprement parler, mais il n'y en avait pas moins un espace vide autour d'eux et tous les regards convergeaient vers leur groupe.

Le chauffeur ouvrit la portière. Les femmes entrèrent d'abord. Puis Hubert Vernoux prit place à l'avant et la limousine glissa en direction de la place Viète.

Peut-être à ce moment-là, un mot lancé par quelqu'un dans la foule, un cri, un geste aurait-il suffi à faire éclater la colère populaire. Ailleurs qu'à la sortie de l'église, cela aurait eu des chances de se produire. Les visages étaient durs et, si les nuages avaient été balayés du ciel, il restait de l'inquiétude dans l'air.

Quelques personnes saluèrent timidement le commissaire. Avaient-elles encore confiance en lui ? On le regardait monter la rue à son tour, la pipe à la bouche, les épaules rondes.

Il contourna la place Viète, s'engagea dans la rue Rabelais. En face de chez Vernoux, sur l'autre trottoir, deux jeunes gens qui n'avaient pas vingt ans montaient la garde. Ils ne portaient pas de brassard, n'avaient pas de gourdin. Ces accessoires semblaient réservés aux patrouilles de nuit. Ils n'en étaient pas moins en service commandé et ils s'en montraient fiers.

L'un souleva sa casquette au passage de Maigret, l'autre pas.

Six ou sept journalistes étaient groupés sur les marches du Palais de Justice dont les grandes portes étaient fermées et Lomel s'était assis, ses appareils posés à côté de lui.

— Vous croyez qu'on va vous ouvrir ? lança-t-il à Maigret. Vous connaissez la nouvelle ?

— Quelle nouvelle ?

— Il paraît qu'on a retrouvé l'arme. Ils sont en grande conférence là-dedans.

La porte s'entrouvrit. Chabot fit signe à Maigret d'entrer vite et, dès qu'il fut passé, repoussa le battant comme s'il craignait une invasion en force des reporters.

Les couloirs étaient sombres et toute l'humidité des dernières semaines stagnait entre les murs de pierre.

— J'aurais voulu, d'abord, te parler en particulier, mais cela a été impossible.

Il y avait de la lumière dans le bureau du juge. Le procureur était là, assis sur une chaise qu'il renversait en arrière, la cigarette aux lèvres. Le commissaire Féron y était aussi, ainsi que l'inspecteur Chabiron qui ne put s'empêcher de lancer à Maigret un regard à la fois triomphant et goguenard.

Sur le bureau, le commissaire vit tout de suite un morceau de tuyau de plomb d'environ vingt-cinq centimètres de long et quatre centimètres de diamètre.

— C'est ça ?

Tout le monde fit signe que oui.

— Pas d'empreintes ?

— Seulement des traces de sang et deux ou trois cheveux collés.

Le tuyau, peint en vert sombre, avait fait partie de l'installation d'une cuisine, d'une cave ou d'un garage. Les sections étaient nettes, faites vraisemblablement par un professionnel plusieurs mois auparavant, car le métal avait eu le temps de se ternir.

Le morceau avait-il été coupé lorsqu'on avait déplacé un évier ou un appareil quelconque ? C'était probable.

Maigret ouvrit la bouche pour demander où l'objet avait été découvert quand Chabot parla :

— Racontez, inspecteur.

Chabiron, qui n'attendait que ce signal, prit un air modeste :

— Nous, à Poitiers, nous en sommes encore aux bonnes vieilles méthodes. De même que j'ai questionné avec mon camarade tous les habitants de la rue, je me suis mis à fouiller dans les coins. À quelques mètres de l'endroit où Gobillard a été assommé, il y a une grande porte qui donne sur une cour appartenant à un marchand de chevaux et entourée d'écuries. Ce matin, j'ai eu la curiosité d'y aller voir. Et, parmi le fumier qui couvre le sol, je n'ai pas tardé à trouver cet objet-là. Selon toutes probabilités, l'assassin, entendant des pas, l'a lancé par-dessus le mur.

— Qui l'a examiné pour les empreintes ?

— Moi. Le commissaire Féron m'a aidé. Si nous ne sommes pas des experts, nous en savons assez pour relever des empreintes digitales. Il est certain que le meurtrier de Gobillard portait des gants. Quant aux cheveux, nous sommes allés à la morgue pour les comparer avec ceux du mort.

Il conclut avec satisfaction :

— Ça colle.

Maigret se garda d'émettre une opinion quelconque. Il y eut un silence, que le juge finit par rompre.

— Nous étions en train de discuter de ce qu'il convient maintenant de faire. Cette découverte paraît, du moins à première vue, confirmer la déposition d'Émile Chalus.

Maigret ne dit toujours rien.

— Si l'arme n'avait pas été découverte sur les lieux, on aurait pu prétendre qu'il était difficile, pour le docteur, de s'en débarrasser avant d'aller téléphoner au Café de la Poste. Comme l'inspecteur le souligne avec un certain bon sens...

Chabiron préféra dire lui-même ce qu'il en pensait :

— Supposons que l'assassin se soit réellement éloigné, son crime commis, avant l'arrivée d'Alain Vernoux, ainsi que celui-ci le prétend. C'est son troisième crime. Les deux autres fois, il a emporté l'arme. Non seulement nous n'avons rien trouvé rue Rabelais, ni rue des Loges, mais il semble évident qu'il a frappé les trois fois avec le même tuyau de plomb.

Maigret avait compris, mais il valait mieux le laisser parler.

— L'homme n'avait aucune raison, cette fois-ci, de lancer l'arme par-dessus un mur. Il n'était pas poursuivi. Nul ne l'avait vu. Mais si nous admettons que c'est le docteur qui a tué, il était indispensable qu'il se débarrasse d'un objet aussi compromettant avant de...

— Pourquoi avertir les autorités ?

— Parce que cela le mettait hors du coup. Il a pensé que personne ne soupçonnerait celui qui donnait l'alarme.

Cela paraissait logique aussi.

— Ce n'est pas tout. Vous le savez.

Il avait prononcé ces derniers mots avec une certaine gêne, car Maigret, sans être son supérieur direct, n'en était pas moins un monsieur qu'on n'attaque pas en face.

— Racontez, Féron.

Le commissaire de police, gêné, écrasa d'abord sa cigarette dans le cendrier. Chabot, lugubre, évitait de regarder son ami. Il n'y avait que le procureur à observer de temps en temps son bracelet-montre en homme qui a des choses plus agréables à faire.

Après avoir toussé, le petit commissaire de police se tournait vers Maigret.

— Quand, hier, on m'a téléphoné pour me demander si je connaissais une certaine fille Sabati…

Le commissaire comprit et eut peur, tout à coup. Il eut, dans la poitrine, une sensation désagréable et sa pipe se mit à avoir mauvais goût.

— … Je me suis naturellement demandé si cela avait un rapport avec l'affaire. Cela ne m'est revenu que vers le milieu de l'après-midi. J'étais occupé. J'ai failli envoyer un de mes hommes, puis je me suis dit que je passerais la voir à tout hasard en allant dîner.

— Vous y êtes allé ?

— J'ai appris que vous l'aviez vue avant moi.

Féron baissait la tête, en homme à qui cela en coûte de porter une accusation.

— Elle vous l'a dit ?

— Pas tout de suite. D'abord, elle a refusé de m'ouvrir sa porte et j'ai dû user des grands moyens.

— Vous l'avez menacée ?

— Je lui ai annoncé que cela pourrait lui coûter cher de jouer ce jeu-là. Elle m'a laissé entrer. J'ai remarqué son œil au beurre noir. Je lui ai demandé qui lui avait fait ça. Pendant plus d'une demi-heure, elle est restée muette comme une carpe, à me regarder d'un air méprisant. C'est alors que j'ai décidé de l'emmener au poste, où il est plus facile de *les* faire parler.

Maigret avait un poids sur les épaules, non seulement à cause de ce qui était arrivé à Louise Sabati, mais à cause de l'attitude du commissaire de police. Malgré ses hésitations, son humilité apparente, celui-ci était très fier, au fond, de ce qu'il avait fait.

On sentait qu'il s'était attaqué allègrement à cette fille du peuple qui n'avait aucun moyen de défense. Or, il devait sortir lui-même du bas peuple. C'était à une de ses pareilles qu'il s'en était pris.

Presque tous les mots qu'il prononçait maintenant, d'une voix qui gagnait en assurance, faisaient mal à entendre.

— Étant donné qu'il y a plus de huit mois qu'elle ne travaille plus, elle est légalement sans ressource, c'est la première chose que je lui ai fait remarquer. Et, comme elle reçoit régulièrement un homme, cela la classe dans la catégorie des prostituées. Elle a compris. Elle a eu peur. Elle s'est débattue longtemps. Je ne sais comment vous vous êtes arrangé, mais elle a fini par m'avouer qu'elle vous avait tout dit.

— Tout quoi ?

— Ses relations avec Alain Vernoux, le comportement de celui-ci, qui piquait des crises de rage aveugle et la rouait de coups.

— Elle a passé la nuit au violon ?

— Je l'ai relâchée ce matin. Cela lui a fait du bien.

— Elle a signé sa déposition ?

— Je ne l'aurais pas laissée partir sans ça.

Chabot adressa à son ami un regard de reproche.

— Je n'étais au courant de rien, murmura-t-il.

Il avait dû déjà le leur dire. Maigret ne lui avait pas parlé de sa visite dans le quartier des casernes et, maintenant, le juge devait considérer ce silence, qui le mettait lui-même dans un mauvais pas, comme une trahison.

Maigret restait calme en apparence. Son regard errait, rêveur, sur le petit commissaire mal bâti qui avait l'air d'attendre des félicitations.

— Je suppose que vous avez tiré des conclusions de cette histoire ?

— Elle nous montre en tout cas le docteur Vernoux sous un jour nouveau. Ce matin, de bonne heure, j'ai interrogé les voisines qui m'ont confirmé qu'à presque chacune de ses visites des scènes violentes éclataient dans le logement, à tel point que, plusieurs fois, elles ont failli appeler la police.

— Pourquoi ne l'ont-elles pas fait ?

— Sans doute parce qu'elles ont pensé que cela ne les regardait pas.

Non ! Si les voisines n'avaient pas donné l'alarme, c'était parce que cela les vengeait que la fille Sabati, qui n'avait rien à faire de ses journées, fût battue. Et, probablement, plus Alain frappait, plus elles étaient satisfaites.

Elles auraient pu être les sœurs du petit commissaire Féron.

— Qu'est-elle devenue ?

— Je lui ai ordonné de rentrer chez elle et de se tenir à la disposition du juge d'instruction.

Celui-ci toussa à son tour.

— Il est certain que les deux découvertes de ce matin mettent Alain Vernoux dans une situation difficile.

— Qu'a-t-il fait, hier soir, en me quittant ?

Ce fut Féron qui répondit :

— Il est retourné chez lui. Je suis en contact avec le comité de vigilance. Ne pouvant empêcher ce comité de se former, j'ai préféré m'assurer sa collaboration. Vernoux est rentré chez lui tout de suite.

— A-t-il l'habitude d'assister à la messe de dix heures et demie ?

Chabot, cette fois, répondit.

— Il ne va pas à la messe du tout. C'est le seul de la famille.

— Il est sorti ce matin ?

Féron eut un geste vague.

— Je ne le pense pas. À neuf heures et demie, on ne m'avait encore rien signalé.

Le procureur prit enfin la parole, en homme qui commence à en avoir assez.

— Tout ceci ne nous mène à rien. Ce qu'il s'agit de savoir, c'est si nous possédons assez de charges contre Alain Vernoux pour le mettre en état d'arrestation.

Il regarda fixement le juge.

— C'est vous que cela regarde, Chabot. C'est votre responsabilité.

Chabot, à son tour, regardait Maigret, dont le visage restait grave et neutre.

Alors, au lieu d'une réponse, le juge d'instruction prononça un discours.

— La situation est celle-ci. Pour une raison ou pour une autre, l'opinion publique a désigné Alain

Vernoux dès le premier assassinat, celui de son oncle Robert de Courçon. Sur quoi les gens se sont-ils basés, je me le demande encore. Alain Vernoux n'est pas populaire. Sa famille est plus ou moins détestée. J'ai bien reçu vingt lettres anonymes me désignant la maison de la rue Rabelais et m'accusant de ménager des gens riches avec qui j'entretiens des relations mondaines.

» Les deux autres crimes n'ont pas atténué ces soupçons, au contraire. Depuis longtemps, Alain Vernoux passe aux yeux de certains pour « un homme pas comme les autres ».

Féron l'interrompit :

— La déposition de la fille Sabati...

— ... Est accablante pour lui, tout comme, à présent que l'arme a été retrouvée, la déposition Chalus. Trois crimes en une semaine, c'est beaucoup. Il est naturel que la population s'inquiète et cherche à se protéger. Jusqu'ici, j'ai hésité à agir, jugeant les indices insuffisants. C'est une grosse responsabilité, en effet, comme vient de le remarquer le procureur. Une fois en état d'arrestation, un homme du caractère de Vernoux, même coupable, se taira.

Il surprit un sourire, qui n'était pas sans ironie ni amertume, sur les lèvres de Maigret, rougit, perdit le fil de ses idées.

— Il s'agit de savoir s'il vaut mieux l'arrêter maintenant ou attendre que...

Maigret ne put s'empêcher de grommeler entre ses dents :

— On a bien arrêté la fille Sabati et on l'a gardée toute la nuit !

Chabot l'entendit, ouvrit la bouche pour répondre, pour répliquer, sans doute, que ce n'était pas la même chose, mais au dernier moment se ravisa.

— Ce matin, à cause du soleil du dimanche, de la messe, nous assistons à une sorte de trêve. Mais, à cette heure déjà, autour de l'apéritif, dans les cafés, on doit recommencer à parler. Des gens, en se promenant, vont passer exprès devant l'hôtel des Vernoux. On sait que j'y ai joué au bridge hier au soir et que le commissaire m'accompagnait. Il est difficile de faire comprendre…

— Vous l'arrêtez ? questionna le procureur en se levant, jugeant que les tergiversations avaient assez duré.

— J'ai peur, vers la soirée, d'un incident qui pourrait avoir des conséquences graves. Il suffit d'un rien, d'un gamin lançant une pierre dans les vitres, d'un ivrogne se mettant à crier des invectives devant la maison. Dans l'état d'esprit de la population…

— Vous l'arrêtez ?

Le procureur cherchait son chapeau, ne le trouvait pas. Le petit commissaire, servile, lui disait :

— Vous l'avez laissé dans votre bureau. Je vais vous le chercher.

Et Chabot, tourné vers Maigret, murmurait :

— Qu'est-ce que tu en penses ?

— Rien.

— À ma place, qu'est-ce que… ?

— Je ne suis pas à ta place.

— Tu crois que le docteur est fou ?

— Cela dépend de ce qu'on appelle un fou.

— Qu'il a tué ?

Maigret ne répondit pas, chercha lui aussi son chapeau.

— Attends un instant. J'ai à te parler. D'abord, il
faut que j'en finisse. Tant pis si je me trompe.

Il ouvrit le tiroir de droite, y prit une formule
imprimée qu'il se mit à remplir tandis que Chabiron
lançait à Maigret un regard plus goguenard que
jamais.

Chabiron et le petit commissaire avaient gagné. La
formule était un mandat d'amener. Chabot hésita
encore une seconde au moment de la signer et d'y
apposer les cachets.

Puis il se demanda auquel des deux hommes il
allait la remettre. Le cas ne s'était pas encore présenté
à Fontenay d'une arrestation comme celle-ci.

— Je suppose…

Enfin :

— Au fait, allez-y tous les deux. Aussi discrètement que possible, afin d'éviter les manifestations. Il
vaudrait mieux prendre une voiture.

— J'ai la mienne, fit Chabiron.

Ce fut un moment désagréable. On aurait dit, pendant quelques instants, que chacun avait un peu
honte. Peut-être pas tant parce qu'ils doutaient de la
culpabilité du docteur, dont ils se sentaient à peu près
sûrs, que parce qu'ils savaient, au fond d'eux-mêmes,
que ce n'était pas à cause de sa culpabilité qu'ils agis-
saient, mais par peur de l'opinion publique.

— Vous me tiendrez au courant, murmura le procureur qui sortit le premier et qui ajouta : Si je ne suis
pas chez moi, appelez-moi chez mes beaux-parents.

Il allait passer le reste du dimanche en famille. Féron et Chabiron sortirent à leur tour et c'était le petit commissaire qui avait le mandat soigneusement plié dans son portefeuille.

Chabiron revint sur ses pas, après un coup d'œil par la fenêtre du couloir, pour demander :

— Les journalistes ?

— Ne leur dites rien maintenant. Partez d'abord vers le centre de la ville. Annoncez-leur que j'aurai une déclaration à leur faire d'ici une demi-heure et ils resteront.

— On l'amène ici ?

— Directement à la prison. Au cas où la foule tenterait de le lyncher, il sera plus facile de l'y protéger.

Tout cela prit du temps. Ils restèrent enfin seuls. Chabot n'était pas fier.

— Qu'est-ce que tu en penses ? se décida-t-il à questionner. Tu me donnes tort ?

— J'ai peur, avoua Maigret qui fumait sa pipe d'un air sombre.

— De quoi ?

Il ne répondit pas.

— En toute conscience, je ne pouvais pas agir autrement.

— Je sais. Ce n'est pas à cela que je pense.

— À quoi ?

Il ne voulait pas avouer que c'était l'attitude du petit commissaire à l'égard de Louise Sabati qui lui restait sur l'estomac.

Chabot regarda sa montre.

— Dans une demi-heure, ce sera fini. Nous pourrons aller l'interroger.

Maigret ne disait toujours rien, avec l'air de suivre Dieu sait quelle pensée mystérieuse.

— Pourquoi ne m'en as-tu pas parlé hier soir ?

— De la fille Sabati ?

— Oui.

— Pour éviter ce qui est arrivé.

— C'est arrivé quand même.

— Oui. Je ne prévoyais pas que Féron s'en préoccuperait.

— Tu as la lettre ?

— Quelle lettre ?

— La lettre anonyme que j'ai reçue à son sujet et que je t'ai remise. Maintenant, je suis obligé de la verser au dossier.

Maigret fouilla ses poches, la trouva, fripée, encore humide de la pluie de la veille, et la laissa tomber sur le bureau.

— Tu ne veux pas regarder si les journalistes les ont suivis ?

Il alla jeter un coup d'œil par la fenêtre. Les reporters et les photographes étaient toujours là, avec l'air d'attendre un événement.

— Tu as l'heure juste ?

— Midi cinq.

Ils n'avaient pas entendu sonner les cloches. Avec toutes les portes fermées, ils étaient là comme dans une cave où ne pénétrait aucun rayon de soleil.

— Je me demande comment il réagira. Je me demande aussi ce que son père…

La sonnerie du téléphone résonna. Chabot fut si impressionné qu'il resta un instant sans décrocher, murmura enfin, en fixant Maigret :

— Allô…

Son front se plissa, ses sourcils se rapprochèrent :

— Vous êtes sûr ?

Maigret entendait des éclats de voix dans l'appareil, sans pouvoir distinguer les mots. C'était Chabiron qui parlait.

— Vous avez fouillé la maison ? Où êtes-vous en ce moment ? Bon. Oui. Restez-y. Je…

Il se passa la main sur le crâne d'un geste angoissé.

— Je vous rappellerai dans quelques instants.

Quand il raccrocha, Maigret se contenta d'un mot.

— Parti ?

— Tu t'y attendais ?

Et, comme il ne répondait pas :

— Il est rentré chez lui hier soir tout de suite après t'avoir quitté, nous en avons la certitude. Il a passé la nuit dans sa chambre. Ce matin, de bonne heure, il s'est fait monter une tasse de café.

— Et les journaux.

— Nous n'avons pas de journaux le dimanche.

— À qui a-t-il parlé ?

— Je ne sais pas encore. Féron et l'inspecteur sont toujours dans la maison et interrogent les domestiques. Un peu après dix heures, toute la famille, sauf Alain, s'est rendue à la messe avec la voiture conduite par le maître d'hôtel.

— Je les ai vus.

— À leur retour, personne ne s'est inquiété du docteur. C'est une maison où, sauf le samedi soir, chacun vit dans son coin. Quand mes deux hommes sont arrivés, une bonne est montée pour avertir Alain.

Il n'était pas chez lui. On l'a appelé dans toute la maison. Tu crois qu'il a pris la fuite ?

— Que dit l'homme en faction dans la rue ?

— Féron l'a questionné. Il paraît que le docteur est sorti un peu après le reste de la famille et est descendu vers la ville à pied.

— On ne l'a pas suivi ? Je croyais…

— J'avais donné des instructions pour qu'on le suive. Peut-être la police a-t-elle pensé que, le dimanche matin, ce n'était pas nécessaire. Je ne sais pas. Si on ne met pas la main sur lui, on prétendra que j'ai fait exprès de lui laisser le temps d'échapper.

— On le dira certainement.

— Il n'y a pas de train avant cinq heures de l'après-midi. Alain n'a pas d'auto.

— Il n'est donc pas loin.

— Tu crois ?

— Cela m'étonnerait qu'on ne le retrouve pas chez sa maîtresse. D'habitude, il ne se glisse chez elle que le soir, à la faveur de l'obscurité. Mais il y a trois jours qu'il ne l'a pas vue.

Maigret n'ajouta pas qu'Alain savait qu'il était allé la voir.

— Qu'est-ce que tu as ? questionna le juge d'instruction.

— Rien. J'ai peur, c'est tout. Tu ferais mieux de les envoyer là-bas.

Chabot téléphona. Après quoi, tous les deux restèrent assis face à face, en silence, dans le bureau où le printemps n'était pas encore entré et où l'abat-jour vert de la lampe leur donnait un air malade.

7

Le trésor de Louise

Maigret, pendant qu'ils attendaient, eut soudain l'impression gênante de regarder son ami à la loupe. Chabot lui paraissait encore plus vieilli, plus éteint que quand il était arrivé l'avant-veille. Il y avait juste assez de vie en lui, d'énergie, de personnalité pour mener l'existence qu'il menait et quand, brusquement, comme c'était le cas, on réclamait de lui un effort supplémentaire, il s'effondrait, honteux de son inertie.

Or, ce n'était pas une question d'âge, le commissaire l'aurait juré. Il avait toujours dû être ainsi. C'était Maigret qui s'était trompé, jadis, à l'époque où ils étaient étudiants et où il avait envié son ami. Chabot, alors, était pour lui le type de l'adolescent heureux. À Fontenay, une mère aux petits soins pour lui l'accueillait dans une maison confortable où les choses avaient un aspect solide et définitif. Il savait qu'il hériterait, outre cette maison, de deux ou trois

fermes et il recevait assez d'argent chaque mois pour
en prêter à ses camarades.

Trente ans avaient passé et Chabot était devenu ce
qu'il devait devenir. Aujourd'hui, c'était lui qui se
tournait vers Maigret pour lui demander son aide.

Les minutes coulaient. Le juge feignait de parcourir un dossier dont son regard ne suivait pas les
lignes dactylographiées. Le téléphone ne se décidait
pas à sonner.

Il tira sa montre de sa poche.

— Il ne faut pas cinq minutes, en voiture, pour se
rendre là-bas. Autant pour en revenir. Ils devraient…

Il était midi et quart. Il fallait laisser aux deux
hommes quelques minutes pour aller voir dans la
maison.

— S'il n'avoue pas et si, dans deux ou trois jours,
je n'ai pas découvert des preuves indiscutables, j'en
serai quitte pour demander ma retraite anticipée.

Il avait agi par peur du gros de la population.
À présent c'était des réactions des Vernoux et de
leurs pairs qu'il s'effrayait.

— Midi vingt. Je me demande ce qu'ils font.

À midi vingt-cinq, il se leva, trop nerveux pour
rester assis.

— Tu n'as pas de voiture ? lui demanda le
commissaire.

Il parut gêné.

— J'en ai eu une qui me servait le dimanche pour
conduire ma mère à la campagne.

C'était drôle d'entendre parler de campagne par
quelqu'un qui habitait une ville où des vaches pais-
saient à cinq cents mètres de la rue principale.

— Maintenant que ma mère ne sort plus que pour la messe le dimanche, qu'est-ce que je ferais d'une auto ?

Peut-être était-il devenu avare ? C'était probable. Pas tellement par sa faute. Quand on possède un petit bien comme le sien, on craint fatalement de le perdre.

Maigret avait l'impression, depuis son arrivée à Fontenay, d'avoir compris des choses auxquelles il n'avait jamais pensé et il se créait, d'une petite ville, une image différente de celle qu'il s'était faite jusque-là.

— Il y a certainement du nouveau.

Les deux policiers étaient partis depuis plus de vingt minutes. Cela ne demandait pas longtemps de fouiller le logement de deux pièces de Louise Sabati. Alain Vernoux n'était pas l'homme à s'enfuir par la fenêtre et il était difficile d'imaginer une chasse à l'homme dans les rues du quartier de la caserne.

Il y eut un moment d'espoir quand ils entendirent le moteur d'une auto qui gravissait la rue en pente et le juge resta immobile, dans l'attente, mais la voiture passa sans s'arrêter.

— Je ne comprends plus.

Il tirait sur ses longs doigts couverts de poils clairs, jetait de brefs regards à Maigret comme pour le supplier de le rassurer, cependant que le commissaire s'obstinait à rester impénétrable.

Quand, un peu après midi et demi, la sonnerie fonctionna enfin, Chabot se jeta littéralement sur l'appareil.

— Allô ! cria-t-il.

Mais, tout de suite, il fut déconfit. C'était une voix de femme qu'on entendait, d'une femme qui ne devait pas avoir l'habitude de téléphoner et qui parlait si fort que le commissaire l'entendait de l'autre bout de la pièce.

— C'est le juge ? questionnait-elle.

— Le juge d'instruction Chabot, oui. J'écoute.

Elle répétait du même ton :

— C'est le juge ?

— Mais oui ! Qu'est-ce que vous voulez ?

— Vous êtes le juge ?

Et lui, furieux :

— Oui. Je suis le juge. Vous ne m'entendez pas ?

— Non.

— Qu'est-ce que vous voulez ?

Si elle lui avait demandé une fois de plus s'il était le juge, il aurait probablement lancé l'appareil à terre.

— Le commissaire veut que vous veniez.

— Comment ?

Mais maintenant, parlant à quelqu'un d'autre, dans la pièce d'où elle lui téléphonait, elle annonçait d'une autre voix :

— Je le lui ai dit. Quoi ?

Quelqu'un commandait :

— Raccrochez.

— Raccrocher quoi ?

On entendait du bruit dans le Palais de Justice. Chabot et Maigret tendirent l'oreille.

— On frappe de grands coups à la porte.

— Viens.

Ils coururent le long des couloirs. Les coups redou-
blaient. Chabot se hâta de tirer le verrou et de tourner
la clef dans la serrure.

— On vous a téléphoné ?

C'était Lomel, encadré de trois ou quatre confrères.
On en voyait d'autres qui montaient la rue dans la
direction de la campagne.

— Chabiron vient de passer au volant de sa voiture. Il y avait près de lui une femme évanouie. Il a dû
la conduire à l'hôpital.

Une auto stationnait au bas des marches.

— À qui est-ce ?

— À moi, ou plutôt à mon journal, dit un reporter
de Bordeaux.

— Conduisez-nous.

— À l'hôpital ?

— Non. Descendez d'abord vers la rue de la République. Vous prendrez à droite, dans la direction de la
caserne.

Ils s'entassèrent tous dans la voiture. Devant chez
les Vernoux, un groupe d'une vingtaine de personnes
s'était formé et on les regarda passer en silence.

— Qu'arrive-t-il, juge ? questionna Lomel.

— Je ne sais pas. On devait procéder à une arrestation.

— Le docteur ?

Il n'eut pas le courage de nier, de jouer au plus fin.
Quelques personnes étaient assises à la terrasse du
Café de la Poste. Une femme endimanchée sortait de
la pâtisserie, une boîte de carton blanc suspendue à
son doigt par une ficelle rouge.

— Par là ?

— Oui. Maintenant, à gauche… Attendez… tournez après ce bâtiment…

On ne pouvait se tromper. Devant la maison où Louise occupait un logement, cela grouillait, surtout des femmes et des enfants qui se précipitèrent vers les portières quand la voiture s'arrêta. La grosse femme qui avait accueilli Maigret la veille se tenait au premier rang, les poings sur les hanches.

— C'est moi qui suis allée vous téléphoner de l'épicerie. Le commissaire est en haut.

Cela se passait dans la confusion. La petite troupe contournait la maison, Maigret, qui connaissait les lieux, en avait pris la tête.

Les curieux, plus nombreux de ce côté-ci, bouchaient la porte extérieure. Il y en avait même dans l'escalier en haut duquel le petit commissaire de police était obligé de monter la garde devant la porte défoncée.

— Laissez passer… Écartez-vous…

Féron avait le visage défait, les cheveux sur le front. Il avait perdu son chapeau quelque part. Il parut soulagé qu'on arrivât à la rescousse.

— Vous avez averti le commissariat pour qu'on m'envoie du renfort ?

— Je ne savais pas que… commença le juge.

— J'avais recommandé à cette femme de vous dire…

Les journalistes essayaient de photographier. Un bébé pleurait. Chabot, que Maigret avait fait passer devant lui, atteignait les dernières marches en demandant :

— Que se passe-t-il ?

— Il est mort.

Il poussa le battant dont le bois avait en partie volé en éclats.

— Dans la chambre.

Celle-ci était en désordre. La fenêtre ouverte laissait pénétrer le soleil et les mouches.

Sur le lit défait, le docteur Alain Vernoux était étendu, tout habillé, ses lunettes sur l'oreiller à côté de son visage d'où le sang s'était déjà retiré.

— Racontez, Féron.

— Il n'y a rien à raconter. Nous sommes arrivés, l'inspecteur et moi, et on nous a désigné cet escalier. Nous avons frappé. Comme on ne répondait pas, j'ai fait les injonctions d'usage. Chabiron a donné deux ou trois coups d'épaule dans le battant. Nous l'avons trouvé comme il est, où il est. J'ai tâté son pouls. Il ne bat plus. J'ai placé un miroir devant sa bouche.

— Et la fille ?

— Elle était par terre, comme si elle avait glissé du lit, et elle avait vomi.

Ils marchaient tous dans ce qu'elle avait rendu.

— Elle ne bougeait plus, mais elle n'était pas morte. Il n'y a pas de téléphone dans la maison. Je ne pouvais pas courir le quartier à la recherche d'un appareil. Chabiron l'a chargée sur son épaule et l'a transportée à l'hôpital. Il n'y avait rien d'autre à faire.

— Vous êtes sûr qu'elle respirait ?

— Oui, avec un drôle de râle dans la gorge.

Les photographes travaillaient toujours. Lomel prenait des notes dans un petit carnet rouge.

— Toute la maisonnée m'est tombée sur le dos. Des gamins, un moment, sont parvenus à se faufiler dans la pièce. Je ne pouvais pas m'éloigner. Je voulais vous avertir. J'ai envoyé la femme qui a l'air de servir de concierge en lui recommandant de vous dire…

Désignant le désordre autour de lui, il ajouta :

— Je n'ai même pas pu jeter un coup d'œil dans le logement.

Ce fut un des journalistes qui tendit un tube de véronal vide.

— Il y a en tout cas ceci.

C'était l'explication. De la part d'Alain Vernoux, il s'agissait sûrement d'un suicide.

Avait-il obtenu que Louise se tue avec lui ? Lui avait-il administré la drogue sans rien dire ?

Dans la cuisine, un bol de café au lait contenait encore un fond de liquide et on voyait un morceau de fromage à côté d'une tranche de pain, dans le pain la trace de la bouche de la fille.

Elle se levait tard, Alain Vernoux avait dû la trouver en train de prendre son petit déjeuner.

— Elle était habillée ?

— En chemise. Chabiron l'a enroulée dans une couverture et l'a emportée comme ça.

— Les voisins n'ont pas entendu de dispute ?

— Je n'ai pas pu les questionner. Ce sont les gosses qui se tiennent au premier rang et les mères ne font rien pour les écarter. Écoutez-les.

Un des journalistes appuyait son dos à la porte qui ne fermait plus, pour empêcher qu'elle soit poussée de l'extérieur.

Julien Chabot allait et venait comme dans un mauvais rêve, en homme qui a perdu le contrôle de la situation.

Deux ou trois fois, il se dirigea vers le corps avant d'oser poser la main sur le poignet qui pendait.

Il répéta à plusieurs reprises, oubliant qu'il l'avait déjà dit, ou décidé à se convaincre lui-même :

— Le suicide est évident.

Puis il demanda :

— Chabiron ne doit pas revenir ?

— Je suppose qu'il restera là-bas pour questionner la fille si elle revient à elle. Il faudrait avertir le commissariat. Chabiron a promis de m'envoyer un médecin...

Celui-ci frappait à la porte, un jeune interne qui se dirigea directement vers le lit.

— Mort ?

Il fit oui de la tête.

— La fille qu'on vous a amenée ?

— On s'en occupe. Elle a des chances de s'en tirer.

Il regarda le tube, haussa les épaules, grommela :

— Toujours la même chose.

— Comment se fait-il qu'il soit mort alors qu'elle...

Il désigna la vomissure sur le plancher.

Un des reporters, qui avait disparu sans qu'on s'en aperçût, rentrait dans la pièce.

— Il n'y a pas eu de dispute, dit-il. J'ai questionné les voisines. C'est d'autant plus certain que, ce matin, les fenêtres des logements étaient pour la plupart ouvertes.

Lomel, lui, fouillait sans vergogne les tiroirs qui ne contenaient pas grand-chose, du linge et des vêtements bon marché, des bibelots sans valeur. Puis il se penchait pour regarder sous le lit et Maigret le voyait

se coucher sur le sol, tendre le bras, retirer une boîte
à chaussures en carton qu'entourait un ruban bleu.
Lomel se retira à l'écart avec son butin et il régnait
assez de désordre pour qu'on le laisse tranquille.

Il n'y eut que Maigret à s'approcher de lui.

— Qu'est-ce que c'est ?

— Des lettres.

La boîte en était à peu près pleine, non seulement
de lettres, mais de courts billets écrits en hâte sur des
bouts de papier. Louise Sabati avait tout gardé, peut-
être à l'insu de son amant, presque certainement
même, sinon elle n'aurait pas caché la boîte sous le lit.

— Laissez voir.

Lomel paraissait impressionné en les lisant. Il dit
d'une voix mal assurée :

— Ce sont des lettres d'amour.

Le juge s'était enfin aperçu de ce qui se passait.

— Des lettres ?

— Des lettres d'amour.

— De qui ?

— D'Alain. Signées de son prénom, parfois seulement de ses initiales.

Maigret, qui en avait lu deux ou trois, aurait voulu
empêcher qu'on se les passe de main en main.
C'étaient probablement les lettres d'amour les plus
émouvantes qu'il lui eût été donné de lire. Le docteur les avait écrites avec la fougue et parfois la naï-
veté d'un jeune homme de vingt ans.

Il appelait Louise : « *Ma toute petite* ».

Parfois : « *Ma pauvre petite à moi* ».

Et il lui disait, comme tous les amants, la longueur
des journées et des nuits sans elle, le vide de la vie, de

la maison où il se heurtait aux murs comme un frelon, il lui disait qu'il aurait voulu l'avoir connue plus tôt, avant qu'aucun homme ne l'eût touchée, et les rages qui le prenaient, le soir, seul dans son lit, quand il pensait aux caresses qu'elle avait subies.

Certaines fois, il s'adressait à elle comme à un enfant irresponsable et d'autres fois il lui échappait des cris de haine et de désespoir.

— Messieurs… commença Maigret, la gorge serrée.

On ne faisait pas attention à lui. Cela ne le regardait pas. Chabot, rougissant, les verres de ses lunettes embués, continuait à parcourir les papiers.

« Je t'ai quittée il y a une demi-heure et j'ai regagné ma prison. J'ai besoin de reprendre contact avec toi… »

Il la connaissait depuis huit mois à peine. Il y avait là près de deux cents lettres et, certains jours, il lui était arrivé d'en écrire trois, coup sur coup. Certaines ne portaient pas de timbre. Il devait les apporter avec lui.

« Si j'étais un homme… »

Ce fut un soulagement pour Maigret d'entendre arriver les gens de la police qui écartaient la foule et la marmaille.

— Tu ferais mieux de les emporter, souffla-t-il à son ami.

Il fallut les reprendre dans toutes les mains. Ceux qui les rendaient paraissaient gênés. On hésitait maintenant à se tourner vers le lit et, quand on jetait un coup d'œil au corps étendu, c'était furtivement, avec l'air de s'en excuser.

Tel quel, sans ses lunettes, le visage détendu et serein, Alain Vernoux paraissait dix ans de moins que dans la vie.

— Ma mère doit s'inquiéter… remarqua Chabot en regardant sa montre.

Il oubliait la maison de la rue Rabelais où il y avait toute une famille, un père, une mère, une femme, des enfants, qu'il faudrait se décider à avertir.

Maigret le lui rappela. Le juge murmura :

— J'aimerais autant ne pas y aller moi-même.

Le commissaire n'osait pas s'offrir. Peut-être son ami, de son côté, n'osait-il pas le lui demander.

— Je vais envoyer Féron.

— Où ? questionna celui-ci.

— Rue Rabelais, pour les prévenir. Parlez d'abord à son père.

— Qu'est-ce que je lui dis ?

— La vérité.

Le petit commissaire grommela entre ses dents :

— Jolie corvée !

Ils n'avaient plus rien à faire ici. Plus rien à découvrir, dans le logement d'une pauvre fille dont la boîte de lettres constituait le seul trésor. Sans doute ne les avait-elle pas toutes comprises. Cela n'avait pas d'importance.

— Tu viens, Maigret ?

Et, au médecin :

— Vous vous chargez de faire transporter le corps ?

— À la morgue ?

— Une autopsie sera nécessaire. Je ne vois pas comment…

Il se tourna vers les deux agents.

— Ne laissez entrer personne.

Il descendit l'escalier, la boîte en carton sous le bras, dut fendre la foule amassée en bas. Il n'avait pas pensé à la question de voiture. Ils étaient à l'autre bout de la ville. De lui-même, le journaliste de Bordeaux se précipita.

— Où voulez-vous que je vous conduise ?

— Chez moi.

— Rue Clemenceau ?

Ils firent la plus grande partie du trajet en silence. Ce ne fut qu'à cent mètres de sa maison que Chabot murmura :

— Je suppose que cela termine l'affaire.

Il ne devait pas en être si sûr, car il examinait Maigret à la dérobée. Et celui-ci n'approuvait pas, ne disait ni oui ni non.

— Je ne vois aucune raison, s'il n'était pas coupable, pour…

Il se tut car, en entendant l'auto, sa mère, qui devait se morfondre, ouvrait déjà la porte.

— Je me demandais ce qui était arrivé. J'ai vu des gens courir comme s'il se passait quelque chose.

Il remercia le reporter, crut devoir lui proposer :

— Un petit verre ?

— Merci. Je dois téléphoner d'urgence à mon journal.

— Le rôti va être trop cuit. Je vous attendais à midi et demi. Tu parais fatigué, Julien. Vous ne trouvez pas, Jules, qu'il a mauvaise mine ?

— Tu devrais nous laisser un instant, maman.

— Vous ne voulez pas manger ?

— Pas tout de suite.

Elle se raccrochait à Maigret.

— Il n'y a rien de mauvais ?

— Rien qui puisse vous inquiéter.

Il préféra lui avouer la vérité, tout au moins une part de la vérité.

— Alain Vernoux s'est suicidé.

Elle fit seulement :

— Ah !

Puis, hochant la tête, elle se dirigea vers la cuisine.

— Entrons dans mon bureau. À moins que tu aies faim ?

— Non.

— Sers-toi à boire.

Il aurait aimé un verre de bière, mais il savait qu'il n'y en avait pas dans la maison. Il fouilla le placard à liqueurs, prit au hasard une bouteille de pernod.

— Rose va t'apporter de l'eau et de la glace.

Chabot s'était laissé tomber dans son fauteuil où la tête de son père, avant la sienne, avait dessiné une tache plus sombre dans le cuir. La boîte à chaussures était sur le bureau, avec le ruban qu'on avait renoué.

Le juge avait un besoin urgent d'être rassuré. Ses nerfs étaient à nu.

— Pourquoi ne prends-tu pas un peu d'alcool ?

Au regard que Chabot lança vers la porte, Maigret comprit que c'était sur les instances de sa mère qu'il ne buvait plus.

— J'aime mieux pas.

— Comme tu voudras.

Malgré la température douce ce jour-là, un feu continuait à flamber dans la cheminée et Maigret, qui avait trop chaud, dut s'en éloigner.

— Qu'est-ce que tu en penses ?

— De quoi ?

— De ce qu'il a fait. Pourquoi, s'il n'était pas coupable…

— Tu as lu quelques-unes de ses lettres, non ?

Chabot baissa la tête.

— Le commissaire Féron a fait irruption hier dans le logement de Louise, l'a questionnée, emmenée au commissariat, gardée toute la nuit au violon.

— Il a agi sans mes instructions.

— Je sais. Il l'a fait quand même. Ce matin, Alain s'est précipité pour la voir et a tout appris.

— Je ne vois pas ce que cela changeait.

Il le sentait fort bien, mais il ne voulait pas l'avouer.

— Tu crois que c'est pour ça ?…

— Je crois que c'est suffisant. Demain, toute la ville aurait été au courant. Féron aurait probablement continué à harceler la fille, on l'aurait finalement condamnée pour prostitution.

— Il a été imprudent. Ce n'est pas une raison pour se détruire.

— Cela dépend de qui.

— Tu es persuadé qu'il n'est pas coupable.

— Et toi ?

— Je pense que tout le monde le croira coupable et sera satisfait.

Maigret le regarda avec surprise.

— Tu veux dire que tu vas clore l'affaire ?

— Je ne sais pas. Je ne sais plus.

— Tu te souviens de ce qu'Alain nous a dit ?

— À quel sujet ?

— Qu'un fou a sa logique. Un fou, qui a vécu toute sa vie sans que personne s'aperçoive de sa folie, ne se met pas soudain à tuer sans raison. Il faut tout au moins une provocation. Il faut une cause, qui peut paraître insuffisante à une personne sensée, mais qui lui paraît suffisante, à lui.

» La première victime a été Robert de Courçon et, à mes yeux, c'est celle qui compte, parce que c'est la seule qui puisse nous fournir une indication.

» La rumeur publique, elle non plus, ne naît pas de rien.

— Tu te fies à l'opinion de la foule ?

— Il lui arrive de se tromper dans ses manifestations. Cependant, presque toujours, j'ai pu le constater au cours des années, il existe une base sérieuse. Je dirais que la foule a un instinct…

— De sorte que c'est bien Alain…

— Je n'en suis pas là. Quand Robert de Courçon a été tué, la population a fait un rapprochement entre les deux maisons de la rue Rabelais et, à ce moment-là, il n'était pas encore question de folie. Le meurtre de Courçon n'était pas nécessairement l'œuvre d'un fou ou d'un maniaque. Il a pu y avoir des raisons précises pour que quelqu'un décide de le tuer, ou le fasse dans un mouvement de colère.

— Continue.

Chabot ne luttait plus. Maigret aurait pu lui dire n'importe quoi et il aurait approuvé. Il avait l'impression que c'était sa carrière, sa vie, qu'on était en train de détruire.

— Je ne sais rien de plus que toi. Il y a eu deux autres crimes, coup sur coup, tous les deux inexplicables, tous les deux commis de la même façon, comme si l'assassin tenait à souligner qu'il s'agissait d'un seul et même coupable.

— Je croyais que les criminels s'en tenaient généralement à une méthode, toujours la même.

— Je me demande, moi, pourquoi il était si pressé.

— Si pressé de quoi ?

— De tuer à nouveau. Puis de tuer encore. Comme pour bien établir dans l'opinion qu'un fou criminel courait les rues.

Cette fois, Chabot releva vivement la tête.

— Tu veux dire qu'il n'est pas fou ?

— Pas exactement.

— Alors ?

— C'est une question que je regrette de n'avoir pas discutée plus à fond avec Alain Vernoux. Le peu qu'il nous en a dit me reste dans la mémoire. Même un fou n'agit pas nécessairement en fou.

— C'est évident. Sinon, il n'y en aurait plus en liberté.

— Ce n'est pas non plus, a priori, parce qu'il est fou qu'il tue.

— Je ne te suis plus. Ta conclusion ?

— Je n'ai pas de conclusion.

Ils tressaillirent en entendant le téléphone. Chabot décrocha, changea d'attitude, de voix.

— Mais oui, madame. Il est ici. Je vous le passe.

Et à Maigret :

— Ta femme.

Elle disait à l'autre bout du fil :

— C'est toi ? Je ne te dérange pas au moment de déjeuner ? Vous êtes toujours à table ?

— Non.

C'était inutile de lui apprendre qu'il n'avait pas encore mangé.

— Ton patron m'a appelée il y a une demi-heure et m'a demandé si tu rentrais sûrement demain matin. Je n'ai pas su que lui répondre, car quand tu m'as téléphoné, tu ne paraissais pas certain. Il m'a dit, si j'avais l'occasion de te téléphoner à nouveau, de t'annoncer que la fille de je ne sais quel sénateur a disparu depuis deux jours. Ce n'est pas encore dans les journaux. Il paraît que c'est très important, que cela risque de faire du bruit. Tu sais de qui il s'agit ?

— Non.

— Il m'a cité un nom, mais je l'ai oublié.

— Bref, il veut que je rentre sans faute ?

— Il n'a pas parlé comme ça. J'ai cependant compris que cela lui ferait plaisir que tu prennes toi-même l'affaire en main.

— Il pleut ?

— Il fait un temps merveilleux. Que décides-tu ?

— Je ferai l'impossible pour être à Paris demain matin. Il doit bien y avoir un train de nuit. Je n'ai pas encore consulté l'indicateur.

Chabot lui fit signe qu'il existait un train de nuit.

— Tout va bien à Fontenay ?

— Tout va bien.

— Fais mes amitiés au juge.

— Je n'y manquerai pas.

Quand il raccrocha, il n'aurait pas pu dire si son
ami était désespéré ou enchanté de le voir partir.

— Tu dois rentrer ?

— Pour bien faire.

— Il est peut-être temps que nous nous mettions à
table ?

Maigret laissa à regret la boîte blanche qui lui faisait un peu l'effet d'un cercueil.

— N'en parlons pas devant ma mère.

Ils n'étaient pas encore au dessert quand on sonna
à la porte. Rose alla ouvrir, vint annoncer :

— C'est le commissaire de police qui demande...

— Faites-le entrer dans mon bureau.

— C'est ce que j'ai fait. Il attend. Il dit que ce n'est
pas urgent.

Mme Chabot s'efforçait de parler de choses ou
d'autres comme si de rien n'était. Elle retrouvait des
noms dans sa mémoire, des gens qui étaient morts, ou
qui avaient quitté la ville depuis longtemps, et dont
elle dévidait l'histoire.

Ils se levèrent enfin de table.

— Je vous fais servir le café dans ton bureau ?

On le leur servit à tous les trois et Rose posa des
verres et la bouteille de fine sur le plateau d'un geste
quasi sacerdotal. Il fallut attendre que la porte fût
refermée.

— Alors ?

— J'y suis allé.

— Un cigare ?

— Merci. Je n'ai pas encore déjeuné.

— Vous voulez que je vous fasse servir un morceau ?

— J'ai téléphoné à ma femme que je ne tarderais plus à rentrer.

— Comment cela s'est-il passé ?

— Le maître d'hôtel m'a ouvert la porte et je lui ai demandé à voir Hubert Vernoux. Il m'a laissé dans le corridor pendant qu'il allait le prévenir. Cela a pris longtemps. Un garçon de sept ou huit ans est venu me regarder du haut de l'escalier et j'ai entendu la voix de sa mère qui le rappelait. Quelqu'un d'autre m'a observé par l'entrebâillement d'une porte, une vieille femme, mais je ne sais pas si c'est Mme Vernoux ou sa sœur.

— Qu'est-ce que Vernoux a dit ?

— Il est arrivé du fond du couloir et, parvenu à trois ou quatre mètres de moi, a questionné sans cesser d'avancer :

» — *Vous l'avez trouvé ?*

» Je lui ai dit que j'avais une mauvaise nouvelle à lui annoncer. Il n'a pas proposé de me faire entrer au salon, m'a laissé debout sur le paillasson, en me regardant du haut de sa taille, mais j'ai bien vu que ses lèvres et que ses doigts tremblaient.

» — *Votre fils est mort*, ai-je fini par annoncer.

» Et il a répliqué :

» — *C'est vous qui l'avez tué ?*

» — *Il s'est suicidé, ce matin, dans la chambre de sa maîtresse.*

— Il a paru surpris ? questionna le juge d'instruction.

— J'ai l'impression que cela lui a causé un choc. Il a ouvert la bouche comme pour poser une question, s'est contenté de murmurer :

» — *Il avait donc une maîtresse !*

» Il ne m'a pas demandé qui elle était, ni ce qu'il
était advenu d'elle. Il s'est dirigé vers la porte pour
l'ouvrir et ses derniers mots, en me congédiant, ont
été :

» — *Peut-être que maintenant ces gens vont nous
laisser la paix.*

» Il désignait du menton les curieux amassés sur le
trottoir, les groupes qui stationnaient de l'autre côté
de la rue, les journalistes qui profitaient de ce qu'il se
tenait un instant sur le seuil pour le photographier.

— Il n'a pas essayé de les éviter ?

— Au contraire. Quand il les a aperçus, il s'est
attardé, leur faisant face, les regardant dans les yeux,
puis, lentement, il a refermé la porte et j'ai entendu
qu'il tirait les verrous.

— La fille ?

— Je suis passé par l'hôpital. Chabiron reste à son
chevet. On n'est pas encore sûr qu'elle s'en tire, à
cause de je ne sais quelle malformation du cœur.

Sans toucher à son café, il avala le verre de fine, se
leva.

— Je peux aller manger ?

Chabot fit signe que oui et se leva à son tour pour le
reconduire.

— Qu'est-ce que je fais ensuite ?

— Je ne sais pas encore. Passez par mon bureau.
Le procureur m'y attendra à trois heures.

— J'ai laissé deux hommes, à tout hasard, devant
la maison de la rue Rabelais. La foule défile, s'arrête,
discute à mi-voix.

— Elle est calme ?

— Maintenant qu'Alain Vernoux s'est suicidé, je pense qu'il n'y a plus de danger. Vous savez comment ça va.

Chabot regarda Maigret avec l'air de dire :

« — Tu vois ! »

Il aurait tant donné pour que son ami lui réponde :

« — Mais oui. Tout est fini. »

Seulement, Maigret ne répondait rien.

8

L'invalide du Gros-Noyer

Un peu avant le pont, en descendant de chez les Chabot, Maigret avait tourné à droite et, depuis dix minutes, il suivait une longue rue qui était ni ville ni campagne.

Au début, les maisons, blanches, rouges, grises, y compris la grande maison et les chais d'un marchand de vins, étaient encore accolées les unes aux autres, mais cela n'avait pas le caractère de la rue de la République, par exemple, et certaines d'entre elles, blanchies à la chaux, sans étage, étaient presque des chaumières.

Puis il y avait eu des vides, des venelles qui laissaient entrevoir les potagers descendant en pente douce vers la rivière, parfois une chèvre blanche attachée à un piquet.

Il ne rencontra à peu près personne sur les trottoirs mais, par les portes ouvertes, aperçut, dans la pénombre, des familles qui semblaient immobiles, à écouter la radio ou à manger de la tarte, ailleurs, un homme en manches de chemise qui lisait le journal, ailleurs encore, une petite vieille assoupie près d'une grosse horloge à balancier de cuivre.

Les jardins, petit à petit, devenaient plus envahissants, les vides plus larges entre les murs, la Vendée se rapprochait de la route, charriant les branches arrachées par les dernières bourrasques.

Maigret, qui avait refusé de se laisser conduire en voiture, commençait à le regretter, car il n'avait pas pensé que le chemin était aussi long, et le soleil était déjà chaud sur sa nuque. Il mit près d'une demi-heure à atteindre le carrefour du Gros-Noyer, après lequel il ne semblait y avoir que des prés.

Trois jeunes gens, vêtus de bleu marine, les cheveux cosmétiqués, qui se tenaient adossés à la porte d'une auberge et ne devaient pas savoir qui il était, le regardaient avec l'ironie agressive des paysans pour l'homme de la ville égaré chez eux.

— La maison de Mme Page ? leur demanda-t-il.

— Vous voulez dire Léontine ?

— Je ne connais pas son prénom.

Cela suffit à les faire rire. Ils trouvaient drôle qu'on ne connût pas le prénom de Léontine.

— Si c'est elle, allez voir à cette porte-là.

La maison qu'ils lui désignaient ne comportait qu'un rez-de-chaussée, si bas que Maigret pouvait toucher le toit de la main. La porte, peinte en vert, était en deux parties, comme certaines portes d'étable, la partie supérieure ouverte, la partie inférieure fermée.

D'abord, il ne vit personne dans la cuisine qui était très propre, avec un poêle de faïence blanche, une table ronde couverte d'une toile cirée à carreaux, des lilas dans un vase bariolé sans doute gagné à la foire ; la cheminée était envahie par des bibelots et des photographies.

Il agita une petite sonnette pendue à une ficelle.

— Qu'est-ce que c'est ?

Maigret la vit sortir de la chambre dont la porte s'ouvrait sur la gauche : c'étaient les seules pièces de la maison. La femme pouvait avoir aussi bien cinquante ans que soixante-cinq. Sèche et dure comme l'était déjà la femme de chambre de l'hôtel, elle l'examinait avec une méfiance paysanne, sans s'approcher de la porte.

— Qu'est-ce que vous voulez ?

Puis, tout de suite :

— Ce n'est pas vous dont ils ont mis la photo dans le journal ?

Maigret entendit remuer dans la chambre. Une voix d'homme s'informa :

— Qui est-ce, Léontine ?

— Le commissaire de Paris.

— Le commissaire Maigret ?

— Je crois que c'est comme ça qu'il s'appelle.

— Fais-le entrer.

Sans bouger, elle répéta :

— Entrez.

Il tira lui-même le loquet pour ouvrir la partie inférieure de la porte. Léontine ne l'invitait pas à s'asseoir, ne lui disait rien.

— Vous étiez la femme de ménage de Robert de Courçon, n'est-ce pas ?

— Pendant quinze ans. La police et les journalistes m'ont déjà posé toutes les questions. Je ne sais rien.

D'où il était, le commissaire percevait maintenant une chambre blanche aux murs ornés de chromos, le pied d'un haut lit de noyer avec un édredon rouge dessus, et de la fumée de pipe lui venait jusqu'aux narines. L'homme bougeait toujours.

— Je veux voir comme il est… murmurait-il.

Et elle, à Maigret, sans aménité :

— Vous entendez ce que dit mon mari ? Avancez. Il ne peut pas quitter son lit.

L'homme qui y était assis avait le visage envahi de barbe ; des journaux et des romans populaires étaient étalés autour de lui. Il fumait une pipe en écume à long tuyau et, sur la table de nuit, à portée de sa main, il y avait un litre de vin blanc et un verre.

— Ce sont ses jambes, expliqua Léontine. Depuis qu'il a été coincé entre les tampons de deux wagons. Il travaillait au chemin de fer. Cela s'est mis dans les os.

Des rideaux de guipure tamisaient la lumière et deux pots de géraniums égayaient l'appui de la fenêtre.

— J'ai lu toutes les histoires qu'on raconte sur vous, Monsieur Maigret. Je lis toute la journée. Avant je ne lisais jamais. Apporte un verre, Léontine.

Maigret ne pouvait refuser. Il trinqua. Puis, profitant de ce que la femme restait dans la pièce, il tira de sa poche le morceau de tuyau de plomb qu'il s'était fait confier.

— Vous connaissez ça ?

Elle ne se troubla pas. Elle dit :

— Bien sûr.

— Où l'avez-vous vu pour la dernière fois ?

— Sur la grande table du salon.

— Chez Robert de Courçon ?

— Chez Monsieur, oui. Cela provient de la remise, où on a dû changer une partie de la tuyauterie, l'hiver dernier, parce que la gelée avait crevé les conduites d'eau.

— Il gardait ce bout de tuyau sur sa table ?

— Il y avait de tout. On appelait ça le salon, mais c'était la pièce où il vivait tout le temps et où il travaillait.

— Vous faisiez son ménage ?

— Ce qu'il me permettait de faire, balayer par terre, prendre les poussières – et encore, sans déranger aucun objet ! – et laver la vaisselle.

— Il était maniaque ?

— Je n'ai pas dit ça.

— Tu peux le dire au commissaire, lui soufflait son mari.

— Je n'ai pas à me plaindre de lui.

— Sauf qu'il y a des mois que tu n'as pas été payée.

— Ce n'est pas sa faute. Si les autres, en face, lui avaient donné l'argent qu'ils lui devaient…

— Vous n'avez pas été tentée de jeter ce tuyau ?

— J'ai essayé. Il m'a commandé de le laisser là. Ça lui servait de presse-papier. Je me souviens qu'il a ajouté que cela pourrait être utile si les cambrioleurs essayaient de pénétrer chez lui. C'est une drôle d'idée, car il y avait plein de fusils aux murs. Il les collectionnait.

— C'est vrai, monsieur le commissaire, que son neveu s'est tué ?

— C'est vrai.

— Vous pensez que c'est lui ? Encore un coup de blanc ? Moi, voyez-vous, comme je le disais à ma femme, les gens riches, je n'essaie pas de les comprendre. Ça ne pense pas, ça ne sent pas comme nous.

— Vous connaissiez les Vernoux ?

— Comme tout le monde, pour les avoir rencontrés dans la rue. J'ai entendu raconter qu'ils n'avaient plus d'argent, qu'ils en avaient même emprunté à leurs domestiques, et cela doit être vrai puisque le patron de Léontine ne recevait plus sa pension et qu'il ne pouvait pas la payer.

Sa femme lui faisait signe de moins parler. Il n'avait d'ailleurs pas grand-chose à dire mais il était heureux d'avoir de la compagnie et de voir en chair et en os le commissaire Maigret.

Celui-ci les quitta avec, dans la bouche, le goût aigrelet du vin blanc. Sur le chemin du retour, il trouva un peu d'animation. Des jeunes gens et des jeunes filles à vélo s'en retournaient vers la campagne. Des familles se dirigeaient lentement vers la ville.

Ils devaient être toujours réunis, au Palais, dans le bureau du juge. Maigret avait refusé de se joindre à eux, car il ne voulait pas influencer la décision qu'ils allaient prendre.

Décideraient-ils de clore l'instruction en considérant le suicide du docteur comme un aveu ?

C'était probable et, dans ce cas, Chabot garderait un remords toute sa vie.

Quand il atteignit la rue Clemenceau et qu'il plongea le regard dans la perspective de la rue de la République, il y avait presque de la foule, des gens se promenaient sur les deux trottoirs, d'autres sortaient du cinéma, et, à la terrasse du Café de la Poste, toutes les chaises étaient occupées. Le soleil prenait déjà les tons rougeâtres du couchant.

Il se dirigea vers la place Viète, passa devant la maison de son ami où il entrevit Mme Chabot derrière les vitres du premier étage. Rue Rabelais, des curieux stationnaient encore en face de chez les Vernoux mais, peut-être parce que la mort était passée par là, les gens se tenaient à distance respectueuse, la plupart sur le trottoir d'en face.

Maigret se répéta encore une fois que cette affaire ne le regardait pas, qu'il avait un train à prendre le soir même, qu'il risquait de mécontenter tout le monde et de se brouiller avec son ami.

Après quoi, incapable de résister, il tendit la main vers le marteau de la porte. Il dut attendre longtemps, sous les regards des promeneurs, entendit enfin des pas et le maître d'hôtel entrouvrit le battant.

— Je voudrais voir M. Hubert Vernoux.

— Monsieur n'est pas visible.

Maigret était entré sans y être invité. Le hall restait dans la pénombre. On n'entendait aucun bruit.

— Il est dans son appartement ?

— Je crois qu'il est couché.

— Une question : les fenêtres de votre chambre donnent-elles sur la rue ?

Le maître d'hôtel parut gêné, parla bas.

— Oui. Au troisième. Ma femme et moi couchons dans les mansardes.

— Et vous pouvez voir la maison d'en face ?

Alors qu'ils n'avaient rien entendu, la porte du salon s'ouvrit et Maigret reconnut dans l'entrebâillement la silhouette de la belle-sœur.

— Qu'est-ce que c'est, Arsène ?

Elle avait vu le commissaire mais ne lui adressait pas la parole.

— Je disais à Monsieur Maigret que Monsieur n'est pas visible.

Elle finit par se tourner vers lui.

— Vous vouliez parler à mon beau-frère ?

Elle se résignait à ouvrir la porte plus grande.

— Entrez.

Elle était seule dans le vaste salon aux rideaux fermés ; une seule lampe était allumée sur un guéridon. Il n'y avait aucun livre ouvert, aucun journal, aucun travail de couture ou autre. Elle devait être assise là, à ne rien faire, quand il avait soulevé le marteau.

— Je peux vous recevoir à sa place.

— C'est lui que je désire voir.

— Même si vous allez chez lui, il ne sera probablement pas en état de vous répondre.

Elle marcha vers la table où se trouvaient un certain nombre de bouteilles, en saisit une qui avait contenu du marc de Bourgogne et qui était vide.

— Elle était à moitié pleine à midi. Il n'est pas resté un quart d'heure dans cette pièce alors que nous étions encore à table.

— Cela lui arrive souvent ?

— Presque tous les jours. Maintenant, il va dormir jusque cinq ou six heures et il aura alors les yeux troubles. Ma sœur et moi avons essayé d'enfermer les bouteilles, mais il trouve le moyen de s'arranger. Il vaut mieux que cela se passe ici que dans Dieu sait quel estaminet.

— Il fréquente parfois les estaminets ?

— Comment voulez-vous que nous le sachions ? Il sort par la petite porte, à notre insu, et quand, après, on lui voit ses gros yeux, quand il commence à bégayer, on sait ce que cela signifie. Il finira comme son père.

— Il y a longtemps que cela a commencé ?

— Des années. Peut-être buvait-il avant aussi et cela lui faisait-il moins d'effet ? Il ne paraît pas son âge, mais il a quand même soixante-sept ans.

— Je vais demander au maître d'hôtel de me conduire chez lui.

— Vous ne voulez pas revenir plus tard ?

— Je repars pour Paris ce soir.

Elle comprit qu'il était inutile de discuter, pressa un timbre. Arsène parut :

— Conduisez monsieur le commissaire chez Monsieur.

Arsène la regardait, surpris, avec l'air de lui demander si elle avait réfléchi.

— Il arrivera ce qu'il arrivera !

Sans le maître d'hôtel, Maigret se serait perdu dans les couloirs qui se croisaient, larges et sonores comme des couloirs de couvent. Il entrevit une cuisine où scintillaient des cuivres et où, comme au Gros-Noyer, une bouteille de vin blanc se trouvait sur la table, sans doute la bouteille d'Arsène.

Celui-ci ne semblait plus rien comprendre à l'attitude de Maigret. Après la question au sujet de sa chambre, il s'était attendu à un véritable interrogatoire. Or, on ne lui demandait rien.

Dans l'aile droite du rez-de-chaussée, il frappait à une porte de chêne sculpté.

— C'est moi, Monsieur ! disait-il en élevant la voix pour être entendu de l'intérieur.

Et, comme on percevait un grognement :

— Le commissaire, qui est avec moi, insiste pour voir Monsieur.

Ils restèrent immobiles pendant que quelqu'un allait et venait dans la pièce et, finalement, entrouvrait la porte.

La belle-sœur ne s'était pas trompée en parlant des gros yeux qui fixaient le commissaire avec une sorte de stupeur.

— C'est vous ! balbutiait Hubert Vernoux, la langue épaisse.

Il avait dû se coucher tout habillé. Ses vêtements étaient fripés, ses cheveux blancs retombaient sur son front et il y passa la main d'un geste machinal.

— Qu'est-ce que vous voulez ?

— Je désirerais un entretien avec vous.

C'était difficile de le mettre à la porte. Vernoux, comme s'il n'avait pas encore bien repris ses sens, s'effaçait. La pièce était très grande, avec un lit à baldaquin en bois sculpté, très sombre, aux draperies de soie passée.

Tous les meubles étaient anciens, plus ou moins du même style, et faisaient penser à une chapelle ou à une sacristie.

— Vous permettez ?

Vernoux pénétra dans une salle de bains, se fit couler un verre d'eau et se gargarisa. Quand il revint, il était déjà un peu mieux.

— Asseyez-vous. Dans ce fauteuil si vous voulez. Vous avez vu quelqu'un ?

— Votre belle-sœur.

— Elle vous a dit que j'avais bu ?

— Elle m'a montré la bouteille de marc.

Il haussa les épaules.

— C'est toujours la même chanson. Les femmes ne peuvent pas comprendre. Un homme à qui on vient d'annoncer brutalement que son fils…

Un liquide embua ses yeux. Sa voix avait baissé d'un ton, pleurnicharde.

— C'est un coup dur, commissaire. Surtout quand on n'a que ce fils. Que fait sa mère ?

— Aucune idée…

— Elle va se porter malade. C'est son truc. Elle se porte malade et on n'ose plus rien lui dire. Vous comprenez ? Alors, sa sœur la remplace : elle appelle ça prendre la maison en main…

Il faisait penser à un vieux comédien qui veut coûte que coûte émouvoir. Dans son visage un peu gonflé, les traits changeaient d'expression à une vitesse étonnante. En quelques minutes, ils avaient successivement exprimé l'ennui, une certaine crainte, puis la douleur paternelle, l'amertume à l'égard des deux femmes. Maintenant la crainte revenait à la surface.

— Pourquoi avez-vous tenu à me voir ?

Maigret, qui ne s'était pas assis dans le fauteuil qu'on lui avait désigné, tira le morceau de tuyau de sa poche et le posa sur la table.

— Vous alliez souvent chez votre beau-frère ?

— Environ une fois par mois, pour lui porter son argent. Je suppose qu'on a appris que je lui passais de quoi vivre ?

— Vous avez donc aperçu ce morceau de tuyau sur son bureau ?

Il hésita, comprenant que la réponse à cette question était capitale, et aussi qu'il lui fallait prendre une décision rapide.

— Je crois que oui.

— C'est le seul indice matériel qu'on possède dans cette affaire. Jusqu'ici, on ne paraît pas en avoir compris toute la signification.

Il s'asseyait, tirait sa pipe de sa poche et la bourrait. Vernoux restait debout, les traits tirés comme par un violent mal de tête.

— Vous avez un instant à me consacrer ?

Sans attendre la réponse, il enchaînait :

— On a affirmé que trois crimes étaient plus ou moins identiques sans remarquer que le premier est, en fait, complètement différent des autres. La veuve Gibon, comme Gobillard, ont été tués de sang-froid, avec préméditation. L'homme qui a sonné à la porte de l'ancienne sage-femme venait là pour tuer et l'a fait sans attendre, dans le corridor. Sur le seuil, il avait déjà son arme à la main. Quand, deux jours plus tard, il a attaqué Gobillard, il ne visait peut-être pas celui-ci en particulier, mais il était dehors pour tuer. Vous comprenez ce que je veux dire ?

Vernoux, en tout cas, faisait un effort, presque douloureux, pour deviner où Maigret essayait d'en arriver.

— L'affaire Courçon est différente. En entrant chez lui, le meurtrier n'avait pas d'armes. Nous pouvons en déduire qu'il ne venait pas avec des intentions homicides. Quelque chose s'est produit, qui l'a poussé à son geste. Peut-être l'attitude de Courçon, souvent provocante, peut-être même, de sa part, un geste menaçant ?

Maigret s'interrompit pour frotter une allumette et tirer sur sa pipe.

— Qu'est-ce que vous en pensez ?

— De quoi ?

— De mon raisonnement.

— Je croyais cette histoire terminée.

— Même à supposer qu'elle le soit, j'essaie de comprendre.

— Un fou ne doit pas s'embarrasser de ces considérations.

— Et s'il ne s'agissait pas d'un fou, en tout cas pas d'un fou dans le sens que l'on donne d'habitude à ce mot ? Suivez-moi encore un instant. Quelqu'un se rend chez Robert de Courçon, le soir, sans se cacher, puisqu'il n'a pas encore de mauvaises intentions, et, pour des raisons que nous ignorons, est amené à le tuer. Il ne laisse aucune trace derrière lui, emporte l'arme, ce qui indique qu'il ne veut pas se laisser prendre.

» Il s'agit donc d'un homme qui connaît la victime, qui a l'habitude d'aller la voir à cette heure-là.

» C'est fatalement dans cette direction que la police cherchera.

» Et il y a toutes les chances pour qu'elle arrive au coupable.

Vernoux le regardait avec l'air de réfléchir, de peser le pour et le contre.

— Supposons maintenant qu'un autre crime soit commis, à l'autre bout de la ville, sur une personne qui n'a rien à voir avec l'assassin ni avec Courçon. Que va-t-il arriver ?

L'homme ne réprima pas tout à fait un sourire. Maigret poursuivit :

— On ne cherchera plus *nécessairement* parmi les relations de la première victime. L'idée qui viendra à l'esprit de chacun est qu'il s'agit d'un fou.

Il prit un temps.

— C'est ce qui s'est produit. Et l'assassin, par surcroît de précaution, pour consolider cette hypothèse de folie, a commis un troisième crime, dans la rue, cette fois, sur la personne du premier ivrogne venu. Le juge, le procureur, la police s'y sont laissé prendre.

— Vous pas ?

— Je n'ai pas été le seul à ne pas y croire. Il arrive que l'opinion publique se trompe. Souvent aussi, elle a le même genre d'intuition que les femmes et les enfants.

— Vous voulez dire qu'elle a désigné mon fils ?

— Elle a désigné cette maison.

Il se leva, sans insister, se dirigea vers une table Louis XIII qui servait de bureau et sur laquelle du papier à lettre était posé sur un sous-main. Il en prit une feuille, tira un papier de sa poche.

— Arsène a écrit, laissa-t-il tomber négligemment.

— Mon maître d'hôtel ?

Vernoux se rapprocha vivement et Maigret remarqua que, malgré sa corpulence, il avait la légèreté fréquente à certains gros hommes.

— Il a envie d'être questionné. Mais il n'ose pas se présenter de lui-même à la police ou au Palais de Justice.

— Arsène ne sait rien.

— C'est possible, encore que sa chambre donne sur la rue.

— Vous lui avez parlé ?

— Pas encore. Je me demande s'il vous en veut de ne pas lui payer ses gages et de lui avoir emprunté de l'argent.

— Vous savez cela aussi ?

— Vous n'avez rien à me dire, vous, Monsieur Vernoux ?

— Qu'est-ce que je vous dirais ? Mon fils…

— Ne parlons pas de votre fils. Je suppose que vous n'avez jamais été heureux ?

Il ne répondit pas, fixa le tapis à ramages sombres.

— Tant que vous aviez de l'argent, les satisfactions de vanité ont pu vous suffire. Après tout, vous étiez le riche-homme de l'endroit.

— Ce sont des questions personnelles qu'il me déplaît d'aborder.

— Vous avez perdu beaucoup d'argent, ces dernières années ?

Maigret prit un ton plus léger, comme si ce qu'il disait n'avait pas d'importance.

— Contrairement à ce que vous pensez, l'enquête n'est pas finie et l'instruction reste ouverte. Jusqu'ici, pour des raisons qui ne me regardent pas, les recherches n'ont pas été conduites selon les règles. On ne pourra pas s'empêcher plus longtemps d'interroger vos domestiques. On voudra aussi mettre le nez dans vos affaires, examiner vos relevés de banque. On apprendra, ce que tout le monde soupçonne, que, depuis des années, vous luttez en vain pour sauver les restes de votre fortune. Derrière la façade il n'y a plus rien, qu'un homme traité sans ménagement par sa famille elle-même, depuis qu'il n'est plus capable de faire de l'argent.

Hubert Vernoux ouvrit la bouche. Maigret ne le laissa pas parler.

— On fera aussi appel à des psychiatres.

Il vit son interlocuteur relever la tête d'un geste brusque.

— J'ignore quelle sera leur opinion. Je ne suis pas ici à titre officiel. Je repars pour Paris ce soir et mon ami Chabot garde la responsabilité de l'instruction.

» Je vous ai dit tout à l'heure que le premier crime n'était pas nécessairement l'œuvre d'un fou. J'ai ajouté que les deux autres avaient été commis dans un but précis, à la suite d'un raisonnement assez diabolique.

» Or, cela ne me surprendrait pas que les psychiatres prennent ce raisonnement-là comme un indice de folie, d'une sorte de folie particulière, et

plus courante qu'on ne croit, qu'ils appellent para-
noïa.

» Vous avez lu les livres que votre fils doit avoir
dans son cabinet ?

— Il m'est arrivé d'en parcourir.

— Vous devriez les relire.

— Vous ne prétendez pas que j'ai…

— Je ne prétends rien. Je vous ai vu hier jouer aux
cartes. Je vous ai vu gagner. Vous devez être persuadé
que vous gagnerez cette partie-ci de la même manière.

— Je ne joue aucune partie.

Il protestait mollement, flatté, au fond, que Maigret
s'occupe autant de lui et rende un hommage indirect
à son habileté.

— Je tiens à vous mettre en garde contre une faute
à ne pas commettre. Cela n'arrangerait rien, au
contraire, qu'il y ait un nouveau carnage, ou même un
seul crime. Vous comprenez ce que je veux dire ?
Ainsi que le soulignait votre fils, la folie a ses règles, sa
logique.

Une fois de plus, Vernoux ouvrait la bouche et le
commissaire ne le laissait toujours pas parler.

— J'ai terminé. Je prends le train de neuf heures et
demie et je dois aller boucler ma valise avant le dîner.

Son interlocuteur, dérouté, déçu, le regardait sans
plus comprendre, faisait un geste pour le retenir, mais
le commissaire se dirigeait vers la porte.

— Je trouverai mon chemin.

Il y mit un certain temps, puis retrouva la cuisine
d'où Arsène jaillit, l'œil interrogateur.

Maigret ne lui dit rien, suivit le couloir central, ouvrit lui-même la porte que le maître d'hôtel referma derrière lui.

Il n'y avait plus, sur le trottoir d'en face, que trois ou quatre curieux obstinés. Est-ce que, ce soir, le comité de vigilance allait continuer ses patrouilles ?

Il faillit se diriger vers le Palais de Justice où la réunion se poursuivait probablement, décida de faire comme il l'avait annoncé et d'aller boucler sa valise. Après quoi, dans la rue, il eut envie d'un verre de bière et s'assit à la terrasse du Café de la Poste.

Tout le monde le regardait. On parlait à voix plus basse. Certains se mettaient à chuchoter.

Il but deux grands demis, lentement, en les savourant, comme s'il eût été à une terrasse des Grands Boulevards, et des parents s'arrêtaient pour le désigner à leurs enfants.

Il vit passer Chalus, l'instituteur, en compagnie d'un personnage ventru à qui il racontait une histoire en gesticulant. Chalus ne vit pas le commissaire et les deux hommes disparurent au coin de la rue.

Il faisait presque noir et la terrasse s'était dégarnie quand il se leva péniblement pour se diriger vers la maison de Chabot. Celui-ci vint lui ouvrir, lui lança un regard inquiet.

— Je me demandais où tu étais.

— À une terrasse de café.

Il accrocha son chapeau au portemanteau, aperçut la table dressée dans la salle à manger, mais le dîner n'était pas prêt et son ami le fit d'abord entrer dans son bureau.

Après un assez long silence, Chabot murmura sans regarder Maigret :

— L'enquête continue.

Il semblait dire :

« — Tu as gagné. Tu vois ! nous ne sommes pas si lâches que ça. »

Maigret ne sourit pas, fit un petit signe d'approbation.

— Dès à présent, la maison de la rue Rabelais est gardée. Demain, je procéderai à l'interrogatoire des domestiques.

— Au fait, j'allais oublier de te rendre ceci.

— Tu pars vraiment ce soir ?

— Il le faut.

— Je me demande si nous aboutirons à un résultat.

Le commissaire avait posé le tuyau de plomb sur la table, fouillait ses poches pour en tirer la lettre d'Arsène.

— Louise Sabati ? questionna-t-il.

— Elle paraît hors de danger. Cela l'a sauvée de vomir. Elle venait de manger et la digestion n'était pas commencée.

— Qu'est-ce qu'elle a dit ?

— Elle répond par monosyllabes.

— Elle savait qu'ils allaient mourir tous les deux ?

— Oui.

— Elle y était résignée ?

— Il lui a dit qu'on ne les laisserait jamais être heureux.

— Il ne lui a pas parlé des trois crimes ?

— Non.

— Ni de son père ?

Chabot le regarda dans les yeux.

— Tu crois que c'est lui ?

Maigret se contenta de battre les paupières.

— Il est fou ?

— Les psychiatres décideront.

— À ton avis ?

— Je répète volontiers que les gens sensés ne tuent pas. Mais ce n'est qu'une opinion.

— Peut-être pas très orthodoxe ?

— Non.

— Tu parais soucieux.

— J'attends.

— Quoi ?

— Qu'il se passe quelque chose.

— Tu crois qu'il se passera quelque chose aujourd'hui ?

— Je l'espère.

— Pourquoi ?

— Parce que j'ai rendu visite à Hubert Vernoux.

— Tu lui as dit…

— Je lui ai dit comment et pourquoi les trois crimes ont été commis. Je lui ai laissé entendre comment l'assassin devait normalement réagir.

Chabot, si fier tout à l'heure de la décision qu'il avait prise, se montrait à nouveau effrayé.

— Mais… dans ce cas… tu n'as pas peur que…

— Le dîner est servi, vint annoncer Rose, tandis que Mme Chabot, qui se dirigeait vers la salle à manger, leur souriait.

9

La fine Napoléon

Une fois de plus, à cause de la vieille dame, il fallait se taire, ou plutôt ne parler que de choses et d'autres, sans rapport avec leurs préoccupations, et, ce soir-là, il fut question de cuisine, en particulier de la façon de préparer le lièvre à la royale.

Mme Chabot avait fait à nouveau des profiteroles et Maigret en mangea cinq, écœuré, le regard sans cesse fixé sur les aiguilles de la vieille horloge.

À huit heures et demie, il ne s'était encore rien produit.

— Tu n'es pas pressé. J'ai commandé un taxi qui passera d'abord par l'hôtel pour prendre tes bagages.

— Il faut, de toute façon, que j'aille là-bas pour régler ma note.

— J'ai téléphoné qu'on la mette sur mon compte. Cela t'apprendra à ne pas descendre chez nous quand, une fois tous les vingt ans, tu daignes venir à Fontenay.

On servit le café, la fine. Il accepta un cigare, parce que c'était la tradition et que la mère de son ami n'aurait pas été contente qu'il refuse.

Il était neuf heures moins cinq et la voiture ronronnait devant la porte, le chauffeur attendait, quand la sonnerie du téléphone résonna enfin.

Chabot se précipita, décrocha.

— C'est moi, oui… Comment ?… Il est mort ?… Je ne vous entends pas, Féron… Parlez moins fort… Oui… Je viens immédiatement… Qu'on le transporte à l'hôpital, cela va de soi…

Il se tourna vers Maigret.

— Je dois monter tout de suite là-haut. Il est indispensable que tu rentres cette nuit ?

— Sans faute.

— Je ne vais pas pouvoir t'accompagner à la gare.

À cause de sa mère, il n'en disait pas plus, saisissait son chapeau, son manteau de demi-saison.

Sur le trottoir seulement, il murmura :

— Il y a eu une scène atroce chez les Vernoux, Hubert Vernoux, ivre mort, s'est mis à tout casser dans sa chambre et, à la fin, déchaîné, s'est entaillé le poignet avec son rasoir.

Le calme du commissaire le surprit.

— Il n'est pas mort, poursuivait Chabot.

— Je sais.

— Comment le sais-tu ?

— Parce que ces gens-là ne se suicident pas.

— Son fils, pourtant…

— Va. On t'attend.

La gare n'était qu'à cinq minutes. Maigret se rapprocha du taxi.

— Nous avons juste le temps, dit le chauffeur.

Le commissaire se tourna une dernière fois vers son ami qui paraissait désemparé au milieu du trottoir.

— Tu m'écriras.

Ce fut un voyage monotone. À deux ou trois gares, Maigret descendit pour boire un verre d'alcool et finit par s'assoupir, vaguement conscient, à chaque arrêt, des cris du chef de gare et du grincement des chariots.

Il arriva à Paris au petit jour et un taxi le conduisit chez lui où d'en bas il sourit à la fenêtre ouverte. Sa femme l'attendait sur le palier.

— Pas trop fatigué ? Tu as dormi un peu ?

Il but trois grandes tasses de café avant de se détendre.

— Tu prends un bain ?

Bien sûr qu'il allait en prendre un ! C'était bon de retrouver la voix de Mme Maigret, l'odeur de l'appartement, les meubles et les objets à leur place.

— Je n'ai pas bien compris ce que tu m'as dit au téléphone. Tu t'es occupé d'une affaire ?

— Elle est finie.

— Qu'est-ce que c'était ?

— Un type qui ne se résignait pas à perdre.

— Je ne comprends pas.

— Cela ne fait rien. Il y a des gens qui, plutôt que de dégringoler la pente, sont capables de n'importe quoi.

— Tu dois savoir ce que tu dis, murmura-t-elle philosophiquement, sans plus s'en préoccuper.

À neuf heures et demie, dans le bureau du chef, on le mettait au courant de la disparition de la fille du sénateur. C'était une vilaine histoire, avec réunions plus ou moins orgiaques dans une cave et stupéfiants à la clef.

— Il est à peu près certain qu'elle n'est pas partie de son plein gré et il y a peu de chances qu'on l'ait enlevée. Le plus probable, c'est qu'elle aura succombé à une dose trop forte de drogue et que ses amis, affolés, auront fait disparaître le cadavre.

Maigret copia une liste de noms, d'adresses.

— Lucas en a déjà entendu quelques-uns. Jusqu'ici, personne ne se décide à parler.

N'était-ce pas son métier de faire parler les gens ?

— Bien amusé ?

— Où ça ?

— À Bordeaux.

— Il a plu tout le temps.

Il ne parla pas de Fontenay. Il eut à peine le temps d'y penser, pendant trois jours, qu'il passa à confesser de jeunes imbéciles qui se croyaient malins.

Puis, dans son courrier, il trouva une lettre qui portait le cachet de Fontenay-le-Comte. Par les journaux, il connaissait déjà, en gros, l'épilogue de l'affaire.

Chabot, de son écriture nette et serrée, un peu pointue, qu'on aurait pu prendre pour une écriture de femme, lui fournissait les détails.

« À un moment donné, peu après ton départ de la rue Rabelais, il s'est glissé dans la cave et Arsène l'a vu remonter avec une bouteille de fine Napoléon qu'on gardait dans la famille Courçon depuis deux générations. »

Maigret ne put s'empêcher de sourire. Hubert Vernoux, pour sa dernière ivresse, ne s'était pas contenté de n'importe quel alcool ! Il avait choisi ce qu'il y avait de plus rare dans la maison, une bouteille vénérable qu'on conservait un peu comme un gage de noblesse.

« Quand le maître d'hôtel est venu lui annoncer que le dîner était servi, il avait déjà les yeux hagards, bordés de rouge. Avec un grand geste théâtral, il lui a commandé de le laisser seul, lui a crié :

— Que les garces dînent sans moi !

Elles se sont mises à table. Environ dix minutes plus tard, on a entendu des bruits sourds qui provenaient de son appartement. On a envoyé Arsène voir ce qui se passait, mais la porte était fermée à clef et Vernoux était en train de briser tout ce qui lui tombait sous la main en hurlant des obscénités.

C'est sa belle-sœur, quand on lui a rendu compte de ce qui arrivait, qui a suggéré :

— La fenêtre...

Elles ne se sont pas dérangées, sont restées assises dans la salle à manger pendant qu'Arsène gagnait la cour. Une fenêtre était entrouverte. Il a écarté les rideaux. Vernoux l'a vu. Il avait déjà un rasoir à la main.

Il a crié à nouveau qu'on le laisse seul, qu'il en avait assez et, d'après Arsène, a continué à employer des mots orduriers qu'on ne l'avait jamais entendu prononcer.

Comme le maître d'hôtel appelait à l'aide, car il n'osait pas pénétrer dans la chambre, l'autre s'est mis à

*se taillader le poignet. Le sang a giclé. Vernoux l'a
regardé avec épouvante, et, dès lors, il s'est laissé faire.
Quelques instants plus tard, il tombait, tout mou, sur le
tapis, évanoui.*

*Depuis, il se refuse à répondre aux questions.
À l'hôpital, le lendemain, on l'a trouvé occupé à éven-
trer son matelas et on a dû l'enfermer dans une cellule
capitonnée.*

*Desprez, le psychiatre, est venu de Niort l'examiner
une première fois : il aura, demain, une consultation
avec un spécialiste de Poitiers.*

*D'après Desprez, la folie de Vernoux ne fait guère de
doute, mais il préfère, à cause du retentissement de
l'affaire dans le pays, prendre toutes ses précautions.*

*J'ai délivré le permis d'inhumer pour Alain. Les
obsèques ont lieu demain. La fille Sabati est toujours à
l'hôpital et va tout à fait bien. Je ne sais qu'en faire. Son
père doit travailler quelque part en France sans qu'on
parvienne à mettre la main dessus. Je ne peux pas la
renvoyer dans son logement, car elle a encore des idées
de suicide.*

*Ma mère parle de la prendre comme bonne à la
maison afin de soulager un peu Rose qui se fait vieille.
Je crains que les gens… »*

Maigret n'eut pas le temps de lire la lettre jusqu'au
bout ce matin-là, car on lui amenait un témoin important. Il la fourra dans sa poche. Ce qu'il en advint, il
ne le sut jamais.

— Au fait, annonça-t-il le soir à sa femme, j'ai reçu
des nouvelles de Julien Chabot.

— Qu'est-ce qu'il dit ?

Il chercha la lettre, ne la trouva pas. Elle avait dû sortir de sa poche alors qu'il en retirait son mouchoir ou sa blague à tabac.

— Ils vont engager une nouvelle bonne.

— C'est tout ?

— À peu près.

Ce fut longtemps après qu'en se regardant dans la glace d'un œil inquiet, il murmura :

— Je l'ai trouvé vieilli.

— De qui parles-tu ?

— De Chabot.

— Quel âge a-t-il ?

— Mon âge à deux mois près.

Mme Maigret mettait de l'ordre dans la pièce, comme toujours avant d'aller se coucher.

— Il aurait mieux fait de se marier, conclut-elle.

Shadow Rock Farm, Lakeville (Connecticut),
27 mars 1953.

Table

Le Livre de Poche s'engage pour l'environnement en réduisant l'empreinte carbone de ses livres. Celle de cet exemplaire est de :

400 g éq. CO_2

Rendez-vous sur
www.livredepoche-durable.fr

PAPIER À BASE DE
FIBRES CERTIFIÉES

Composition réalisée par FACOMPO (Lisieux)

Achevé d'imprimer en mai 2012 en France par
CPI BRODARD ET TAUPIN
La Flèche (Sarthe)
N° d'impression : 69055
Dépôt légal 1re publication : juin 2012
LIBRAIRIE GÉNÉRALE FRANÇAISE
31, rue de Fleurus – 75278 Paris Cedex 06

31/6648/5